NONSOLO

Olga Campofreda

Anständige Mädchen

Roman

Aus dem Italienischen von
Verena von Koskull

NONSOLO
limoni

Anständige Mädchen

Erste Auflage, September 2024

Titel der italienischen Originalausgabe: *Ragazze perbene*

Lektorat: Irene Pacini
Satz, Umschlaggestaltung und Layout: WOERDESIGN
unter Verwendung eines Fotos von H.Peter Vogel

Questo libro è stato tradotto anche grazie a un contributo per la traduzione assegnato dal Ministero degli Affari Esteri e della Cooperazione Internazionale italiano.
Die Übersetzung dieses Buches kam auch dank einer Förderung des Italienischen Ministeriums für auswärtige Angelegenheiten und internationale Zusammenarbeit zustande.

Printed in Germany
ISBN 978-3-947767-22-9

Olga Campofreda

ANSTÄNDIGE MÄDCHEN

Dieses Buch ist ein Roman. Einige Orte sind real, andere denkbar, doch ihr könnt sicher sein: Jede Ähnlichkeit mit Personen, Dingen, Sehnsüchten und Situationen ist rein zufällig.

Für meine Mutter, die versuchen wird,
dieses Buch ebenso zu deuten wie Träume.
Und vielleicht liegt sie damit richtig.

I don't know how to live without your love,
I was born to make you happy

Britney Spears, *Born to make you happy*

Am Ende gibt es keinen Applaus. Das Flugzeug spiegelt sich in der abendroten Glasfassade des Centro Direzionale und landet ohne das übliche Klatschen in Neapel. Nur eine verhaltene, sogleich unterdrückte Andeutung beim Aufsetzen auf der Landebahn. Jemand schiebt es auf die Nebensaison: Die Fluggäste sind allesamt Ausländer, die von den niedrigen Preisen profitieren, um die Inseln zu besuchen und an der Küste entlangzuwandern. Man erkennt sie an ihrer Sommerkleidung, die sie, obwohl es noch gar nicht warm ist, tragen wie ein Ritual, um die kommenden Tage günstig zu stimmen: Kurze Hosen, ärmellose Leinenkleider. In dem Traum, den sie gekauft haben, ist das die einzig mögliche Welt. So läuft es für sie nun einmal, sie werden die Sonne finden, auch wenn sie nicht da ist, eine Fähigkeit, die nur besitzt, wer manche Orte zum ersten Mal besucht.

„*Are you from here?*", hat mich die zierliche Dame, die neben mir saß, vorhin gefragt.

Ihr Mann hatte sie geweckt, um ihr den Vesuv zu zeigen, und sie hatte ihn mit gegen das Fenster gedrücktem Zeigefinger begeistert verfolgt. Ein weißhaariges Kind.

„*Are you from Naples?*"

Ich habe nur genickt, und sie hat mit einem Seufzer geantwortet und wieder hinausgeblickt.

Wenn ich gefragt werde, wo ich herkomme, sage ich es nie wirklich. Meistens beschränke ich mich darauf, „aus der Nähe von Neapel" oder einfach nur „Neapel" zu antworten, auch wenn ich dabei immer ein schlechtes Gewissen habe. Es ist, wie wenn man eine Beziehung mit jemandem hat, es aber nicht zugeben möchte, weil es einem irgendwie peinlich ist. Gelingt es mir ausnahmsweise doch einmal, meine Stadt beim Namen zu nennen, kommt sie gleich doppelt zu mir zurück, mein Gegenüber versucht sie auf der Landkarte ausfindig zu machen – „Caserta, Caserta?", fragt er mich, und es klingt ein bisschen wie *New York, New York* –, aber nur kurz.

Von oben betrachtet, ist sie ganz flach: Eine Stadt, die aussieht wie ein Teppich, der aussieht wie eine Stadt. Ein Relief aus Gebäuden zu Füßen einer vergessenen mittelalterlichen Burg. Inmitten der urbanen Fläche macht sich die Reggia breit, ein riesiger, rechteckiger Streifen Grün, der auf der einen Seite mit dem eigentlichen Königspalast abschließt.

Wenn ich sage, ich komme aus Caserta, schiebe ich sofort hinterher, dass im Königspalast große Filme gedreht wurden, einmal war sogar Tom Cruise da und tat so, als würde er über die Mauern des Vatikans klettern. Auch eine Episode aus *Star Wars* wurde dort gefilmt, das weiß ich noch genau, weil meine Mutter beim Casting war, um sich als Statistin für die Klonkrieger zu bewerben. Sie wurde nicht genommen, doch mit der Zeit ist der Teil mit dem Casting aus der Erzählung rausgeflogen und wir behaupten einfach, Mama war Statistin. Heute könnte das sowieso keiner mehr nachprüfen, weil die Komparsen am Computer vervielfältigt wurden.

Um von der einen Seite der Stadt zur anderen jenseits der Reggia zu kommen, gibt es die niedrigste jemals gebaute Unterführung namens Ponte di Ercole. Praktisch jeden Tag bleiben Laster darin stecken oder knallen dagegen, und die wenigen, die es hindurchschaffen, reißen riesige Marmorbrocken aus dem 18. Jahrhundert mit sich. Die Schleifspuren, die man beim Hindurchgehen sieht, bezeugen weniger die Sturheit der LKW-Fahrer, als die der Brücke, die ständig einzustürzen droht, aber es dann doch nie tut. Nur, wenn die Durchfahrt gesperrt ist, können die Bewohner der Häuser ringsum die Vögel singen hören. Das weiß ich, weil ich in dieser Straße gewohnt habe, ehe ich die Stadt verließ, in diesem Teil von Caserta, der gerade noch nicht zur Gemeinde Casagiove aber auch nicht mehr zur Innenstadt gehört. Er ist der Limes.

Die alte Dame, die im Flugzeug neben mir sitzt, weiß nicht und kann nicht wissen, dass die Dinge in Caserta oft auch etwas anderes sind: Weniger das, was sie tatsächlich sind, als vielmehr das, was sie gern wären. Das Gleiche gilt für die Menschen. Die Casertaner sagen, sie kommen aus Neapel, der Königspalast tut so, als wäre er der Vatikan, die Brücke will eine echte Brücke sein und ist nur eine unter einem riesigen Garten gebuddelte Unterführung. Auch meine Mutter, eine Grundschullehrerin, erzählt allen, sie sei ein Klonkrieger gewesen, und das ist völlig in Ordnung: Nicht, dass es groß etwas ändern würde, aber Hauptsache, man sagt es, tut es kund.

Ich kehre außerhalb der üblichen Feiertage in meine Stadt zurück, weil meine Cousine heiratet. Wie alle anständigen Mädchen hat sie zu ihrem Langzeitfreund Ja gesagt. *Sie hat ihre erste Liebe geheiratet*, werden die Frauen bei der Hochzeitsfeier sagen, und alle werden ganz beglückt sein, denn genauso gehört es sich.

Rossella ist der Teil von mir, der nicht fortgegangen, sondern geblieben ist. Sie ist mein persönliches *Sliding Doors*, der Film, in dem das Erwischen oder Verpassen der U-Bahn das Leben der Hauptfigur in zwei entgegengesetzte Verlaufsbahnen spaltet. Ich stelle mir mein Leben an ihrer Stelle vor, wenn ich beschlossen hätte, zu bleiben: Da bin ich also, helfe bei den sonntäglichen Familienmittagessen in der Küche, sitze neben unserer Großmutter am Kopfende der langen Tafel, mit meiner gebügelten, nach sauberer Wäsche duftenden Bluse und nicht allzu wertvollem Schmuck, wie er sich für eine junge, unverheiratete Frau gehört. Ich sehe mich an einem Valentinstag Blumen in einer Kristallvase arrangieren und sie neben eine broschierte Ausgabe von *Little Women* und die abgewetzten Buchrücken der Jane-Austen-Bände auf den Schreibtisch stellen. In dieser Version der Geschichte verzeichnen die letzten Google-Anfragen die Suche nach einem Schlafmittel, während mein Freund an einem sonnigen Morgen auf seiner leuchtend blauen Vespa vor dem Haus auf mich wartet, um mich am Prüfungstag zum Bahnhof zu bringen. Er gibt mir einen Kuss, der noch nach Kaffee schmeckt, hilft mir, den Helm abzunehmen, und seine Finger streifen mein Gesicht.

Wie viele Türen trennen uns von der Version unserer selbst, die uns am ähnlichsten ist? Und von der, die zu sein wir vorgeben? Immer häufiger erwische ich mich dabei, die Welten all der Entscheidungen zu erkunden, die ich nicht getroffen habe, ich wäge die Ergebnisse und Richtungen ab und verliere mich darin wie ein müder Wanderer. Ich frage mich, ob Rossella wohl je das Gleiche tut: An der Gabelung verharren, sich für ein paar stille Sekunden sammeln, ehe man wieder Ja sagt und wie gewohnt in die bequemste Richtung weitergeht, und sich auf einen Liebeskompromiss einlässt, auf den alle sich einigen können.

Ich schweife ab. Schweife immer zu weit ab. Wie jedes Mal, wenn ich irgendwo bin, wo ich nicht sein will. Ich hänge mich an den letzten Waggon eines fahrenden Gedankenzuges und lasse mich durch sämtliche Bahnhöfe schleifen. In der Schlange vor der Passkontrolle sehe ich meine Sitznachbarin aus dem Flugzeug, sie ist größer als gedacht, weniger zerbrechlich. Ich weiche ihrem Blick aus, damit sie nicht merkt, dass ich sie vorhin angelogen habe.

Nach unserem kurzen Wortwechsel habe ich den Kopf in die Zeitschrift der Fluglinie gesteckt, in der Hoffnung, sie würde nichts mehr fragen, und deshalb einen Artikel über die wilden Tiere des Apennins gelesen. Der Bericht enthielt das Foto einer alten Schlangenhaut, die durchscheinend wie ein Gespenst in einer Felsspalte aufschimmerte. Wie ein abgestreiftes, über die Rückenlehne eines Sessels gelegtes Kleid hing sie in der Gluthitze. Wenn Schlangen sich häuten, lassen sie ihre alte Haut einfach zurück. Sie verlassen ihren Unterschlupf und reiben so lange über den Boden, bis sie sie endlich loswerden.

Jedes Mal, wenn ich nach Hause fahre, kann ich mich ein bisschen in diese Tiere einfühlen: Auch ich werde eine alte Haut vorfinden, die mich bei meiner Rückkehr unversehrt erwartet. Das habe ich gedacht, aber meiner Sitznachbarin nicht gesagt, damit hatte ich sie – sage ich mir noch einmal – gar nicht richtig angelogen, sondern ihr nur etwas verschwiegen.

Auch mein Pass verschweigt ein paar Dinge, zum Beispiel, dass ich hier trotz meines darin ausgewiesenen Namens – Clara – wieder zum kleinen Mädchen werde, das ein Schattendasein führt und sich, statt mit Schönheit und Vortrefflichkeit zu glänzen, versteckt, damit niemand es bemerkt. Mein Name erzählt von enttäuschten Erwartungen und verpassten Chancen. Als ich geboren wurde, hatte ich kaum ein Haar auf dem Kopf und große, grüne Augen – das steht nicht im Pass. Meine Großmutter war fest überzeugt, ich würde blond und strahlend werden, stattdessen wurde mein sprießender Schopf nach einem Monat dunkel und die Augen schwarz und unergründlich. In dem Haus, in dem ich aufgewachsen bin, bleibt das erste Bild an einem haften wie eine Haut, die man nicht wechseln kann und unerbittlich tragen muss, selbst wenn man zu groß geworden ist und nicht mehr hineinpasst. In wenigen Augenblicken werde ich wieder das kleine, tollpatschige Mädchen sein, die Lügnerin, die Rebellin ohne Grund. Ich atme tief durch, um mich für diese Rückverwandlung zu wappnen, diesen uralten Zauber, den ich noch immer nicht zu brechen vermag.

Während ich am Gepäckband auf meinen Koffer warte (gewollt klein, für einen Kurztrip), stelle ich mir das Gesicht meines im Ankunftsbereich wartenden Vaters vor – ist er älter geworden? Magerer als beim letzten Mal? –, dann hole ich das Handy aus der Tasche und scrolle in der Bildergalerie bis zu der Einladung, die meine Mutter mir weitergeleitet hat. Eine piekfeine Karte:

Die Namen sind per Hand auf dickes, handgeschöpftes Papier geschrieben, das eigens ausgewählt wurde, um sich als kostspieliges Extra hervorzutun. Sie ging an die Freunde der Familie, an Kollegen und ehemalige Schulkameraden, liegt gut sichtbar auf den Schreibtischen der Ärzte und in den Kanzleien der jungen Anwälte im Stadtzentrum. Der Termin ist auf einen Morgen Ende Mai festgesetzt, und rings um die Kirche wird man keinen einzigen Parkplatz mehr finden, ein untrügliches Zeichen für Gunst und Erfolg.

Rossella Di Michele und Luca Migliori: Die Kombination der beiden Namen klingt ironisch. Vom väterlichen Nachnamen hat meine Cousine die Zugehörigkeit zu einem Mann geerbt, der ihres Ehemannes verleiht ihr Erstklassigkeit und somit die Autorität, die verheiratete Frauen bei uns in gewissen Kreisen noch immer genießen: die Küche, die Ersparnisse, die Wertigkeit. Vom Vater zum Ehemann, sie steht ebenfalls kurz vor dem Übergang. Ganz so, wie es sich gehört.

Fast alle unsere ehemaligen Klassenkameradinnen – anständige Mädchen – sind mit dreißig Jahren mindestens schon einmal Mutter geworden. Alle haben einen Ehemann oder einen Lebensgefährten, und diejenigen, die arbeiten, haben einen leicht zu erratenden Job: Sie sind Lehrerinnen oder Anwältinnen, manche arbeiten Teilzeit als Ärztin in einer Privatpraxis, andere sind Vollzeitmütter – aber nur, bis die Kinder groß genug sind, das gleich klarzustellen, ist ihnen wichtig.

Auch ich bin dreißig Jahre alt, gehöre aber zu einer anderen statistischen Gruppe. Ich stehe auf der Liste derer, die sich *expats* nennen: Ich stamme aus einer guten Familie, die mir das Studium ermöglicht hat, und deshalb, findet meine Mutter, ist es unschön, sich als *Auswanderer* zu definieren, auch wenn man nie aufhört, sich als solcher zu fühlen. Momentan habe ich nicht einmal ein richtiges Zuhause, aber das wissen die anderen, meine Verwandten, nicht.

Die Wohnung, in der ich mich hauptsächlich aufhalte, gehört Tomás, von ihm haben sie auch noch nie gehört. Wir haben uns über eine Dating-App kennengelernt, und das allein ist Grund genug, ihn nicht zu erwähnen. Sie würden fragen, was ich auf so einem Portal bloß zu suchen habe, und sich mit Grausen meine Fotos vorstellen – gewagte Fotos? War sie auf Sex aus? Haben sie gleich am ersten Abend gevögelt? –, sie würden sagen, auf diese Weise findet man keine ernsthafte Beziehung. Aber was ist eigentlich eine ernsthafte Beziehung? Wenn man sich ihre Beziehungen ansieht, möchte man sie fast beim Wort nehmen, denn als Erwachsene zusammen zu sein, bedeutet offenbar, sein Lächeln zu verlieren.

Tomás' Wohnung liegt in einem Sozialbau im Ostlondoner Stadtteil Mile End. In mein Zimmer auf der anderen Seite des Victoria Parks passen mit Ach und Krach ein Kleiderschrank und ein Einzelbett hinein. Ich gehe nur dorthin, um saubere Anziehsachen einzupacken, die schmutzigen in die Waschmaschine zu stopfen und zwei Worte mit Anya, der jungen Polin, zu wechseln, die mit drei Katzen hinter einer Faltschiebetür wohnt. Ich bin nie dahintergekommen, womit sie ihr Geld verdient. Tomás ist überzeugt, sie hat einen OnlyFans-Account, auf dem sie sich in Unterwäsche zeigt und dabei auf dem Bett mit den Katzen spielt. Sie geht nie vor die Tür, ist immer im Morgenmantel, aber zahlt pünktlich und ohne zu mucken die Miete.

Tomás teilt sich die Wohnung mit drei anderen Leuten, die ich nur als dunkle Schemen kenne, denen ich nachts auf dem Weg zum Klo zufällig im Flur begegne. Es gibt keinen Gemeinschaftsbereich, nur eine alte, siffige Küche, die lediglich ihren Zweck erfüllt. Diese Küche ist wie unsere Beziehung: zweckdienlich, um sich in einer luftleeren Stadt über Wasser zu halten. Sein Zimmer – unser Zimmer – hat nackte Wände, deren dunkles Grün an die Farbe von Wäldern erinnert, in denen ich nie gewesen bin. Es gibt einen unter Haufen von Papierkram und Akustik-Fachbüchern verschwundenen Schreibtisch, dem ich kein freies Eckchen abtrotzen kann. Über der Kommode hängt ein einsames Bild des Rio Negro in Argentinien, wo Tomás als Kind seine Familiensommer verbrachte. Bis auf diesen mit dicken Staubschichten bedeckten Rahmen erzählt kein anderer Gegenstand von ihm, als wäre er immer im Aufbruch, obwohl er dann doch bleibt. Vorläufigkeit ist ein weiteres Merkmal von uns. Es läuft, solange es läuft, hatten wir uns zu Beginn gesagt, dem hatte keiner etwas hinzugefügt, und so ist es nun.

Als ich mich nach dem Mittagessen hinausgeschlichen habe, um zum Flughafen zu fahren, chillte Tomás auf seiner Bettseite. Im Grunde beruhigt ihn diese Reise: Dass ich ohne ihn hier bin, ihn nicht meiner Familie vorstelle, ihn nicht erwähne, wenn sie mich fragen, ob es einen Mann in meinem Leben gibt. All das bedeutet, dass wir noch frei sind, dass wir einander nicht ausschließlich gehören.

Jenseits der Flughafenschiebetüren entdecke ich meinen Vater, aufmerksam blickt er sich um in der Hoffnung, zufällig einem Bekannten zu begegnen. Er sieht dünner aus, aber nicht abgezehrt, trägt einen ordentlichen Anzug und die lachsfarbene Krawatte, die er immer umbindet, seit er für die Mitte-rechts-Koalition als Bürgermeister kandidiert. Mama hatte mich vorgewarnt, in letzter Zeit habe er sich in sein eigenes Wahlplakat verwandelt, und treffender hätte ich es nicht ausdrücken können. Als ich mit dem Gepäck auf ihn zugehe, mustert er mich von Kopf bis Fuß. Ohne eine Miene zu verziehen, küsst er mich auf die Wange, nimmt mir den Koffer ab und macht mich auf die Laufmasche am Knöchel aufmerksam, die als schmaler Strich aus den Springerstiefeln kriecht. „Zu Hause ziehst du dich als Erstes um, so muss dich ja keiner sehen."

Schweigend gehen wir zum Auto. Ich habe nichts Ehrliches zu sagen, das keinen Streit provozieren würde. Ich hasse seine Art, den Gesichtsmuskeln nie eine Pause zu gönnen, wie ein Daueraufkleber blitzt sein Lächeln unter dem dichten, wohlgepflegten und unnatürlich schwarzen Schnurrbart hervor. Als wir ins Auto steigen wollen, erkennt ihn jemand von Weitem und grüßt ihn mit Namen, also winkt er mit einem Arm zurück und drückt mich mit dem anderen so fest an sich, dass mir die Schulter wehtut. Schließlich – so sagt er in dem Video, das er ins Netz gestellt hat – ist die Familie das Fundament des bürgerlichen Miteinanders, und diese Geste sollte genügen, um die Wähler von seiner Redlichkeit zu überzeugen. Es ist unerheblich, dass er mit seinen Geschwistern kaum noch spricht und die Brücken zum Rest der Familie abgebrochen hat, als ich noch klein war – Erbstreitigkeiten nach dem Tod der Großeltern.

Auf dem Weg nach Hause spricht er von den bevorstehenden Wahlen, und ich höre zu, stelle keine Fragen, denke an das nächste Thema, an die nächsten Themen der nächsten zehn Tage – meine Cousine heiratet, sage ich mir noch einmal –, und verfluche die Entscheidung, zurückzukehren. Während mein Vater redet, frage ich mich unversehens, ob er wohl auch ein aktives Dating-App-Profil hat. Beschreibung: Anwalt (kinky), suche Mistress. Aktionsradius: 40 km, die Entfernung von Caserta nach Neapel. Interessiert an: Frauen (25-35). Hymne: *I giardini di marzo* – Lucio Battisti.

„Hast du mit Rossella gesprochen?", fragt er mich, um wieder meine Aufmerksamkeit zu erhaschen, als wäre die Zeit nie vergangen und zwischen meiner Cousine und mir würde noch immer die alte Vertraulichkeit von früher herrschen.

„Nein", antworte ich knapp, „seit den Weihnachtswünschen habe ich nichts mehr von ihr gehört." Mit mechanischer Geste entsperre ich das Handydisplay und lande auf dem Foto der Einladung. Ich betrachte die beiden nebeneinanderstehenden Namen und wundere mich einen Abend vor dem Junggesellinnenabschied noch immer, dass ich dazu eingeladen wurde.

Sobald ich einen Fuß aus dem Aufzug auf den Treppenabsatz des dritten Stocks setze, nimmt das immer gleiche Ritual meiner Rückkehr seinen Anfang. Beim Klimpern der aus der Tasche gezogenen Schlüssel und dem Echo der Stimmen auf der Marmortreppe kommt die Nachbarin heraus, um die große Birkenfeige vor ihrer Wohnungstür zu gießen. Das tut sie jeden Abend, obwohl wir längst wissen, dass es eine in einen Erdhaufen gesteckte Plastikpflanze ist. Schon jahrelang geht das so, seit der Architekt, der dort wohnte, weggezogen ist. Anfangs war die künstliche Pflanze ihr Trick, um uns alle kennenzulernen, doch dann ist ihr die Gewohnheit geblieben.

„Willkommen zurück", sagt sie zu mir. „Hat dir die Heimatluft gefehlt?" Ihr Ton gebietet keine andere Antwort als die erwartete, unabdingbare.

Ehrlich gesagt, fehlt Caserta mir nie. Was mir oft fehlt, ist das Gefühl der Erwartung, das Bewusstsein, dass die Stadt auf einen wartet, selbst wenn man fortgeht, und einen bei der Rückkehr immer gleich empfängt, wie eingefroren, abgesehen von ein paar Restaurants, die eröffnen und wieder dichtmachen. Es sind unzählige, vor allem in der Via Bosco, binnen weniger Monate ploppen sie auf, sind eine Weile angesagt, leeren sich mit einem Mal und machen unter neuem Namen wieder auf. Geschniegelte Teenager laden ihre ersten Freundinnen von ihren beim Poker gewonnenen Ersparnissen dorthin ein. Die Mädchen fotografieren das Essen und posten ihre Selfies mit dem Filter *pure baby face* und dem Hashtag *#einJahrWir* auf Instagram. In manchen Ecken der Stadt nimmt die Mopeddichte zu, und dann weiß man, dass sich irgendwo dort, jenseits der Menschentraube, eine Bar versteckt. Hin und wieder kreuzt die Dorfjugend aus dem Umland auf, um die reichen Kids zu verprügeln, einfach so, dann verdichtet sich der Menschenpulk im Kern und verläuft sich an den Rändern. Die Jungs bringen die Mädchen auf ihren 50er-Motorrollern heim, setzen sie vor der Haustür ab und kommen wieder, um zu gucken, was abgeht.

Ende der Achtzigerjahre als Tochter aus gutem Haus in Caserta geboren zu sein, ist ein Schicksal, das für viele den gleichen Verlauf genommen hat: Eine gerade Linie, die an der privaten Grundschule der Nonnen von Sant'Agostino am Ende der Via Mazzini beginnt und den Corso Giannone mit der Mittelschule, dem humanistischen Gymnasium und der Sant'Antonio-Kirche entlangführt, in der man sich allsonntäglich mit den Familien trifft, ehe es zum Mittagessen bei den Großeltern geht.

Die wohlgeborenen, anständigen Mädchen aus der Provinzstadt haben ordentliche Haare und gebügelte Blusen; in der Tür ihres Kleiderschranks hängt ein Poster von Leonardo DiCaprio oder Nick Carter; in ihren Schulkalendern finden sich mit bunten Finelinern geschriebene Songtexte und ein geklautes Foto von diesem Jungen, den sie im Sommer in Gaeta kennengelernt haben. Nachmittags unter der Woche, wenn sie über ihren Latein- oder Matheheften sitzen, treffen sich ihre Mütter im Wohnzimmer und trinken Kaffee aus dem guten Porzellan. Sie versammeln sich zum rituellen Aussteuerzeremoniell, um zu sehen und gesehen zu werden. Zwischen ihnen sitzt der Vertreter, preist seine edlen Stoffe an und malt ihnen die funkelnde Zukunft ihrer Töchter aus, die in zwanzig Jahren Frauen sein werden. Der glänzende Einzug beim Gatten, mit ihrer kostbaren Aussteuer, heimliches Relikt der einstigen Mitgift. Reine Seide, ägyptische Baumwolle in Rosanuancen. Die jungen Mütter geben vor ihren Freundinnen Geld aus, streiten um die erlesensten Stücke, unterschreiben Schecks, täuschen halbe Ohnmachten vor, *mein Mann wird mich für wahnsinnig halten*, und haben sich bereits ausgerechnet, dass die Mitgift in exakt diesem Moment mit dem zahlungskräftigen Beiklang ihres Familiennamens beginnt.

Das Leben der anständigen Mädchen in der Provinzstadt ist ein Kreuzweg aus gesellschaftlichen Pflichtveranstaltungen, und jede Abkehr ist ein kleiner Skandal. Die Kunde davon, was gewesen ist und nicht hätte sein sollen, springt zwischen den Häusern des Zentrums über, kriecht unter den Balkonfenstern hindurch, dringt in den frühen Nachmittagsstunden in die Wohnzimmer und jagt denen, die sagen, *was für eine Schande, damit haben wir nichts zu tun, uns könnte das nicht passieren,* einen lustvollen Schauder über den Rücken.

Clinamen ist das lateinische Wort für Abweichung. Das hatte unser Lateinlehrer in der Stunde über Lukrez gesagt. Die Atome fallen in gerader Linie hinab, doch dann, einfach so, wie aus dem Nichts, verlassen sie ihre Bahn, prallen aufeinander, mischen sich, und schwupp! sind da die Schulbänke, die Klassen, die angeödeten Teenager, das Klassenbuch, die Pausenklingel. Auf der geraden Linie meines Lebens hatte ich jeden Tag von einem *Clinamen* geträumt, das mich mit etwas anderem mischte, mich zu etwas vollkommen anderem werden ließe als das, was für mich vorgesehen war.

Mit den Jahren ist die Stadt in mich eingedrungen. Ihre Schlacke hat sich in meinen Adern und in manchen Gedanken abgesetzt, gegen die ich mich noch immer heftig wehre. Manchmal tauchen sie gegen Abend auf, wenn ich weniger auf der Hut bin. Der Stadtplan des Zentrums und der Randbezirke – die Anordnung der Gebäude – hat das Wesen der Generationen geformt, ihre Bereitschaft geprägt, zu träumen oder es nicht zu tun, nach vorn zu blicken und sich die Zukunft auszumalen oder sich im Schritttempo voranzubewegen, den Blick fest auf die Schuhspitzen geheftet. Wir alle hier sind im Schatten des Königspalastes geboren. Die Häuser sind niedrig, halten sich noch immer an das vor Jahrhunderten erlassene Dekret, das den Untergebenen verbat, höher zu bauen als der Wohnsitz des Königs. Dieser Hang zum Gehorsam gehört zu einer Stadt, die auf dem Prunk eines einstigen Königreichs gebettet ist und an diesem Erbe so schwer zu tragen hat, dass sie nicht vom Fleck kommt.

Wenn man abends mit dem Moped aus Casertavecchia hinabfährt, kann man ringsum die sich rosa färbenden Hügel sehen, und das ist ein schöner Anblick, auch wenn er dem Weiß der Steinbrüche geschuldet ist, dem blanken Stein, der als Staub in die Straßen des Zentrums dringt und sich auf die Scheiben der in doppelter Reihe parkenden Autos legt. Er legt sich auf die heimlichen Liebespaare, die getrennt ins Tal fahren, auf die Jungen, die aus der Turnhalle strömen und sich zu ihren unter den Bogengängen kiffenden Kumpels gesellen, auf die Mütter, die Supermarkttüten schleppen, auf die alten Frauen, die am Ausgang der Abendmesse Padre-Pio-Kalender auf Pump verkaufen. Der Staub der Steinbrüche senkt sich mit der Nacht herab, legt sich bleischwer auf die Köpfe der Passanten und drückt ihre Stirnen nieder, auf dass sie stets zu Boden und nie zu weit in die Ferne schauen.

Ich komme nur selten zurück, immer zu Weihnachten, fast nie zu Ostern, niemals im Sommer. Ich wähle die Momente, in denen die Stadt sich mit Menschen füllt, wenn alle aus ihren Winkeln der Welt wiederkehren und zu sehr mit dem großen Hallo beschäftigt sind, um einander wirklich zu begrüßen und jenseits der üblichen Floskeln etwas von sich preiszugeben. Mit zwanzig habe ich einen Flug nach London genommen, wenige ordentliche Kleider und ein Paar Gummischuhe in den Koffer gesteckt, um meine Mutter zu beruhigen. Sie hatte es sich trotzdem nicht nehmen lassen, mir heimlich ein Heiligenbildchen der Maria Knotenlöserin zwischen die Unterwäsche zu stecken. Es zeigt die Jungfrau beim Lösen eines Knotens in einem langen, weißen, von zwei Engeln links und rechts gehaltenen Band. Schützende Madonna der Eheleute, heilige Friedensstifterin, aber vor allem

Verfechterin des Gehorsams. Eine Muttermadonna, die mich an die Nabelschnur legt, an der langen Leine hält oder es zumindest versucht. Dennoch und trotz all dieser Schlingen sind zehn Jahre vergangen. Jedes Jahr werde ich gefragt, ob ich bald fertig bin, ob ich genug habe. In erwartungsvollem Ton, als müsste das Spiel mir irgendwann langweilig werden.

„Meine Tochter gibt Italienisch-Nachhilfe", sagt meine Mutter zur Wurstwarenhändlerin, die sich ab und zu nach mir erkundigt, und dann zur Kosmetikerin, zu Parfümerieverkäuferin.

„Ah, sehr gut, aber bestimmt findet sie noch eine richtige Arbeit", sagen die Frauen.

„Besten Dank, Signora, wir sind dabei, eine zu suchen", antwortet meine Mutter.

Wir sind dabei, genauso drückt sie sich aus, mit einer Komplizenschaft, die mich dennoch ausschließt und durchblicken lässt, dass mein Job ihr nicht passt, weil sie mit ihm vor den Leuten nichts hermachen kann. Einmal hat sie mich angerufen, um mir zu sagen, die Direktorenstelle des Königspalastes sei freigeworden.

„Das wäre vielleicht was."

„Wir suchen weiter, Mama. Echt."

In London habe ich sämtliche Zeitlöcher mit Arbeit gestopft, um dort bleiben zu können, ohne um Hilfe bitten zu müssen: Ich war Kellnerin, Au-pair, Verkäuferin, Cat-Sitter. In zehn Jahren habe ich es in der Hierarchie junger Auswanderer nach oben geschafft und bin Lehrerin für Italienisch als Fremdsprache geworden. Meine Schüler sind Opernsänger, Models, Produzenten, Aktivisten, Schriftstellerinnen, Anwälte. Sie leben in Chelsea, Notting Hill, Kensington. In jedem Gebäude winkt mir der Concierge am Empfang grüßend zu, aus Gewohnheit, aber auch aus Komplizenschaft. Meine klappernden Absätze geben mir ein Auftreten. Ich halte den Rücken gerade und entspanne ihn erst im Aufzug, auf dem Weg nach oben. Im Spiegel zeigt die Neonbeleuchtung eine Kindfrau, die schon immer wusste, dass sie nicht schön ist, und fast aus Trotz beschlossen hat, ihrer Natur zu entsprechen: Das bezeugen die struppigen, kurzen Haare, die ich mir, wie schon mit sechzehn, noch immer selbst zu einem misslungenen Pagenkopf schneide; davon zeugt die blasse Haut, die ich nicht mehr mit Schminke zu beleben versuche. Meine Professionalität ist das Produkt gezielten Lächelns, loser Blätter und dem Geräusch meiner Schuhe. Ich betrete Wohnungen mit Stuck und Messing, in denen meine Schüler mich mit Worten einer Sprache, die sie nie zuvor gesprochen haben, in ihre intimsten Geheimnisse einweihen. Vor allem morgens begegne ich vielen einsamen, wunderschönen Frauen. Sie sind die Königinnen dieser leeren Wohnungen, in denen ich mich in ihre Gesellschafterin verwandele. Die Ehemänner haben wichtige Jobs und sind häufig unterwegs, fahren auf Geschäftsmeetings, spielen Golf, kommen spät zum Abendessen heim. Diese Frauen lernen die Sprache ihrer Männer in dem Irrglauben, sie sei die einzige Kluft, die sie vom gänzlichen Verständnis ihrer Lebensgefährten trennt. Wie soll man ihnen unrecht geben? Die Sprache, meine Sprache, ist ein hellseherisches Instrument, ein Sakrament. Indem sie lernen, über sich selbst zu sprechen, legen diese Frauen mit jungfräulichen Worten, die ihnen zum ersten Mal über die Lippen kommen, eine Beichte ab. Von der Grammatik gezwungen, endlich zu sagen, was sie mögen und was sie nicht ausstehen können, *cosa piace a me* und *cosa piace a lui*, nehmen diese Frauen klare Farben an, ihr Profil hebt sich von den verblassten Gesichtern ab, die eingerahmt im Eingangsflur hängen.

Und wie sagt man *my*? *Mio marito, mia suocera, mio figlio* – mein Mann, meine Schwiegermutter, mein Sohn. Die Eile, zum Possessivpronomen zu kommen, wenn man über die Familie spricht. Die Familie, die man besitzt und die einen besitzt, die dich zu einem Namen ohne bestimmten Artikel macht, den grammatikalischen Pfeiler der Freiheit. Man sagt *il mio ragazzo*, aber *mio marito*. Dieser Punkt ist immer schwer zu erklären. Die Schülerinnen lachen, sie finden es lustig: Die Italiener haben einen so ausgeprägten Familiensinn, dass Zusammensein nicht genügt, um wirklich dazuzugehören. Es braucht die Ehe. Ich muss an das Wort *legato* denken, das nicht dem englischen *close* entspricht: In meiner Sprache legt die Familie dich in Schlingen und zieht sie oft so fest, dass sie Striemen hinterlassen. Man versteckt sie unter Schichten von Kleidern an dem eisigen Ort, an den man sich geflüchtet hat, um sich frei zu fühlen.

„Du hast Glück", hat Cristiane eines Tages zu mir gesagt, als wir uns nach dem Ende der Stunde in ihrem Reichengarten unterhielten, der im Schatten der Häuser von Chelsea an andere Reichengärten grenzt. „Du bist Ausländerin. Hier kannst du es in der Gesellschaft zu allem bringen, du musst dir nur den richtigen Mann angeln." Bestimmt hat auch Cristiane ein Tinder-Profil, um ein schwarzes Loch der Einsamkeit zu füllen. Aktionsradius:

500 km, um jemanden aus dem Dunstkreis der Steuerparadiese im Ärmelkanal abzugreifen, vielleicht einen französischen Broker. Beschreibung: gelangweilte Prinzessin, Ex-Model, hot mum. Interessiert an: Männern (45-55), Hymne: *Moi… Lolita* – Alizée.

In den letzten Jahren haben sich die Werbungen für Dating-Portale in den Unterführungen und U-Bahnwagen vervielfacht. Es gibt die unterschiedlichsten Arten, jede davon so treffsicher, dass sie ausgerechnet dich anzusprechen scheint, der vom Land in die Hauptstadt gezogen ist, dich, der wieder zurück aufs Land will und eine ideale Partnerin sucht, um die neuen Gummistiefel, die du deiner Ex gekauft hast, ehe sie dich sitzen ließ, mit Spaziergängen einzudrecken. Für all das kann man ein Profil in der Landliebhaber-App erstellen. Dann gibt es die Christen-App für alle, die es leid sind, sich Ausreden auszudenken, weil sie mit einem Hangover in der Sonntagsmesse aufkreuzen. Apps für Vegetarier, Apps für Veganer, Apps für Unternehmer, die keine Zeit verlieren wollen, denn für sie ist jedes Treffen auch ein kleines Investment. Es gibt auch eine Ü70-App. Jedes Mal, wenn sie mir unterkommt, starre ich auf das Logo: Eine weiße, halb heruntergebrannte Kerze mit einem Lichthof um die Flamme. Im Hintergrund weißhaarige, klassisch gekleidete Menschen, Männer mit Spazierstock, die aussehen, als wären sie gerade von der Fuchsjagd zurück, Frauen in weichen Strickjacken, weiten Röcken und einem Roman auf den Knien. Auf einer dieser Werbungen sitzen die beiden auf einer Bank und schauen sich zusammen ein Foto an. Vielleicht zeigt es einen Menschen, den sie verloren haben, den Partner, mit dem einer der beiden sein Leben teilte und nun nicht mehr teilt, jetzt muss man nach vorn schauen. Von allen Werbungen ist das die ehrlichste: Sie schreit den Angestellten, Studentinnen und durchreisenden Touristen ins Gesicht, dass wir uns in der großen Stadt, jenseits der strahlenden, alles verheißenden Schaufenster, nichts anderes wünschen, als uns nicht mehr so verdammt einsam zu fühlen.

An einem Tag Ende August schüttete es aus Kübeln, meine Stunde mit Cristiane wurde im letzten Moment abgesagt, und ich flüchtete mich in ein Café und wartete darauf, dass der Regen nachließe. Plötzlich kam mir ein Artikel in den Sinn, den ich in einer liegengelassenen Zeitung in der U-Bahn gelesen hatte und in dem ein Experte erklärte, wie man ein perfektes Tinder-Profil erstellt. Man sollte sich mit konkreten Beispielen beschreiben, sagte er, die Leute mögen Anekdoten. Statt zu sagen, du liebst das Abenteuer, erzähl, was du gemacht hast. Statt zu sagen, du bist kreativ, erzähl, wie du mit allen Mustern gebrochen hast. Er brachte das Beispiel eines Bekannten: *Einmal habe ich einen Hügel in Schottland bestiegen, und das nur, weil niemand dort war, um mich davon abzuhalten*. Verwegen. Frech. Sportlich. Sein Freund könne sich vor Dates kaum retten. Es klang wie eine Marketing-Lehrstunde, doch letztlich ging es darum, Geschichten zu erzählen, und am Ende war ich überzeugt.

Ich lud die App herunter und scrollte auf der Suche nach einem Profilbild durch meine Handygalerie: Ich entschied mich für ein Foto, auf dem ich durch einen imaginären Türspion aus Daumen und Zeigefinger spähte. An einem der beiden Finger trug ich ein Hello-Kitty-Pflaster, weil ich mich an dem Morgen beim Apfelschälen geschnitten hatte. Als Aktionsradius für die Suchmaschine wählte ich zwei Kilometer. Ich hatte keine Lust, von einem meiner Schüler gesehen zu werden. Ich wusste, dass ich sie in der App finden würde, auch die verheirateten. Am Ende gehören alle diesem Geheimbund an: Jeder kennt ihn, und trotzdem streitet man ab, dazuzugehören, aus Angst, für pervers oder – schlimmer noch – für verzweifelt gehalten zu werden.

Als ich die Wohnung betrete, ist es nicht mehr Tag, aber noch nicht dunkel. Wie jeden Frühling ist die Sonne spät hinter dem Glockenturm der Pfarrkirche verschwunden, und die Bäume des königlichen Forsts werfen ihre langen Schatten auf die Häuser, als würden sie am liebsten das Weite suchen. Von der Küche aus sehe ich meine Mutter, die mit einem Glas Prosecco in der Hand und einer Blechschachtel auf den nackten Knien auf dem Balkon wartet. Die Ercole-Brücke ist wieder einmal gesperrt, und es ist angenehm, auf den sich herabsenkenden Abend zu warten. Noch ehe ich die Tasche abstellen kann, schließt sie mich in die Arme, drückt mich fest, genau wie mein Vater, doch ihre Umarmung ist weich und warm. So hält sie mich lang, nie versöhnt mit der Idee der Trennung, dann fordert sie mich auf, mich neben sie zu setzen. Ihre Miene ist abwartend, die Brauen hochgeschoben, das Kinn halb in der Luft. Sie hofft immer, dass ich etwas sage, das aber nie kommt, weil ich nie von mir rede, mich vor der ominösen Flüsterpost schütze, die bei ihr beginnt und sich über ihre Schwestern bis zur Parfümerieverkäuferin, zur Kosmetikerin, zur Friseurin fortsetzt.

„Was hast du da drin?", frage ich und zeige auf die Schachtel.

„Schau nach. Es ist eine Überraschung. Ich habe den ganzen Nachmittag gebraucht, um sie zusammenzusuchen."

Kaum öffne ich den Deckel, wird der Behälter zu einer Zeitmaschine in den Farben der alten Kodakfilme. Es sind lauter Fotos, die mich mit Rossella zeigen: Meine Mutter hat sie herausgesucht und für mich zusammengestellt, damit sie eine Idee von Familie vermitteln, die nichts mit uns zu tun hat, aber an der sie hartnäckig festhält. In den Händen halte ich die von einer geschickten Regisseurin zusammengeschnittene Kurzfassung allzu vieler, bereits gelaufener Folgen. Diese Bilder sind das Dossier, das ich durcharbeiten muss, um wieder in die mir zugedachte Rolle zu schlüpfen. Unter all den Stücken glänzenden Papiers unterschiedlicher Form und Größe erkenne ich die alternative Aufnahme des „guten" Porträts, das in unserem Wohnzimmer hängt. Es ist ein gestelltes Foto samt Hintergrund und allem Drum und Dran, Rossella und ich tragen das gleiche Kleid, sie in rosa, ich in gelb.

Es war das erste Mal, das man mit uns zum Fotografen ging. Aus einem perversen Impuls zogen unsere Mütter uns immer gleich an, kauften uns immer das gleiche Spielzeug und machten die offenkundigen Unterschiede damit noch deutlicher. Beide hatten unter sehr ungleichen Umständen schließlich eine einzige Tochter bekommen, obwohl sie sich mindestens ein weiteres Kind gewünscht hätten. Ehe ich geboren wurde, hatte meine Mutter mehrere Fehlgeburten erlitten und daraufhin lange depressive Phasen durchlebt. Jedes Mal war es ihr schwerer gefallen, sich daraus zu befreien, und so hatte sie es nach meiner Geburt nicht weiter versucht. Tante Imma hingegen hatte Rossella in einem kurzen Intermezzo der Wiederannäherung mit ihrem Mann bekommen, doch schon in den ersten Schwangerschaftsmonaten hatte sich die Sache wieder erledigt. Onkel Genni hatte sich ein Einzelbett ins Arbeitszimmer gestellt, möglichst weit weg von seiner Frau. Seit Jahren schliefen sie getrennt, hielten im Alltag aber an ihrer tröstlichen Fassade fest. Uns wie Schwestern großzuziehen war für unsere Mütter eine Art Kompensation und ein Rollenspiel, wie es kleine Mädchen mit ihren Puppen spielen, samt spontan improvisierter, akribischer Details anderer möglicher Leben.

Auf dem Bild strotzt Rossella vor Engelslocken, ich dagegen bin dunkel und blass, mit tiefen Ringen unter den Augen. Wir sind ungefähr sieben Jahre alt und wissen nicht, wie man lächelt, wir können es nicht richtig. Wir haben ein paar Milchzähne verloren, und die neuen sind noch nicht gewachsen. Wir ziehen die Lippen so sehr wir können in die Breite. Ich habe gerade erst aufgehört zu heulen: Das sieht man an den glänzenden, roten Augen, am zerknautschten Kleid, das ich offenbar auszuziehen versucht habe. Rossella dagegen sieht wie eine Porzellanpuppe aus, blaue Augen, rosig, aber nicht gerötet, pausbackig, aber nicht dick.

Ich krame auf dem Boden der Fotoschachtel herum, suche rückwärts in der Vergangenheit nach dem exakten Punkt, an dem unsere Wege sich trennten. Ich befrage die kleinen Mädchen von damals, um die Frauen zu begreifen, zu denen wir geworden sind. Aus dem ungeordneten Stoß aufbewahrter Bilder taucht auch das der Sprachreise nach England auf. Wir sind vierzehn Jahre alt, es ist der Tag des Ausflugs nach Stratford-upon-Avon, Rossella und ich stehen vor dem Shakespeare-Standbild und ahmen dessen Pose nach, wie wir es auf den Fotos unserer noch jugendlichen Eltern aus den Siebzigern gesehen hatten.

„Auf dieser Reise haben sie sich kennengelernt. Erinnerst du dich?", sagt meine Mutter und kommt wieder auf die Hochzeit in genau einer Woche zu sprechen. „So ein anständiger Junge, dieser Luca. Sie werden ein glückliches Paar."

Sie sagt es einfach so, ohne auf Rossellas Verschwinden anzuspielen, auf die dreitägige Lücke ausgerechnet zu Beginn des Ehevorbereitungskurses. Das war im März, vor wenigen Monaten erst.

Meine Mutter hatte mich eines Abends angerufen, um es mir zu sagen, als ich gerade die Lower Belgrave Street zur Victoria Station hinunterhetzte. Sie hatte mich gebeten, mich hinzusetzen, und ich hatte mich am schwarzen Gittertürchen eines weißen Reihenhauses festgehalten.

„Rossella ist verschwunden", hatte sie mehrmals mit fester Stimme gesagt. „Du weißt nicht zufällig, wo sie sein könnte?"

Ich sehe mich noch dort stehen und ihrem Schweigen am anderen Ende der Leitung lauschen. Ich sah die asiatisch anmutenden Hausangestellten aus den lackierten Eingangstüren treten, um mit den Hunden die abendliche Runde zu drehen. Möpse, Dalmatiner, Windhunde. Die ordentlich gebügelten, kleinen Mäntel der Frauen, die poppig bunten der Tiere.

Ich sagte zu ihr, ich hätte keine Ahnung. Währenddessen bekam der papierne Prospekt dieser fremden Stadt einen Riss. Jenseits der weißen Häuser klaffte ein Loch, durch das ich ein düsteres, selbstgerechtes Bild meiner Familie erspähen konnte. Meine Familie mit einem weiteren Kreuz auf den Schultern.

Rossella hatte am Freitagmorgen das Haus verlassen und war seitdem nicht zurückgekehrt. Niemand wusste, wo sie war, nicht einmal Luca, der als Allererster zu Hause angerufen hatte, um zu fragen, was los sei. Am zweiten Tag hatten sie erwogen, die Polizei zu verständigen. All das war so surreal, so unvereinbar mit der Idee von Rossella, mit der Vorstellung von Rossella als Mensch, dass etwas Entsetzliches passiert sein musste, um ihre Pläne über den Haufen zu werfen. Ihre Tochter war so glücklich, hatte meine Tante zu dem Beamten vom Polizei-Notruf gesagt. Sie bereite gerade die Hochzeit mit ihrem Verlobten vor, sie hatten angefangen, zum Pfarrer zu gehen. Sie war so glücklich, wiederholte meine Tante, so glücklich.

„Und du, pass auf dich auf", hatte meine Mutter noch gesagt, ehe sie auflegte.

Am Ende des dritten Tages, ein Sonntagabend, war Rossella wieder da. Sie habe das Wochenende bei einer Freundin in Neapel verbracht, um für die Prüfung in Rechtsphilosophie zu lernen, und ihr Handy ausgestellt, um sich besser konzentrieren zu können. Das sei ihr die beste Methode erschienen, um sich die ständigen Anrufe der Cateringfirma vom Hals zu halten.

Sie war sich ganz sicher, uns Bescheid gesagt zu haben, schrieb Tante Imma in einer an den Rest der Familie weitergeleiteten Nachricht. Sie hatte vier Emojis angehängt: einen wütenden Smiley mit rotem Gesicht und rauchenden Nasenlöchern, zwei

Tränen lachende Smileys und ein Paar gefaltete Hände, als Entschuldigung, alle verrückt gemacht zu haben. Damit wurde die Episode ad acta gelegt. Wenn man nicht darüber redete, würden die Leute sie früher oder später vergessen. Solang die Geschichte von der flüchtigen Braut nicht die Runde machte, würden die Menschen allmählich bezweifeln, dass es diese Tage überhaupt gegeben hatte. Irgendwann würde der in heilsame Vergessenheit geratene Zwischenfall niemals stattgefunden haben, und genauso kam es, obendrein sehr viel schneller, als meine Tante gehofft hatte.

In einem Mikrokosmos wie dem unseren, in dem alles, was man tut, hauptsächlich deshalb existiert, weil man darüber spricht, ist Reden wie ein Wassertropfen, der langsam auf einen Felsen fällt und ihn nach und nach mit Kalk bedeckt. Die Erzählung wird für die Zuhörerschaft abgewandelt, gesäubert, heruntergespielt, mit spannenden Details versehen, die womöglich nie stattgefunden haben, aber durch die ständige Wiederholung real werden. Das ist der *Twister*-Effekt zum Wohle der bürgerlichen Familie.

Als ich das erste Mal die Geschichte vom Tornado im Drive-in-Kino hörte, musste ich an die perverse Verquickung von Erinnerung und Erfindung denken, aus der Provinzgeschichten erwachsen. 1996 fegte ein Sturm über ein Drive-in-Kino in Ontario hinweg. Im Lauf der Jahre erinnerten sich zahlreiche Augenzeugen, wie der Tornado die Leinwand ausgerechnet während einer Vorführung des Films *Twister* mitriss, in der die gleiche Szene vorkam. Die Geschichte – so perfekt in der Synchronizität wie der Symmetrie der Ereignisse – setzte sich als offizielle Version durch, obwohl ein Team Dokumentarfilmer ihre Unhaltbarkeit Jahre später belegte: Durch ein Interview mit den örtlichen Betreibern des Kinos fanden sie heraus, dass der Film am Abend des Tornados gar nicht gezeigt wurde; wegen des schlechten Wetters hatten die Zuschauer ihr Eintrittsgeld zurückbekommen und waren nach Hause geschickt worden. Wie beim Tornado wird in unserer Provinzstadt das erzählt und weitergetragen, was man zukünftig in Erinnerung behalten will, und zwar so, wie man es in Erinnerung behalten will, auf dass alles außergewöhnlich und vollkommen erscheinen möge.

Auf dem Profilbild der WhatsApp-Gruppe *Rossy heiratet*, zu der ich wegen des Junggesellinnenabschiedes hinzugefügt wurde, hat meine Cousine blondes Haar, das ihr, wie auf manchen Venus-Darstellungen, in einem geflochtenen Zopf über die Schulter fällt. Hinter den natürlich rosigen Lippen kann man kleine Zähne erahnen, die noch immer nach Milchgebiss aussehen, eine Unschuld, die bei ihr beharrlich nachgewachsen ist und sie manchmal aussehen lässt wie ein kleines Mädchen, das mit den Kleidern seiner Mutter feine Dame spielt. Ihr Verlobter hat sich seit der Schulzeit auf dem Gymnasium kein Stück verändert: dünn und langgliedrig wie ein Insekt, mit dem gleichen hellblauen Hemd, das er bei wichtigen Prüfungen trug. Auch ihm ist die Stadt unter die Haut gekrochen und äußert sich in einer auf die Spitze getriebenen Wohlerzogenheit. Jedes Mal, wenn von ihm die Rede ist, kann ich kaum glauben, dass es um denselben Jungen geht, dem ich als Siebzehnjährige in langen Online-Chats meinen Schlaf opferte. Ich glaube, einmal waren wir sogar ganz kurz davor, den Sinn des Lebens zu finden, doch kann sich heute keiner von uns beiden mehr daran erinnern, weshalb mich der Gedanke beschleicht, diese beiden leicht verpennten, leicht verstiegenen Teenager waren gar nicht wir, sondern zwei andere, von denen ich ausgiebig habe reden hören.

„Du bist müde und morgen geht der Tag früh für dich los“, hat meine Mutter gesagt, nachdem sie die Fotoschachtel weggestellt hat. „Lass uns essen.“ Hastig haben wir das von ihr gekochte Abendessen gegessen, dann bin ich ins Bett gegangen, und die ganze Zeit über drang die Stimme meines telefonierenden Vaters gedämpft durch den Flur.

In meinem alten Kinderzimmer bin ich heute ein Fremdkörper, ein Gast im Gästezimmer. Der Koffer liegt geöffnet auf dem Boden und wartet darauf, ausgepackt zu werden. Das Kleid, das ich in einer Woche bei der Hochzeit tragen werde, wurde bereits unter einer schützenden Plastikfolie sorgsam an die Schranktür gehängt. Der alte rosaweißgestreifte, von der Sonne verschlissene Vorhang ist perlgrauem Seidenstoff gewichen. Das Einzelbett wurde durch ein Doppelbett ersetzt, das unter einem Berg weißer Kissen versinkt und auf den ersten Blick glauben lässt, man beträte ein Hotelzimmer. Das, was ich einmal als schützenden Bau empfand, ist jetzt steril und unpersönlich, bis auf ein winziges Detail: Auf dem Nussbaumschreibtisch steht ein Weißgoldrahmen, darin Mama und ich mit gekreuzten Fingern am Tag des Castings für *Star Wars – Die dunkle Bedrohung* vor dem Königspalast.

Ich gehe ins Bett, lege das Handy neben mich und hoffe auf eine Nachricht von Tomás. Stattdessen erinnert mich das Tinder-Icon auf dem Display daran, dass ich fünf ungelesene Mitteilungen habe. Wie bei allen sozialen Netzwerken werden sie in Rot angezeigt, in der Farbe der Dringlichkeit. Trotzig drehe ich mich weg und versuche zu schlafen.

In der Grundschule im Nonnenkloster von Sant'Agostino lernten Rossella und ich zum ersten Mal, die Welt nach Namen, Dingen und klaren Gefühlen zu ordnen, mit Ausnahme der Angst, die wir stets mit Scham verwechselten.

Die Schule lag diskret versteckt im Herzen der Stadt, rückseits der Einkaufsstraße mit den Designerläden, in denen unsere Mütter stets anschreiben durften. Durch eine winzige Tür gelangte man in einen Eingangshalle mit der Statue der in zarten, blätternden Farben bemalten Jungfrau Maria. Unter der Sandale der Madonna lag der zertretene Kopf einer Schlange, dem die Zeit so zugesetzt hatte, dass er mit dem Fuß verschmolzen war. Nur die blutroten Augen waren noch zu erkennen, die wir mit allen Mitteln zu meiden versuchten.

Hatte man die Halle durchquert, betrat man den weiten, von Säulen umgebenen Kreuzgang, das Pflaster voller Kreidespuren unserer Spiele, die selbst der Regen nicht restlos fortwaschen konnte. Sämtliche Klassenzimmer gingen auf den Hof hinaus, der für die von der Oberin aus einem höher gelegenen Fenster beaufsichtigten Lehrerinnen leicht zu beaufsichtigen war. Jahre später erfuhr ich, dass manche Gefängnisse nach dem gleichen Prinzip gebaut wurden. Ein paar unserer Nonnen hatten tatsächlich etwas von teuflischen Aufseherinnen. Das Gesicht von Rossellas Lehrerin, Schwester Michela, war genauso grau wie das Gewand, das sie in den heißen Monaten trug. Mit den tiefen Furchen in den Mundwinkeln sah sie aus wie ein Mastiff. Meine Cousine behauptete, all die in den Hofecken herumliegenden toten Tauben hätte sie abgemurkst. Schwester Eliana wiederum war eine zerbrechliche Alte mit Pappmachéhaut und knorrigen, astdürren Fingern. Zitternd hielt sie die Kreide und schrieb das Z, das aussah wie eines dieser seltsamen, gelbschwarzen Insekten, die man nur im Sommer sieht und die ihren losen Schwanz im Flug wie ein Band hinter sich herziehen. Niemand fürchtete sich vor Schwester Eliana, sie jedoch fürchtete sich vor allem, besonders vor dem Teufel, den sie ständig mit leiser, schwerer Stimme erwähnte und, um uns noch mehr Angst einzujagen, manchmal das Böse nannte. Bei unseren kurzen Treffen auf dem Mädchenklo tauschten Rossella und ich uns über unsere Nonnen aus.

Im Abendgebet baten wir Gott und seinen Engel, uns auf den rechten Weg zu führen, uns zu guten Mädchen werden zu lassen, auch wenn wir noch nicht recht wussten, was die anderen, größeren Mädchen böse machte, deren Geheimnis uns dennoch mit kribbelnder Erregung erfüllte. Die rätselhaften, schlanken Schülerinnen des pädagogischen Gymnasiums wurden in den Räumen im ersten Stock unterrichtet, zu denen wir keinen Zutritt hatten. Sie mussten keinen Schulkittel tragen, und wenn sie morgens den marmornen Säulengang des Klosters durchquerten, überschwemmten sie den Ort mit einer anarchischen Farbrevolte. Unter ihrer vermeintlich züchtigen Kleidung blitzte immer ein heimliches Stück Haut hervor, ein vorspringender Wirbel, eine Hüfte, die zwischen den Stoffen auftauchte, sobald sie den Arm hoben, um einer Freundin zuzuwinken. Wenn man sie wie nebenbei von Weitem beobachtete, verlor man den Gesprächsfaden. Mit ihrem Auftauchen schien sich ein elektrischer Schlag zu entladen, dessen Auslöser nur selten ersichtlich war, wie das Licht eines Blitzes bei Gewitter. „Hast du gesehen?", fragten wir und spitzten die Ohren, um den Donner zu hören.

Es gibt eine sich wiederholende Szene, schwebend auf dem Zeitstrahl. Der penetrante Geruch nach Feuchtigkeit und Kernseife, der aus den steinernen Spülbecken aufsteigt, in dem die Nonnen ihre Wäsche wuschen, und das unablässige Plätschern des Wassers, das aus den Spülkästen läuft. Die Klotüren reichen nicht ganz bis zum Boden, Rossella bittet mich, den Fuß unter der Tür hindurchzuschieben, während ich auf sie warte, damit sie weiß, dass ich da bin. Sie fürchtet sich vor den älteren Mädchen, doch zugleich sucht sie ihre Nähe, ist von ihnen angezogen. Manchmal kommen sie, um heimlich zu rauchen, und reißen sämtliche Klotüren auf, um sicherzugehen, dass niemand da ist. Sie schließen sich in der hintersten Kabine ein, und man kann sie flüstern oder rotzig herumflachsen hören.

Einmal haben wir versucht, sie zu belauschen, doch es währte nur wenige Sekunden. Eine von ihnen hörte unser ersticktes Kichern, öffnete die Tür und scheuchte uns weg. „Hier drin wird der heilige Rosenkranz gebetet!", schnauzte sie, und die Stimmen der anderen fielen mit ein, während sich eine dichte Qualmwolke über ihren Köpfen erhob. An dem Tag war Rossella mit nassen Hosen in die Klasse zurückgekehrt und musste zu Hause anrufen, um abgeholt zu werden. Schwester Michela hatte ihren Stuhl genommen, ihn dem Innenhof zugewandt vor die Klassentür gestellt und sie aufgefordert, dort schweigend auf ihre Mutter zu warten und über den Verdruss nachzudenken, den sie allen bereitet hatte, die wiederum über sie nachdenken würden. Das Panopticon, das beobachtet und tuschelt.

An jenem Nachmittag hatte ich in meinem Kinderzimmer wieder an das Mädchen denken müssen, das uns angeblafft hatte. Sie war die Schwester von Antonio Rizzo, genannt Tonio, einem Jungen aus meiner Klasse, der ständig mit dem Kopf auf der Bank vor sich hin pennte und die übrige Zeit stumm und mit halbgeöffneten Lidern dasaß und ins Leere starrte. Schwester Eliana belohnte ihn oft mit einer grün-weiß-roten Kokarde, weil Schweigen eine Tugend ist, und er war also ein tugendhaftes Kind.

Seine Schwester war völlig anders. Ich beobachtete sie nach Schulschluss, wenn sie, gegen eine der Säulen des Hofes gelehnt, auf Antonio wartete, um nach Hause zu gehen. Sie trug zwei Nummern zu große Pullover und hatte lange, blonde Haare, die sie nie richtig kämmte und mit einem Bleistift hochsteckte; ihre

Hände waren immer voller Ölfarbe. An dem Nachmittag hatte ich mir vor dem Spiegel vorgestellt, wie sie zu sein. Ich hatte einen Freund mit einem Motorrad und bewahrte meinen Lippenstift in einer Schachtel Merit-Zigaretten auf.

Uns das Erwachsenenleben auszumalen wurde bald zu unserem liebsten Zeitvertreib. Weil wir es leid waren, „Mutter und Kind“ zu spielen, waren Rossella und ich auf eine ungleich minimalistischere und revolutionärere Version dieses Spiels umgeschwenkt. „Spielen wir ‚Erwachsene‘?“, schlug die eine vor, und die andere war jedes Mal einverstanden. Das Spiel bestand darin, Taschen für unterschiedliche Anlässe zu packen, vom Geschäftsessen bis zum Freundinnen-Wochenende. Wir füllten sie mit Stoffresten, die wir unserer Großmutter stibitzten, halb aufgebrauchten Lippenstiften und leeren Puderdosen, in denen nur noch die ehemals fluffig weichen und inzwischen plattgedrückten Puderquasten übrigwaren. Hin und wieder fuhren wir uns damit über die Wangen und seufzten, weil es noch so schrecklich viel zu erledigen gab. Abgesehen von diesen kleinen organisatorischen Szenen unterschied sich unsere ausgemalte Zukunft nicht sonderlich von der Gegenwart, mit Ausnahme des mattblauen Kittels, den wir in der Schule tragen mussten.

Die Weigerung, uns wirklich als Erwachsene zu sehen, war der Tatsache geschuldet, dass keiner der Erwachsenen aus unserem Umfeld uns richtig gefiel, vor allem die Frauen nicht. Da waren die Nonnen, unsere Lehrerinnen, dauernd gnatzig und bereit, statt mit göttlicher Intervention mit dem Teufel zu drohen. Mit der Ausdehnung unseres sozialen Radius hatten sich zu unseren eigenen Müttern dann auch die Mütter unserer Klassenkameraden gesellt: Elegante Damen – noch blutjung, wenn man heute darüber nachdenkt, und doch bereits uralt und müde –, die vor der Schule auf uns warteten und ihre zu schulternden Kreuze miteinander verglichen. *Dieses Kreuz muss ich tragen. Der Herr hat mir dieses Kreuz auferlegt. Der Herr nehme sich dieses Kreuzes an*. Zufrieden gingen sie heim zum Mittagessen, um nach der Sonntagsmesse vor der Kirche noch einmal dieselbe Liste zum Besten zu geben.

In der Schule präsentierte man uns die Jungfrau Maria als höchstes Inbild der Weiblichkeit. Ihr Heiligenbildchen war unter den Mädchen der begehrteste Preis, wenn die Nonne – von Kopfschmerzen geplagt – in der Klasse das Schweigespiel ausrief, oder wenn sich in der Turnstunde, die darin bestand, um den Hof zu marschieren, eine Schülerin besonders artig und fügsam zeigte. „Maria, tränenreiche Mutter", sagten die Lehrerinnen, als wäre es Schicksal, das Schicksal einer jeden Frau, Mutter zu werden, Kreuze zu tragen, um ihre Kinder zu weinen und sich zu fügen. Starke und dennoch überaus zerbrechliche Frauen. Frauen wie Felsen, aber aus Tuff. In unserer ausgemalten Zukunft hüpften meine Cousine und ich im wilden Zickzack durch die Straßen der Innenstadt, um jedem Kreuz auszuweichen, das Anstalten machte, auf uns niederzustürzen.

Auch lebten wir in der bangen Sorge, eines Tages den Ruf zu vernehmen. Wenn die Nonnen davon sprachen, hoben sie die Augen gen Himmel und rahmten, um ihrer Geste noch mehr Inbrunst zu verleihen, das Gesicht mit den Händen. „Er kommt ganz plötzlich", sagten sie, „und wenn er kommt, kann man sich ihm nicht widersetzen. Christus hat dich zu seiner Braut erwählt."

Ende der Neunzigerjahre, als auf MTV ständig das Schwarzweißvideo eines holländischen Mädchens namens Anouk lief, das krähte, sie wolle die Frau von niemandem sein, dachten wir an die Kreuze und die Rufe, an die tränenreichen Mütter und an die, die stattdessen bis zum Erbrechen lächelten und nach dem nächsten zu bringenden Opfer ausspähten. Wir hopsten auf dem Bett unserer Großmutter herum, eingewickelt in ihre Foulards, und sobald die Gitarren und das Schlagzeug zum Refrain anschwollen und die Sängerin wild den Kopf schüttelte und das platinblonde Haar in alle Richtungen peitschen ließ, rissen wir uns sämtliche Tücher vom Leib und warfen uns schließlich erschöpft, befreit und zerzaust rücklings auf die Matratze. Platzte unsere Großmutter in unsere Performance, öffnete sie, ohne uns eines Blickes zu würdigen, hastig das Fenster, um den Schweißmief hinauszulassen, der die Wände des verrammelten Zimmers überzog, suchte nach der Fernbedienung und schaltete um.

„Seid artig", sagte sie, „und setzt euch brav neben mich."

Zu Weihnachten 1999 bekamen Rossella und ich das gleiche Geschenk. Es waren dünne, glänzende, leuchtendblaue Päckchen, versiegelt mit einem vertrauten Aufkleber mit der Aufschrift FONOTECA SGUELGIA. Die Schallplatte, die wir uns verdient hatten, war das Album von Britney Spears.

„Die ist wirklich hübsch", sagte unsere Großmutter immer wieder, stolz auf ihr Geschenk, „was für ein schönes Lächeln dieses Mädchen hat, so natürlich."

Das Album enthielt die Single *Baby one more time*, und im dazugehörigen Videoclip hatte Britney traurige Augen. Tatsächlich waren sämtliche Songs auf der Platte ziemlich traurig: Jemand hatte sie verlassen, und sie wusste einfach nicht, wie sie allein zurechtkommen sollte. Im Video von *Born to make you happy* lag die Sängerin in einem Zimmer, das so ähnlich aussah wie das der Prinzessin in *Prince of Persia*, und wartete darauf, dass ihr Freund – gespielt von einem muskelbepackten Model – zu ihr zurückkehrt. Wer weiß, ob dieses Mädchen unserer Großmutter ein paar Jahre später noch gefallen hätte, als Paparazzi sie dabei fotografierten, wie sie sich sämtliche Haare abrasierte, um dieser Farce, zu der ihr Leben verkam, ein Ende zu machen.

In der Zeichentrickversion von *Dornröschen* schenken die Feen Flora, Fauna und Sonnenschein der kleinen Aurora Schönheit, eine Stimme wie Gold und die Hoffnung auf eine große Liebe. Meine Cousine und ich kannten die Szene auswendig, wir hatten sie auf einer mehr oder weniger legalen VHS-Kassette so oft gesehen, dass wir schließlich überzeugt waren, für uns, die wir mit nur einem Monat Abstand geboren waren, sei es genauso gelaufen. Jede unserer Mütter musste uns zusammen mit ihren Schwestern etwas in die Wiege gelegt haben, ein Geschenk in Form einer Tugend, die uns auf unserem Weg leiten sollte. Wenn ich heute darüber nachdenke, klingt die Vermutung gar nicht so absurd. Allein weil sie waren, wie sie waren, hatten die Frauen unserer Familie uns gangbare Wege geschenkt.

Tante Imma, Rossellas Mutter, ist die Älteste. Es heißt, in jungen Jahren sei sie die begehrteste Frau der Stadt gewesen. Sie war strahlend blond und ein bisschen verrückt, und alle betonten, wie sehr sie Monica Vitti ähnele. Sie war so schön, dass unser Großvater, als sie sechzehn war, an den Wochenenden das Telefon aussteckte, weil er die Anrufe der Jungs, die hinter ihr her waren, nicht ertrug. Dann begann sich der Postkasten unten im Haus mit Liebesbriefen zu füllen, die er ebenfalls beschlagnahmte, weil es sich für ein Mädchen in dem Alter nicht gehörte, so viele Verehrer zu haben. Unmöglich, ihm klarzumachen, dass Imma kein bisschen an ihnen interessiert war. Sie war in einen älteren Jungen verliebt, der Medizin studierte, Jack Nicholson ähnlich sah und ein Auto hatte. Es war das Jahr 1975, und gerade war

Einer flog über das Kuckucksnest in die Kinos gekommen. Erst, als meine Tante achtzehn wurde, lud man den Medizinstudenten allsonntäglich nach Hause ein. Wochentags hielt sich das Pärchen nach dem Abendessen im Wohnzimmer auf, unter den wachsamen Blicken der Haushälterin und unserer Großmutter, die ganz beglückt war, einen Arzt als zukünftigen Schwiegersohn zu haben. Als Tante Imma dahinterkam, dass der junge Jack Nicholson sie mit einer Kollegin aus der Facharztausbildung betrogen hatte, schloss sie sich in ihrem Zimmer ein, fest entschlossen, nichts mehr mit ihm zu tun haben zu wollen. Es brauchte das geschickte Einwirken meiner Großmutter – die Geduld der Schneiderin, die sie früher gewesen war –, um sie zu überreden, den zukünftigen Onkel Genni wieder zurückzunehmen. „Solche Ausrutscher passieren Männern nun einmal", hatte unsere Großmutter gesagt, „christliche Vergebung darf man niemandem verwehren." Vor allem einem Medizinstudenten nicht. Genni und Imma heirateten, nachdem sie ihren Abschluss in Pädagogik gemacht hatte. Tags darauf schickte unsere Großmutter den Lebenslauf ihrer Tochter an die von Salesianerpatres geleitete private Grundschule, da Frauen nun einmal ein Händchen für Kinder haben und diese Arbeit ihr helfen würde, ihre eigenen großzuziehen. Weiblichkeit, und zwar eine ganz bestimmte, aus Eleganz und Schönheit gemachte Weiblichkeit, ist der Wert, den Tante Imma uns als Frauen zu pflegen beibrachte. „Selbst, wenn es dir miserabel geht, soll niemand behaupten, du seist schlampig und ungepflegt."

Meine Mutter Adele ist die mittlere Schwester: eine fröhliche, in der Rolle der chaotischen Künstlerin gefangene Frau, die zu spielen ihr nie wirklich erlaubt war; sie ist ein Relikt aus ihrer Kindheit, als sie, verliebt in Claudia Cardinale beim Ball des *Gattopardo*, kleine, häusliche Darbietungen mit selbstgemachen Kostümen aus alten Stoffresten inszenierte. Wie gern hätte sie Theater studiert, doch unsere Großmutter – ihre Mutter – meinte, das sei kein Beruf für eine achtbare Frau, lieber solle sie sich bei den Nonnen von Sant'Antida um eine Stelle als Lehrerin bewerben und anfangen, ihr Gehalt beiseitezulegen, sobald sie achtzehn sei.

Teo, mein Vater, war der nur unwesentlich ältere Nachbarssohn. Noch ehe sie anfingen, miteinander zu gehen, kannte Adele die Abfolge der Schriftsteller im Bücherregal seines Zimmers auswendig: Julius Evola, Gabriele D'Annunzio, Roman von Ungern-Sternberg, Machiavelli, eine endlose Reihe von Reden und Aufsätzen Ciceros, Texte von Tacitus und ein paar Abenteuerromane. An den endlosen Nachmittagen auf dem Gymnasium, als man sich samstags mit Freunden traf, um Battisti-Platten zu hören, hatte sie die Bände voller Bewunderung lange betrachtet. Irgendwann verstummten die Mädchen jedes Mal und lauschten andächtig den Jungen, die, seit sie einen Narren an der Politik gefressen hatten, ganz plötzlich erwachsener wirkten.

Schon damals war mein Vater ein charismatischer Redner. Die tiefe Stimme, mit der er komplizierte Wörter aussprach, erinnerte meine Mutter an die Schauspieler der Monumentalfilme über das alte Rom, die sie im Filmklub der katholischen Jugendfreizeit gesehen hatte. Sie liebte es, sich von ihm all die Dinge erklären zu lassen, die sie normalerweise zu Tode langweilten und seine Augen zum Leuchten brachten. Oft ging sie zu den monatlichen Schulversammlungen, bei denen er sprach und die Positionen der *Democrazia cristiana* gegen die kommunistische Welle verteidigte, die durch die Stadt rollte. Für die kleine Adele war der junge Teo, den außer Bürgerpflichten und philosophische Spekulationen nichts interessierte, gänzlich unnahbar.

Zehn Jahre nach der Zeit der Versammlungen, als meine Mutter bereits als alte Jungfer und meinen Vater als einsamer Junggeselle galt, arrangierten gemeinsame Freunde ein Rendezvous. „Eine arrangierte Ehe!", sagt sie jedes Mal, wenn sie davon erzählt, und lacht zu früh los, um ihrem Gegenüber die Richtung vorzugeben.

Die Ehe meiner Eltern wird von der Bereitschaft meiner Mutter getragen, sich selbst hintanzustellen, jedoch nicht, weil mein

Vater sie je darum gebeten hätte, sondern weil es sich nun einmal so gehört. Er ist ein erfolgreicher Anwalt, sie die Gattin, die seine Kollegen empfängt, Partys und Apéros ausrichtet, ihn eine gute Figur machen lässt. So lautet Adeles Version vom großen Geheimnis, eine Frau zu sein: Offene Arme, die man sich selbst stets versagt.

Dann ist da Clarissa, die Jüngste. Ein zerbrechliches, zartes Ding, das an einen Waldgeist erinnert. Wegen ihres kranken Herzens wurde sie von der Mutter immer besonders umsorgt. Eigentlich hätte sie mit siebzehn Jahren ins Kloster eintreten sollen, aber auf einer von der Gemeinde organisierten Assisi-Reise mit einer gemischten Pfadfinder-Gruppe hatte sie es sich anders überlegt. Er hieß Michelangelo, spielte Gitarre und war Kommunist. Auf sämtlichen Fotos ihrer ersten gemeinsamen Jahre ist sie mit ebenfalls geballter Faust und Palästinensertuch zu sehen. Als sie sich scheiden ließen, waren die Zwillinge Pasquale und Renato erst fünf. Michelangelo ist zu seinem Bruder nach Australien gezogen und ruft nur zu Weihnachten an. Seitdem trägt Clarissa nur noch Second-Hand-Kleidung, und wenn sie nicht als Lehrerin für die Nonnen vom Heiligen Herzen arbeitet (Ironie des Schicksals), reibt sie sich auf, um dem Pfarrer der Sant'Antonio-Gemeinde unter die Arme zu greifen, und geht während der Gottesdienste mit dem Klingelbeutel herum. Zum Mittag- und Abendessen deckt sie immer für Pater Vincenzo mit, der Clarissas Wohnung zu einer Außenstelle seiner Sakristei gemacht hat.

Sich stets in Demut zu üben, hatte unsere Großmutter zu ihrer Tochter gesagt, würde in den Augen des Herrn die Risse heilen. Die mystische Gabe, die wir kleinen Frauen von der kleinsten Schwester erhielten, war die der Folgsamkeit: blind den Kopf senken, in die Reihen zurücktreten, ohne je lästig zu fallen oder laut zu werden.

Die Frauen meiner Familie sind wilde Rosenknospen, die man dazu verdonnerte, Geranien zu sein. Genauso war es für Rossella und mich. Man pflegte uns wie Geranien, um uns auf den heimischen Balkonen zur Schau zu stellen und den guten Namen unserer Väter strahlen zu lassen.

Caserta liegt in einer weiten Senke, und mit gesenkten Köpfen wuchsen wir im Schatten des Königspalastes auf. Das Schloss überragt die Simse der Gebäude und bietet den Straßen des Zentrums seine offene Flanke dar. Kaum biegt man um die Ecke, tauchen unversehens, umschlossen von den Gittern des Parks, die Bäume des verwilderten Waldes auf. Manchmal verliert sich der Blick jenseits der weißen Eisenstäbe mit den Lanzenspitzen, und man fragt sich verwirrt, ob nicht, statt des frei und unbändig wuchernden Waldes, man selbst dahinter gefangen lebt.

Im Frühling schickten uns die Nonnen in Zweierreihen in die San-Sebastiano-Kirche neben der Schule, um uns vom Priester die Beichte abnehmen zu lassen. Der Mai ist der Monat der Muttergottes, und in jenen Tagen waren wir alle aufgerufen, unsere Widerstandskraft gegen die Versuchungen des Teufels auf die Probe zu stellen.

„Der Teufel hasst Maria", pflegte Schwester Eliana zu sagen, nachdem sie uns vor der Statue in der Halle versammelt hatte, „weil die Jungfrau den Kopf der Schlange mit ihrem Fuß zerquetscht, sie zerquetscht ihn und besiegt ihn mit ihrer Demut, denn sie nimmt den Willen des Herrn fraglos hin und macht Evas Hochmut wieder gut."

Wir alle kannten die Geschichte von Adam und Eva, deren mit Buntstift ausgemalte Bilder die Wände sämtlicher Klassen säumten. Der Apfel vom Baum der Erkenntnis, das Einzige, wovon sich das Paar fernhalten sollte, die Neugier der Frau, die sich von dem Tier herumkriegen lässt, ihren Gefährten überredet und zum Mittäter macht. Mehr noch als in jedem anderen Monat sollten wir im Mai ein Musterbeispiel an Demut sein, keine Fragen stellen. „Artigkeit und gesenkter Blick“, wiederholten die Nonnen wie ein *Memento mori* jedes Mal, wenn sie uns während der Pause über den Weg liefen. Nur selten sahen sie mich dabei an. Ihr Blick blieb an Rossellas aschblonden Locken hängen, an der Stupsnase, diesen tiefblauen Augen, in die sämtliche kleinen Jungen der Schule verliebt waren.

„Pass bloß auf“, sagten sie zu ihr, „denn du weißt, dass du hübsch bist, und jedes Mal, wenn du in den Spiegel blickst, begehst du eine Sünde.“

Mai war die Jahreszeit, in der mein Kopf die schlimmsten Albträume hervorbrachte, und ich bat meinen Vater, mit einem angeknipsten Lämpchen schlafen zu dürfen. *Mein Gott, aus ganzem Herzen bereue ich alle meine Sünden, nicht nur wegen der gerechten Strafen, die ich dafür verdient habe, sondern vor allem, weil ich dich beleidigt habe, das höchste Gut, das würdig ist, über alles geliebt zu werden.*

Jedes Mal, wenn ich den *Akt der Reue* betete, schlug ich mir die Hand heftig gegen die Brust, um meinem Körper jede Art von Schuld physisch auszutreiben, als wäre sie eine Geißel und ich ein mittelalterlicher Mönch. Ich sprach die heiligen Formeln und stellte mir vor, wie ein von der Sommersonne ausgedörrter Wurm am Boden zu kriechen. Jedes Wort war Pein und Lust zugleich, Läuterung.

An diesem Punkt meines Lebens esse ich zu viel Eis. Manchmal lüge ich. Ich sage, ich hätte noch keines gegessen, wenn meine Großmutter mich fragt, um ein zweites, ein drittes zu bekommen. Ich habe auch entdeckt, wo das Kindermädchen die Cola-Dosen für den Sonntag versteckt, klaue sie für Rossella und mich und schiebe die leeren Dosen ganz unten in den Rucksack. Ich esse das, was meine Cousine nicht will, wir ergänzen uns, während mein Körper schwerer und ihrer zarter wird.

Die ersten Male hatte ich große Angst vor den im Akt der Reue angedeuteten Strafen, den ich zu Beginn jeder Beichte sprach. Später kam ich zu dem Schluss, dass, wenn ich den Mut fände, dem Priester meine sämtlichen Sünden zu beichten, gleich nachdem ich sie begangen hatte – lange vor meinem kommenden Tod –, ich diese Strafen nie zu spüren bekäme. Ich hatte den Mechanismus hinlänglich auf die Probe gestellt, um mir relativ sicher zu sein. Jahre später sollte ich an einem Stand für gebrauchte Bücher auf dem Broadway Market unweit der Kanäle von London Fields eine italienische Ausgabe der *Fragmente einer Sprache der Liebe* von Roland Barthes finden. Das Buch enthielt eine Reihe alphabetisch geordneter, der Sprache der Liebe zugehöriger Stichworte, in der *colpa*, also „Fehler" dem „Mitleid" (*compassione*) direkt voranging. Darin stand, „jeder Bruch der Ergebenheitshaltung ist ein Fehler", zu dem es kommt, „wenn ich zu einer einfachen Geste der Unabhängigkeit gegenüber dem geliebten Objekt ansetze"[1]. Sehr bald verwandelte sich meine Skepsis gegenüber der Religion in Unmut, dann in vorsätzliche Abkehr. Die Tatsache, dass ich bei dieser Loslösung keinerlei Schuldgefühl empfand, erklärte ich mir damit, dass ich meine Unabhängigkeit von einem Gott verkündet hatte, den ich nie zu lieben vermocht hatte, auch wenn es mir noch immer nicht gelungen war, ihn nicht zu fürchten.

Ende Mai versammelten sich sämtliche Schüler zu einer langen Prozession in den Säulengängen. Den Rosenkranz betend, umwanderten wir den Hof, mit weißen Zettelchen in den Händen, auf denen wir unsere kleinen Kasteiungen notiert hatten. Zu Monatsbeginn hatten wir mit einem blauen BIC-Kuli allerlei kleine Gelöbnisse aufgeschrieben, mit dem Versprechen, sie zu befolgen und der Madonna darzubringen. Nacheinander würden wir sie auf einem Scheiterhaufen in der Mitte des Kreuzganges verbrennen.

---

1 Roland Barthes: *Fragmente einer Sprache der Liebe*, übersetzt von Hans-Horst Henschen, Suhrkamp Verlag Frankfurt am Main, 1988, S. 111, 112

Ich werde keine Lügen mehr erzählen.
Ich werde nicht mehr petzen.
Ich werde meine Liebsten ehren.

Rossella und ich gingen dicht beieinander: Sie vorneweg, ich hinterher. Ich erinnere mich noch an ihr Lockenhaar vor meinem Gesicht. Nervös umklammerte sie das Stück Papier, drehte es in den schweißfeuchten Fingern, die von der Tinte ein bisschen blau geworden waren. Am Morgen war sie Schwester Eliana am Schultor begegnet, und die Alte hatte ihr gewünscht, vom Scheiterhaufen möge weißer Rauch aufsteigen. Wir wussten genau – das hatte man uns beigebracht –, dass weißer Rauch ein für alle sichtbares Zeichen war, dass die kleinen Kasteiungen eingehalten worden waren, während schwarzer Rauch von einem Sünder kündete. Was ihm blühte, war nie ganz klar. Würde man ihn rauswerfen? Körperlich züchtigen? Eines war sicher: Die Furcht, vor der ganzen Schule bloßgestellt zu werden, war für viele von uns Grund genug, sich wie folgsames Vieh zu verhalten. Niemand im Hof wollte anders sein. Dort wurde uns klar, dass die öffentliche Demütigung – *lo scuorno* – die ärgste Schande von allen ist. Es kümmerte uns nicht, dem Schulpfarrer unsere kleinen Verfehlungen zu beichten: Er würde sie niemandem weitererzählen. Aber der Pranger, die Zurschaustellung, machte uns mächtige Angst.

In dieser Erinnerung dreht sich Rossella zu mir um und beißt sich auf die zitternden Lippen. Ich sehe, wie sich die Schultern im Takt ihres Atems bewegen, immer schneller, je mehr wir uns dem Feuer nähern, also schnappe ich mir ihren Zettel und gebe ihr meinen. Unsere Gelübde, vertauscht wie T-Shirts an einem Sommerabend, werfen wir in die Flammen. Ein Schaudern beiderseits, aus Angst, aus Trotz, wir wissen es noch nicht, können nicht unterscheiden: Wir lernen noch. Mit angehaltenem Atem sehen wir zu, wie das Feuer gierig die Zettel verschlingt und sie als weißen Rauch ausspeit.

Dieser Tag ließ mich begreifen, dass meine Cousine ein anderes, von mir getrenntes Leben hatte, das ich nicht kannte. Ich verlor kein Wort darüber, fragte nicht nach. Nie enthüllte Geheimnisse sind gut bewahrte Geheimnisse.

Aus der Mittelschule ist mir nichts weiter in Erinnerung geblieben als das ewige Warten auf die Sommerferien. Mit Verlassen des Klosterhofes hatten wir uns von den alten Wärternonnen befreit, doch vom neuen Schulgebäude aus nahmen sich die weißen Gitter des königlichen Waldes mit ihren Lanzenspitzen noch bedrückender aus.

In jenen Jahren besuchten Rossella und ich dienstag- und donnerstagnachmittags die Ballettschule. Meine Mutter brachte uns hin und ging auf der Einkaufsstraße shoppen, bis es Zeit war, uns wieder abzuholen. Das muss ‚98 oder ‚99 gewesen sein. Erst kurz vor unserer Anmeldung am humanistischen Gymnasium, als der Verzicht auf Nachmittagsveranstaltungen zugunsten der Schule von den Eltern bewundernde Kommentare erntete, hörten wir damit auf.

Mit elf Jahren hatte Rossella bereits einen kräftigen Busen, den sie durch verschämt gekrümmte Schultern zu kaschieren versuchte. Sie trug einen Sport-BH, den sie vor und nach jeder Stunde im Spiegel der Umkleide begutachtete. Wir gehörten zu den Jüngsten des Kurses. Die anderen Mädchen hatten schon ihre Tage, und wenn eine sich nicht so gut fühlte, nickte irgendeine andere und holte sich in einer ausschließlich aus Labiallauten bestehenden Geheimsprache Bestätigung. Wir wollten so dringend wie sie sein, dass wir, was unsere körperliche Verfassung betraf, hin und wieder logen.

„Ich habe Bauchweh."

„Vielleicht kriege ich sie heute."

„Die Ärztin meinte zu mir, bald bin ich fällig."

„Mir sind da unten ein paar Haare gewachsen."

Doch im Lügen war mein Körper weniger gut als meine Zunge, er war rund, wo die anderen dünn waren, und flach, wo die anderen Kurven hatten. Deshalb gab mir die Ballettlehrerin in der Vorführung zum Jahresende die komischsten und unwichtigsten Rollen: Ich war eine von Pulcinellas Marionetten, die sich ungelenk bewegte, während die anderen Ballerinas die Reihen mit Arabesken und Drehungen belebten. Ich war eine plumpe Henne, die durch den Hühnerstall stob, verfolgt von geschmeidig eleganten Katzen. Ich hasste meinen Körper und die Gnadenlosigkeit, mit der er den Blicken der anderen ausgesetzt war. Zugleich wollte ich diesen Körper am liebsten schützend in die Arme schließen.

Vor jeder Stunde steckten wir die Ballettschuhe in Kolophonium, damit sie auf dem Parkett besser hafteten, während unsere Fantasie mit unseren Formen im Spiegel kollidierte.

„Du bist so schön, Rossella."

„Du blühst auch bald auf."

In den Hofpausen zählte Aussehen so gut wie nichts. Die Hierarchie wurde vom Pausensnack oder von den Disney-Klebebildern bestimmt, die man stapelweise in der Tasche trug, um sie nach der Schule zu tauschen. Doch in der Ballettschule machte der Körper den Unterschied. Wir waren kleine Mädchen, die lernten, neue Spielräume auszufüllen, Frauen, die ihre Körperlichkeit wie ein uneingestehbares Geheimnis lebten.

Aus diesen Jahren bleibt mir das Bild von Rossella, die suchend in ihrem Rucksack kramt. Ich sehe das dunkle Lila der Binden aufblitzen, die meine Mutter in einer Schublade im Badezimmer aufbewahrte. Rossella rollt sie zusammen, verwandelt sie in eine dünne Zigarre und versteckt sie im Ärmel ihres Tanztrikots. Die ganze Tanzstunde über tauscht sie mit ein paar der größeren Mädchen vielsagende Blicke und stumme Zeichen. Als wir nach einer Stunde wieder in die Umkleide gehen, wechselt keine mit mir ein Wort. Bei jeder Frage, die ich stelle, reden sie über mich hinweg. Ich existiere nicht.

Das ist ihr Spiel, ihr Du-bist-Luft-Spiel. Rossella und ich hatten das schon mehrfach erlebt: Ein größeres Mädchen entschied, welche der Kleineren es bis zur nächsten Stunde zu ignorieren galt.

An dem Nachmittag war meine Cousine akzeptiert worden.

Lag es vielleicht an meinem tranigen Körper, der mich zu Mangelware machte, an meinen schlummernden Hormonen, die sich weigerten, zur vorgegebenen Zeit wachzuwerden? War mein unentschlossener, ängstlicher Körper daran schuld, der sich weigerte, Formen anzunehmen, sich anzupassen, schrittzuhalten? Zum Ende des Jahrtausends kam mir der Übergang vom Zeichentrickfilm zu den Fotos von Hollywoodschauspielern, die wir nun manisch sammelten, so abrupt wie der Sprung über eine Kreidelinie vor. Danach konnte man sich nur noch suchend nach den Resten der alten Haut umblicken, die auf dem Boden zurückgeblieben war. Sobald man ein neues Reich betritt, ist man so lange Diener, bis man die neuen Regeln beherrscht. Auf diese Weise näherten wir uns langsam dem Terrain der Jugend: mit Unterwürfigkeit.

„Tut mir leid“, hatte Rossella leise auf der Autorückbank gesagt und mir die offene Cipster-Packung hingehalten.

„Alles in Ordnung?“, fragte meine Mutter, als sie meine feuchten Augen sah.

„Die Lehrerin meinte, Clara hätte bei einem Schritt gepatzt“, log meine Cousine. „Tut mir leid“, schob sie an mich gewandt hastig hinterher und formte die Worte tonlos mit den Lippen.

„Warum hast du ihr blödes Spiel mitgespielt?“, fragte ich möglichst leise, um auf dem Vordersitz nicht gehört zu werden.

„Weißt du das denn nicht?“, sagte meine Cousine, als läge das auf der Hand.

Ich blickte sie verständnislos an.

„Man kann nicht ablehnen. So lauten die Regeln.“

Mit vierzehn Jahren wurde Rossella, die davon träumte, Ballerina zu werden, vom Ehrgeiz ihrer Mutter verschluckt, die aus ihr ein Model für Hochzeitkleider machen wollte. Brautmode-Model zu sein, gilt bei uns als eindeutiger gesellschaftlichen Aufstieg. Die Schönsten bekommen Verträge für Kalender und örtliche Werbekampagnen, für Ladeneröffnungen oder die Teilnahme an Shoppingcenter-Events. Da, wo wir herkommen, beschränkt sich die Rolle eines Brautmode-Models nicht auf die Vorführung der Kleider: Es verkörpert das weibliche Ideal, das in und mit diesem Kleid Schönheit, Reinheit und Fügsamkeit vereint, wie eben Rossella.

Alles Provinzielle, das ich im Laufe der Jahre ausgespien habe, hat sich meine Cousine wie ein Gewand aus Sanftmut und Ergebenheit auf den Leib geschneidert, genau wie unsere Großmutter es sämtlichen Frauen der Familie beigebracht hat. Während sie sich ins Rampenlicht begab, hegte ich eine Leidenschaft für alles, was sich im Verborgenen tun ließ. Ganze Nachmittage lang lag ich bäuchlings auf dem Fußboden meines Zimmers und durchstöberte die Klassiker-Sammlung aus der Bibliothek meines Vaters. Ich las Swifts *Gullivers Reisen* und *Die Schatzinsel* von Stevenson (und verliebte mich in den Piraten Long John Silver); ich las *Die Rache des Sandokan* und *Der schwarze Korsar* von Salgari, Seefahrer- und Dschungelgeschichten, die mich forttrugen und meiner Welt so fern waren, dass ich mit dem zurückbleibenden Gefühl von Rausch und Verlorenheit, nachdem ich die Bände wieder an ihren Platz gestellt hatte, allein fertigwerden musste. Aus heutiger Sicht hatte meine Sucht nach Abenteuerromanen einen doppelten Effekt: Einerseits stellte sie meinen banalen Alltag mit einem Surrogat heftiger Gefühle auf den Kopf, andererseits zögerte sie das Begreifen der von mir bewohnten Welt und meiner Haltung zu ihr auf unbestimmte Zeit hinaus.

Als Rossellas Verpflichtungen zunahmen und sich ihr Sozialleben mit dem der anderen jungen Models verflocht, trat auch das Schreiben in meine Tage und nahm mich gänzlich in Beschlag.

Hin und wieder gab ich mir einen Ruck und reichte meine Erzählungen bei der Schülerzeitung ein, unter Pseudonymen, die ich aus einem Potpourri japanisch klingender Silben zusammenstellte: Minami Asaka, Masakatzu Kazura, Len Momono. Ich hatte sie mir von den Umschlägen der Mangas abgeschaut, die sich in den Regalen der Comic-Handlung in der Via Sant'Antonio gegenüber der Kirche reihten. Dort, in der stickigen, von Turnschuhmief gesättigten Luft des Ladens, in dem an einem Tisch neben dem Tresen stundenlange Magic-Turniere abgehalten wurden, verlor ich jedes Zeitgefühl. Der Sohn des Inhabers, mit dem ich mich angefreundet hatte, hatte mir beigebracht, die Hefte beim Lesen gerade so weit aufzuschlagen, dass man keinen Knick in den Rücken bog, im Fünfundvierzig-Grad-Winkel. Die Bedachtsamkeit des Rituals gab mir das Gefühl, die Figuren der Geschichten auszuspähen, ohne gesehen zu werden. Mein Lieblingscomic war *Video Girl Ai*. Es handelte von einem Mädchen, das einem magischen Porno entstiegen war, den ein Junge mit Liebeskummer sich ausgeliehen hatte. Die wunderschönen Zeichnungen waren so explizit, dass ich nie den Mut fand, sie mit nach Hause zu nehmen. Die mit feinem Strich gezeichneten Schwarzweiß-Panels rahmten pralle Pobacken unter winzigen Röcken, zeigten wie nebenbei üppige, in detaillierte Mieder gezwängte Brüste, zarte, wegen einer Ungeschicklichkeit fast durchweg aufgeschürfte Knie. Aus den Mangas hatte ich gelernt, dass Sex nicht, wie man uns eingeredet hatte, entweder durch und durch schmutzig oder heilig war. Mitunter konnte er schwindelerregend schön sein, wenn sich die Körper in einem Spiel aus Formen perfekt ineinanderschmiegten, im reinen Genuss eines freudvollen und jeden Schuldgefühls baren Aktes, dem man sich nur aus Lust an der Lust hingab. Mit heftigem Herzklopfen schob ich die Hefte ins Regal zurück.

Mittags, auf dem Heimweg vom Gymnasium, erzählte ich die Geschichten Rossella. „Du spinnst", sagte sie. Und wollte jede Einzelheit wissen.

In der Kontaktliste der WhatsApp-Gruppe des Junggesellinnen-abschieds habe ich unsere Schulkameradinnen und ein paar Model-Freundinnen aus der Zeit der Brautmodenschauen entdeckt. Alle bis auf eine, deren Abwesenheit mir sofort ins Auge sprang.

Leo hatte sich im Leben meiner Cousine breitgemacht, als unsere Wege sich zu trennen begannen, auch wenn ich mir gern das Gegenteil einredete. Ihre Präsenz hatte sich zwischen mich und Rossella geschoben und nahm einen immer größeren Platz ein, wie Wasser, das in einem Riss gefriert und die Oberfläche entzweisprengt. Es wundert mich nicht, dass diese Art Freundschaft dem Druck der Zeit nicht standgehalten hat – gerade nach dem Ende des Gymnasiums und den darauffolgenden, von individuellen Entscheidungen geprägten Jahren.

Leo besuchte ebenfalls das humanistische Gymnasium, war jedoch ein Jahr älter als wir. Ihr voller Name lautete Leonora, aber sie benutzte ihn nie, weil sie fand, dass er nicht zu ihr passte. Sie und meine Cousine waren sich im Laufstegkurs begegnet, den unsere Sportlehrerin als außerschulische Aktivität anbot, um die Bildungsangebotsförderung der Schule zu kassieren. Obwohl das Projekt völlig amateurhaft daherkam, war es der Lehrerin gelungen, ein paar ihrer Mädchen im regionalen Modeschauen-Zirkus unterzubringen, in dem sie als junge Frau ebenfalls für kurze Zeit mitgemacht hatte.

Rossella redete ständig von ihrer neuen Freundin. Ihre Bewunderung schwankte zwischen dem Wunsch, wie sie zu sein, und dem Verlangen, ihre Aufmerksamkeit zu gewinnen. Während sich unsere Füße vorsichtig in eine Welt vorwagten, die für uns aus rohen Eiern zu bestehen schien, schritt Leo selbstsicher und in leuchtenden Farben einher, gegen die sich unsere wie schlieriges Schmutzwasser ausnahmen. Ihre schnodderige Art war Teil ihrer Faszination. Ihre Sinnlichkeit entzog sich jeder Kontrolle. Je burschikoser und raubeiniger sie auftrat, desto mehr begehrte ihre Weiblichkeit auf und riss sie samt und sonders mit sich. Auch ihre Schönheit hatte bereits etwas Erwachsenes. Ihre

Größe in Kombination mit den breiten Schultern und dem fast nicht vorhandenen Busen gaben ihr etwas Androgynes, dass den schlanken Gliedern jede Zerbrechlichkeit nahm. Die nachlässig mit ein bisschen Wimperntusche geschminkten grünen Augen waren immer halb geschlossen, als würden sie eindringlich etwas mustern. Leo hasste Kontaktlinsen, weigerte sich jedoch, eine Brille zu tragen, weil Makel sich in den kleinen Details offenbaren würden, die sie lieber gar nicht so genau sehen wolle. Auch ihre Nase war nicht im herkömmlichen Sinne schön, sie ähnelte einer leicht schiefen, zerknautschten Boxernase und erschien mir passend für ein Mädchen, das bei einer Prügelei nicht kneifen würde.

Rossella behauptete, ihre Freundin lasse selbst die Lieblingsmodels der Brautkleid-Designer erblassen, die das Abschluss-Modell vorführen durften und am Ende der Show Arm in Arm mit dem Modeschöpfer auf den Laufsteg zurückkamen. Im Gegensatz zu den anderen bekreuzigte sich Leo nicht hektisch, ehe sie aus der Garderobe trat, sondern betrachtete sich ein letztes Mal im Spiegel und ließ darin ein spöttisches Lächeln zurück.

Von ihr hatte sich Rossella die kleinen Tricks abgeschaut, die ihr das Modelleben erleichtern sollten: Fasten, sofern es nötig erschien, aber nie ein Eis ausschlagen, damit niemand sie für magersüchtig hielt; auf die Toilette gehen, wenn es dort am vollsten war, damit nicht gemunkelt wurde, sie sei bulimisch; hin und wieder den Namen eines Jungen fallenlassen, damit keine sich von einer Kollegin auf Abenteuersuche bedroht fühlte; allen kleine Komplimente machen, über keine etwas Schlechtes sagen, denn Gerüchte verbreiten sich schnell, und es sind die kleinen, gemeinen Retourkutschen, die einen um den Job bringen.

Leos großer Bruder spielte Basketball in der Nachwuchsliga von Juvecaserta. Unter den Schülern war er eine Art Star, und niemand wagte es, sich Leo zu nähern, ohne vorher mit ihm gesprochen zu haben. Aber Leo tat sowieso, was sie wollte. Sie hatte keinen festen Freund, und gab sie doch einmal zum Besten, mit wem sie ausgegangen war, nannte sie ihn ausnahmslos Eduardo.

Er studiere in Rom, log sie, und häufig schwänzte sie die Schule, um zu ihm nach Rom zu fahren.

Jeden Morgen sah ich Leo auf dem asphaltierten Basketballplatz im Schulhof sitzen, auf dem auch der Sportunterricht stattfand. Reglos saß sie unter dem Korb, eine Zigarette zwischen den Lippen, die Taschenbuchausgabe von Jim Morrisons Gedichten vor der Nase. Rossella hatte mir erzählt, das Buch sei das Geschenk eines Surfers, den sie im Sommer zuvor in Indonesien kennengelernt hatte. Er war einunddreißig und sie erst fünfzehn. Er machte Ferien mit Freunden, sie mit ihren Eltern. Er war verheiratet, sie Jungfrau. In Bali hatte sich Leo zum ersten und letzten Mal von ihren Gefühlen hinreißen lassen. Von dieser Geschichte waren ihr ein Gedichtband und ein verblichenes Baumwollbändchen geblieben, dass sie das ganze Jahr um den Fußknöchel trug.

„Als Erinnerung?", hatte meine Cousine gefragt.

„Als Mahnung", hatte Leo geantwortet, die im Sommer ihres fünfzehnten Lebensjahrs begriffen hatte, dass begehrt zu werden genug des Begehrens war, und sie hatte beschlossen, sich an diese Erkenntnis zu halten.

Im ersten Jahr auf dem Gymnasium hatte ich Mühe gehabt, mir auf ihre Freundschaft einen Reim zu machen. Unterdessen hatte Rossella ausgeschnittene Gucci-Werbeanzeigen mit Kate Moss neben ihr Britney-Spears-Poster gehängt. Monat für Monat wurde ihr Style dem der pastellfarbenen Mädchen auf den Covern der Zeitschriften ähnlicher, die sie sich sonntags nach der Messe kaufte. Meine Cousine, die ihre Schönheit bis zu dem Moment als zufällige Dreingabe empfunden hatte, fing an, ihr Aussehen bewusst in Szene zu setzen. Neben Leo begannen ihre zierliche Figur und ihre hellen Töne plötzlich zu strahlen. Ende der neunten Klasse war es schwer, von einer zu reden, ohne auch die andere zu erwähnen.

Ein paarmal waren wir zu dritt ausgegangen. In der Stadt gab es einen Ort, an dem sich die unbeholfene, pickelige Jugend am Samstagabend von halb neun bis elf Uhr in gymnasiale Pracht verwandelte. Pizza John war ein Loch, in dem es nicht einmal Sitzplätze, aber dafür ein Stück Pizza Margherita für fünfzig Cent gab. Langsam kroch der Abend dahin, während man darauf wartete, dass irgendwas passierte oder irgendjemand einen grüßte. Der Spaß erschöpfte sich in den knapp verfehlten Erwartungen, in den minutiösen Schilderungen von Nichtigkeiten, die etwas hätten sein können. Alles schien erst nach zehn Uhr zu passieren, wenn Rossella und ich schon nach Hause gegangen waren. Eine Liebeserklärung, ein verstohlener Kuss, ein Blickwechsel in der Menge. Leo blieb bis weit über unsere Ausgangssperre hinaus und erzählte uns alles zu Beginn der neuen Woche, bevor wir in unsere Klassen gingen. Jedes Mal entfachten ihre getuschelten Geschichten in uns die Lust, wieder hinzugehen, bis die eingeschworene Zweisamkeit zwischen ihr und meiner Cousine für mich unerträglich wurde. Aus der Ferne beobachtete ich das Wachsen einer Beziehung, die mich ausschloss und als etwas Vertrauliches und Geheimnisvolles daherkam, dem eine gemeinsame Entscheidung, und nicht nur zufällige Blutsverwandtschaft zugrunde lag. Es fühlte sich an wie das Du-bist-Luft-Spiel in der Tanzschule, nur dass mich diesmal niemand abholen kam.

„Lass sie doch", sagte meine Mutter, woraufhin ich mich noch tiefer in meine Erzählungen vergrub. Dann kam das Internet, und die Welt dort draußen wurde mir immer unwichtiger.

Ein Abend, ich war neunzehn, es war bereits dunkel, aber noch nicht spät. Es war ein träger Abend, der nicht danach verlangte, erinnert zu werden, und ich stand im Erdgeschoss unseres Hauses und wartete auf den Fahrstuhl. In einem dicken, abgetragenen Tweedmantel trat der Architekt aus der kleinen Tür zur Garage. Er kam nur sporadisch nach Caserta, um seine alte Mutter zu besuchen, die mit einer Pflegerin in unserer Nachbarwohnung lebte. Er kam aus Rom und fuhr bald wieder zurück, kaum war er in Caserta, machte er sich schon wieder auf den Weg, mit einer schweren Stofftasche voller Bücher und Aktenbündel über der Schulter. Obwohl er unser Nachbar war, kannte ich ihn kaum und sah ihn nur selten. Mein Vater sprach häufig beim Essen über ihn und bedachte ihn mit großen Worten. Ein paarmal waren sie zusammen essen gegangen, es war gut, einen wie ihn in seinem Bekanntenkreis zu haben. „Der Architekt lehrt an der Uni", bemerkte mein Vater, sobald sein Name fiel, „aber er hat auch Romane geschrieben und bei renommierten Verlagen veröffentlicht."

Der Architekt wusste, dass ich mich gerade in Literaturwissenschaften eingeschrieben hatte, das hatte mein Vater ihm mit gewisser Genugtuung berichtet. Die Liebe zur Literatur, durch die wir uns früher miteinander verbunden gefühlt hatten, hatte uns inzwischen unwiderruflich auseinandergebracht. Mittlerweile hatte ich Alba de Céspedes und Virginia Woolf gelesen. Ich hatte Simone de Beauvoir entdeckt und war seitdem nicht mehr dieselbe. Auch ich empfand eine heftige Abneigung gegen die Rituale und die zur Schau gestellte Moral meiner gesellschaftlichen Klasse, gegen die Heuchelei und deren Urheber; auch ich fühlte mich fehl am Platz. Ihre Worte hatten mich im Innersten erkannt wie sonst niemand auf der Welt.

Als ich dem Architekten an jenem Abend am Aufzug begegnete, fragte er mich, ob ich Lehrerin werden wolle wie meine Mutter oder Schriftstellerin oder beides. Diese Anspielung ließ mich wichtig fühlen.

Er lud mich für den nächsten Tag auf einen Kaffee zu sich auf den Balkon ein, um ihn meine Erzählungen lesen zu lassen. „Sie schreibt gern“, hatte mein Vater bei einer ihrer ersten Begegnungen gesagt, um mit ihm ins Gespräch zu kommen.

Der Architekt war der erste mir bekannte Mensch, dessen Name auf einem Buchumschlag prangte. Zu unserem Treffen brachte ich fünf Erzählungen mit, die mir besonders am Herzen lagen: Sofort waren sie mir peinlich. Es waren jugendliche Schreibversuche, inspiriert von Geschichten, die ich gehört oder mir ausgedacht hatte, und gespickt mit Floskeln über das, was ich für Liebe hielt: Es gab immer jemanden, der starb, und jemand anderen, der nach Amerika aufbrechen musste. Zu meinem Erstaunen lud mich der Architekt erneut ein, und diesmal war es meine Mutter, die mich zum Hingehen drängte. „Er ist ein bedeutender Mann, er war sogar im Fernsehen“, sagte sie.

Der Architekt rauchte so viel, dass sein Bart im Zigarettenqualm unterging und nur noch seine durchdringenden, bernsteinfarbenen Kojotenaugen zu sehen waren. Beim nächsten Treffen in derselben Woche sagte er, er sehe in mir ein zu förderndes Talent und würde mir liebend gern helfen. Er versäumte es nicht, mich an seine unterschiedlichen Verlagsbekanntschaften zu erinnern, denen er mich vorstellen würde, sobald ich eines Tages so weit wäre. Zum Abschied lieh er mir einen Erzählungsband von Alice Munro und nahm mir das Versprechen ab, dass ich zu einer weiteren Unterhaltung wiederkommen würde. Er behauptete, unsere Treffen würden mir guttun und mir helfen, mich weiterzuentwickeln. Ich verließ seine Wohnung und fragte mich, ob das wohl damit gemeint war, wenn man von einem Mentor sprach.

Abends auf dem Bett bemerkte ich, dass eine Erzählung des geborgten Buches mit einem Eselsohr markiert war. Die Hauptfigur war eine Studentin, die sich als Gegenleistung für Abendessen und Geschenke darauf einließ, einem alten Herrn in seinem Wohnzimmer splitternackt Literatur vorzulesen. Bei dem Gedanken, dass der Architekt am nächsten Tag wieder nach Rom fahren würde, empfand ich eine seltsame Erleichterung.

Ein anderer Abend, es war spät. Im Haus waren keine Geräusche mehr zu hören, die Küchen waren aufgeräumt und die Fernseher in den Wohnungen ausgeschaltet. Länger als nötig hatte ich bei meiner Kommilitonin über den Büchern für die Prüfung in römischer Geschichte gesessen. Mit seiner Tasche und dem üblichen abgetragenen Mantel stand der Architekt im Hauseingang. Er wirkte betrunken. Am Aufzug ließ er mir den Vortritt. Als die Türen sich schlossen, beschwerte er sich, ich hätte in den letzten Wochen nichts von mir hören lassen, und nahm mich aufmerksam in den Blick.

„Wirklich schön bist du nicht, aber du hast was, mit der Müdigkeit des Tages unter den Augen", sagte er. „Du siehst aus wie eine Drogenabhängige."

Ich lächelte. Ich wusste nicht, inwiefern das ein Kompliment sein sollte, aber ich wollte nett sein. Auf dem Treppenabsatz angekommen, bat er mich zu sich herein. Ich sagte, ich hätte das geliehene Buch nicht dabei.

„Das macht nichts."

Ich weiß nicht mehr genau, wie es dazu kam, doch plötzlich nahm er meine Hand in seine runzeligen, rauen Finger, zog sie an seine Hose und drückte sie auf sein hartes Glied. Reglos stand ich da, nur einen Meter von meiner Wohnungstür entfernt. Ich zog die Hand zurück und er schüttelte den Kopf. Ich sagte, es sei spät, ich müsse gehen, kramte nach den Schlüsseln, um ihm nicht in die Augen zu sehen, erwähnte eine Prüfung am nächsten Tag, um ihn bloß nicht zu kränken.

Ich brauchte Tage, um mir über alles klar zu werden, zu begreifen, was passiert war, und es meiner Mutter zu erzählen. Nachdem ich es endlich herausgebracht hatte, antwortete sie, ich müsse seine Geste wohl falsch gedeutet haben und solle mir keine großen Gedanken darüber machen, es sei besser, nicht mehr davon zu reden. In stressigen Zeiten neigten wir Frauen nun einmal dazu, uns Dinge einzubilden.

Mein Vater würde auch weiterhin mit dem Architekten angeregt über Politik diskutieren und ihn gelegentlich zum Abendessen einladen. Im Grunde sei ja gar nichts passiert, und es zur Sprache zu bringen, hätte diesem bedeutenden Mann vor den Kopf gestoßen, dem wir auch weiterhin in einem kurzen Austausch von Nettigkeiten über den Weg laufen würden.

„Nimm die Treppe, wenn du dich unwohl fühlst", riet meine Mutter.

Ich lese diesen Rat gern als ein heimliches Eingeständnis, dass ich im Grunde recht hatte, sie aber nichts dagegen unternehmen konnte. Auch meine Mutter blieb stumm, restlos mundtot gemacht von den Regeln der Männer, und genau diese Regeln waren es, vor denen ich fortzugehen beschloss.

In der anderen Stadt steht ein anderer Königspalast. Zwei- oder dreimal am Tag fahre ich mit dem 19er-Bus daran vorbei, wenn ich meine Schüler in ihren Mittagspausen unweit ihrer Büros in der Regent Street treffe. Der andere Palast ist strenger, er hat Mühe, sich vom Grau des Himmels abzuheben, doch manchmal wirkt es, als wolle er sich absichtlich zurückhalten. Wenn man durch London spaziert, vergisst man fast, dass es ihn gibt: Jedes Viertel ist eine kleine, in sich ruhende Welt, erkennbar an den Farben der Häuserfassaden, der Kleidung der Leute, den Lebensmitteln in den Schaufenstern. Das Rostorange einiger Querstraßen am Sloane Square wird zum Weiß und Schwarz von Belgravia; anderenorts verschwindet der Tuffstein von Canonbury allmählich unter den Acrylfarben von Shoreditch. Blickt man in der City zwischen London Bridge und Southbank nach oben, verschiebt sich das Zentrum auf Himmelshöhe. Dicht bei dicht ragen die riesigen, verglasten Wolkenkratzer empor und drängen sich zusammen wie ein Rudel gigantischer Tiere, die sich vor dem Alleinsein fürchten. Damit im Dunkeln keine Hubschrauber dagegen fliegen, hat man sie vor ein paar Jahren mit roten Lichtern bestückt, und blickt man hinauf, scheint dort oben immer Weihnachten zu sein.

Dieser Königspalast – der andere – ist kein neidvoller Palast. Seine Parks sind offen, beschenken die Bürger mit der Illusion, ganz woanders zu sein, auch wenn man sich keine Reise leisten kann. Mit dem Auftauchen eines roten Busses jenseits der dichten Bäume der Kensington Gardens zeigt sich eine scheinbar Lichtjahre entfernte Welt, der anzugehören man vergessen hat und in die man voller Bedauern zurückkehren muss, wenn auch so spät wie möglich. Wer bist du? Wie bist du dort hingelangt? Warum wirft niemand dich raus? Du bist ein unerwarteter und unangekündigter Gast, der in den königlichen Gärten spazieren geht.

Soho ist nur wenige Hundert Meter vom Buckingham Palace entfernt. Tagsüber ist das Viertel ein Netz aus Straßen, das Piccadilly mit der Carnaby Street verbindet, nachts fordern Hunderte giftig leuchtende Neonschilder dazu auf, Sex-Shops und Sadomaso-Clubs zu besuchen, die sich wie die Schaufenster einer High Street aneinanderreihen.

In der Dean Street Nr. 28 hängt eine kobaltblaue Plakette, die besagt, dass in diesem Haus, in dem sich heute eine minimalistisch eingerichtete Cocktailbar befindet, Karl Marx mit seiner Familie lebte. Sie bewohnten zwei Zimmer im zweiten Stock, das eine war das gemeinschaftliche Schlafzimmer, in dem anderen wurden politische Flüchtlinge und europäische Revolutionäre empfangen. Irgendwo in diesem Haus, an einem kleinen Sekretär, der in einer Ecke der Wohnung mehr schlecht als recht untergebracht war, schrieb der Philosoph das erste Kapitel von *Das Kapital*. Irgendwo in diesem Haus, zwischen Elend und Dreck, starben zwei seiner Kinder.

Einer modernen Sage nach wurden auf die Erinnerungsplakette mehrere Anschläge verübt. Der Lokalbetreiber wollte sie loswerden: Seine Gäste, so behauptete er, gehörten zu einer bestimmten Klientel, und Marx' Name ließe sie weniger willkommen fühlen.

Durch Soho zu spazieren bedeutet auch, einen Klassendiskurs zu durchqueren, der sich vom Kampf in Richtung Farce und Verkleidung bewegt. Für die Reichen gibt es nichts Aufregenderes als die Inbesitznahme von Orten, die nichts mit ihnen zu tun haben, die einst der *Working Class* als Bühne dienten und heute zum Tummelplatz der Transgressionen geworden sind. Auf der anderen Straßenseite, an der Bushaltestelle gegenüber dem Tor von Chinatown, ergießt sich ein ständiger Strom stinknormaler

Menschen aus den Bussen wie die Heerscharen von Gläubigen am Petersplatz. Mit ihren schicksten Outfits kommen sie aus den Vororten und stehen in dem Club, in dem einmal Madonna gesichtet wurde, für den teuersten Cocktail an. Sie finden keinen Sitzplatz und ihre Schuhe drücken, aber immerhin trinken sie aus dem gleichen Glas wie jemand, der gerade eine Wohnung in Mayfair gekauft hat. Es ist wichtig, verdammt wichtig, sagen zu können, dass man dort war.

Der andere Königspalast in der großen Stadt steht schweigend da. Manchmal, wenn ich ihn jenseits des Busfensters sehe, empfinde ich eine leise Zuneigung für dieses Gebäude, das in seinem jahrhundertealten Schatten unzählige aus der Bahn geworfene Leben auf der Flucht von einem Kontinent empfing, auf dem sie nicht mehr willkommen waren.

Andere Male, wenn der Himmel besonders düster ist, frage ich mich, ob diese Mauern die geringste Ahnung von den Welten um sich her haben, und ob diese Toleranz nicht vielmehr die völlige Ignoranz dessen ist, das keinerlei Anerkennung verdient.

IT'S A MATCH! [MICHAEL, 35]

Das verworrene Netz der Londoner U-Bahn-Linien hat die Form einer liegenden Weinflasche. Einer umgekippten Rotweinflasche, die nicht ganz ausgelaufen ist. Ein perfektes Bild, um eine Stadt zu beschreiben, die einen in rauschhafteste Höhen führen und gleich darauf wie einen alten Säufer, dem niemand einen Blick schenkt, an der nächsten Straßenecke abladen kann. Je nach Tagesform, ist die Flasche halb voll oder halb leer. Um mir in der U-Bahn bis zum Ziel die Zeit zu verkürzen, lasse ich mich darin treiben, und die Fahrt verwandelt sich in einen Film ohne Ton. Das Rattern der Gleise verschwindet, das seit mindestens drei Haltestellen weinende Kind verschwindet, der Chor jetzt schon betrunkener Mädchen, die für einen *Clubbing*-Abend vorglühen, verschwindet. Auch wenn ich ihnen nie zuvor begegnet bin, erkenne ich mich häufig in ihnen wieder. Manchmal teilen wir das gleiche Geheimnis: Wir tragen keinen Mantel, trotz der Kälte, und das bedeutet, dass wir uns bereits entschieden haben. Keine von uns hat die Absicht, im eigenen Bett aufzuwachen.

Vor einiger Zeit habe ich nach einer kurzen Unterhaltung die Einladung eines Unbekannten angenommen, wohl wissend, dass ich die Nacht mit ihm verbringen würde. Obwohl es nicht das erste Mal war, habe ich nie aufgehört, diese Art Verabredung als eine Art Grenzüberschreitung zu empfinden. Ich weiß genau, was man in meiner Stadt über eine wie mich sagt: Die ist verdorben, eine Schlampe. „Leichte Fähnchen" nannte meine Großmutter solche Mädchen. „Alle nehmen sie und niemand will sie", pflegte sie zu uns Teenagern zu sagen. Doch in London liegen die Dinge anders. Sich in der großen Stadt zu vergewissern, dass man einen Körper hat, ist die einzige Art, nicht völlig zu verschwinden.

Ich habe mir angewöhnt, mein Gesicht vor jedem Treffen eingehend im Spiegel zu betrachten: Den langen, dunklen Pony, unter dem die Augen fast verschwinden, das kaum schulterlange Haar, die üblichen tiefen Augenringe, die ich notdürftig zu überschminken versuche.

I am just a girl trying to make it in the big city. So präsentiert sich mein Profil: Ich bin nur ein Mädchen, das versucht, es in der großen Stadt zu schaffen. Der Gegensatz zwischen dem dahingesagten *just a girl* und dem *the big city* ist entscheidend: Männer glauben gern, dass sie dich retten können, auch wenn sie nicht die Absicht haben, es zu tun.

Wir hatten uns in World's End verabredet, dem Pub gegenüber der U-Bahn-Station Camden Town. Die Vorstellung vom Ende der Welt, die ich als Kind recht verstörend fand, riecht zwanzig Jahre später nach den Alkohollachen auf dem Fußboden und klingt wie eine Metal-Coverband, die sich nicht allzu ernst nimmt.

Michael hat mir in der Arbeitszeit geschrieben, während einer meiner Italienischstunden. Als meine Schülerin gerade die Ereignisse des vergangenen Wochenendes aufzählte, um den Gebrauch der Vergangenheitsform zu üben, hatte er mich gefragt, welche Pläne ich für das nächste hätte.

In seinem Profil beschrieb er sich als Fachmann für Politikwissenschaften und Sympathisant für die Sache der Palästinenser. Beschreibung: *recovering journalist*, ein Journalist in Auszeit. Aktionsradius: 3 km, die Größe von Hackney, eine sichere Methode, um sich auf die Fauna der hippen Labour-Intellektuellen zu beschränken. Interessiert an: Frauen (25-35). Hymne: *Spanish bombs* – The Clash.

„Clara?", fragte er schon von Weitem, als er mich auf sich zukommen sah. Offenbar hatte er den Nachmittag damit zugebracht, sich meine Fotos anzusehen. Ich nickte und setzte mich neben ihn. Er hatte mir bereits ein Bier bestellt.

Michael wusste, dass er nicht im klassischen Sinne schön war, doch offenbar fand er sich ziemlich toll. Das verriet die Art, wie er seinen Platz einnahm: Mit ausgebreiteten Armen hielt er sich an den äußeren Tischkanten fest, um Besitzanspruch zu markieren. Das lockige Haar fiel ihm in die Stirn und ließ leicht schüttere Schläfen erahnen, die Nase war lang und gebogen und die Lippen voll wie bei manchen Comic-Schurken. Irgendjemand hatte ihm eine gewisse Expertise in Sachen Independent-Filme bescheinigt, die er in eine Charaktereigenschaft umgemünzt hatte. Er warf mit Dokumentarfilmtiteln und Namen von Regisseuren um sich, von denen ich noch nie gehört hatte. Dabei betonte er die korrekte Aussprache, rollte die *Rs* und aspirierte die *Hs*, wo es nötig war. Ich fragte mich, ob er meinen Akzent wohl auch exotisch fand und ob das sein Begehren triggerte. Mein Interesse erwachte in dem Moment, als mir klarwurde, dass er mich wollte. Das passierte ziemlich bald, am Ende des ersten Drinks. Er hatte mich gefragt, ob ich noch etwas trinken wolle, und mir, ohne meine Antwort abzuwarten, das Glas aus der Hand genommen. Dass wir zusammen im Bett landen würden, begriff ich in dem Sekundenbruchteil, als unsere Finger sich berührten. Während Michael am Tresen stand, hatte ich versucht, mir sein Zimmer vorzustellen: Eine Palästinaflagge, loser Tabak auf dem Schreibtisch, zerknitterte Blättchen auf dem Teppichboden.

Am Ende des zweiten Drinks war ich bereits einigermaßen betrunken, und er fragte mich, ob es mein erstes Mal sei.

„Mein erstes was?"

„Dein erstes Date mit jemandem, den du online kennengelernt hast."

Er hätte gewollt, dass ich Ja sage.

„Warum fragst du?"

„Weil du auf mich ziemlich schüchtern wirkst."

„Ich war auf einer Nonnenschule", sagte ich, und er grunzte ein Grinsen.

„Verstehe. Apps zu benutzen, ist jedenfalls nichts, wofür man sich schämen muss", fügte er hinzu. „Wie soll man sonst mit dreißig in der wirklichen Welt jemand Neues kennenlernen?"

Er rückte näher und legte seine Hand beschwichtigend auf meine, als wäre ich ein Kind.

„Es ist nicht das erste Mal", erklärte ich. „Es gab schon vier."

„Also bin ich dein fünfter Versuch."

„Vier in diesem Monat", stellte ich klar.

Ich trank einen Schluck Bier, um ihm nicht in die Augen sehen zu müssen. Wie eine Fotogalerie tauchten vor meinem inneren Auge die Männer auf, die ich unter den gleichen Umständen mit einer Tischbreite Abstand und reichlich Alkohol intus bereits vor mir gehabt hatte: Jamie, Grafikdesigner, auf Durchreise in London und auf dem Weg nach San Francisco; Bernard, H&M-Verkäufer mit einem Faible für Verkleidungen; Zoltan, ungarischer Physiotherapeut, der gern weinte und sich wiegen ließ, nachdem er sich ausgezogen hatte; Andrew, Umweltaktivist mit dem Traum, in den Wäldern von Walthamstow eine polyamouröse Kommune zu gründen.

Ich versuchte dahinterzukommen, ob Michael mich verurteilte oder auf einen Wettstreit aus war.

„Nur Irre da draußen", meinte er.

„Die Menschheit ist lustig. Ein guter Zeitvertreib", antwortete ich.

„Findest du das nicht frustrierend?"

„Nicht besonders. Wieso?"

„Es ist schwer, jemanden zu finden, mit dem man was Ernstes anfangen kann."

Ich trank noch einen Schluck Bier.

„Wie kommst du darauf, dass ich auf der Suche bin?"

Die Wohnung lag in einem Gebäudekomplex aus dunklem Backstein hinter Euston Station. Sein Zimmer sah aus, wie ich es mir vorgestellt hatte, abgesehen von den vertrockneten Pflanzen, die sich in einer Ecke neben dem Bett drängten. Er beschrieb sie als seine Pflegeversuche. Von dem Moment unseres Eintreffens am Abend erinnere ich nur noch den durchdringenden Grasgeruch, der in der ganzen Wohnung hing. Am nächsten Morgen, als die ersten Studenten zur Uni unterwegs waren und die Patienten des University College Hospital sich zu ihren Arztterminen begaben, machte ich mich auf den Weg zur Haltestelle Warren Street. Beim Gehen setzte ich die Absätze fest aufs Pflaster. Ich war eine zerzauste, junge Frau in einem zu kurzen Kleid, die am frühen Morgen die Metropole durchquerte. Niemand begegnete meinem Blick, als ich mich in den U-Bahnwaggon setzte, aber mein noch schmerzender Körper erinnerte mich daran, dass ich existierte. Nur wenige Stunden zuvor waren die Hände eines Unbekannten auf mir gewesen, hatten mich gepackt wie einen unverdienten Preis, wie eine Überraschung.

Ich suchte Unschuld unter einer zu heißen Dusche, dann schlüpfte ich in meinen Arbeitsoutfit, raffte die Bücher und Fotokopien zusammen und ging wieder los, um meine Schüler zu treffen. Kaum säße ich in ihren Wohnzimmern, wäre ich wieder nichts weiter als ein müder Mensch, nur ein Mädchen, das versuchte, es in der großen Stadt zu schaffen.

Aus dem Fernsehbildschirm griffen die Tentakel der Neunzigerjahre nach der Provinz. Wenn wir als Kinder von der Schule nach Hause kamen, sprang uns am frühen Nachmittag, fern der Nonnen, unserer gekreuzigten Mütter und der tränenreichen Augen der Jungfrau, eine neue Erzählung von Weiblichkeit entgegen. Die Mädchen trugen Namen, die man bei uns noch nie gehört hatte. Sie hießen Ambra, Pamela, Miriana, trugen knappe Miniröcke und Turnschuhe und sprangen, gefolgt von der Kamera, die fieberhaft versuchte, auf ihre Beine zu halten, kreuz und quer durch die Kulisse. Sie sangen die Liebeslieder der Stars in Playback und zogen einen Flunsch, als würden sie sich dabei am allermeisten langweilen. Man sah sie lachen, wenn während der Spielshow eine Dusche Lakritzbonbons auf sie niederging, man sah sie kreischen, wenn sich ein Eimer kaltes Wasser über sie ergoss. Auf dem schmalen Grat zwischen Unschuld und Transgression, ohne je eine Schwelle zu überschreiten. Diese Nachmittage begannen den kleinen Mädchen der katholischen Schule, die irgendwann groß sein würden, ein gangbares Modell aufzuzeigen. Im Fernsehstudio eine Wolke Teenager, die sich zwischen einem Pool und den künstlichen Palmen im Hintergrund tummelten, manche spielten mit einem Wasserball und scherten sich nicht um das Gerede der Showmasterin, die die Zuschauertelefonate annahm. Ein einziger, als Polizist verkleideter Mann im Studio, mit Spiegelbrille und aufgepumpten Muskeln. Schutz und Kontrolle. Getrennt von den Jungs, geschützt, doch in Wahrheit isoliert, kamen die anständigen Mädchen aus der Provinz in die Pubertät und pflegten Tugendhaftigkeit und Schönheit, als wäre es ein und dasselbe.

Kaum mehr als zwanzig Jahre später treffe ich die kleinen Mädchen aus der katholischen Schule wieder, mit ledriger, für den Sommer vorgebräunter Solariumshaut und zwanghaft aufgetragener Wimperntusche, die am Tag nach meiner Ankunft in der Wärme eines Maimorgens am Beverello-Kai bereits zu zerlaufen droht. Ich erkenne die Brautjungfer Martina wieder, die, kaum sieht sie mich aus dem Auto steigen, aufgeregt mit den Armen rudert. Sie nimmt mich zur Seite und sagt: „Schnell, setz den auf." Sie hält mir einen Kranz weißer Blumen hin, den ich auf den Köpfen mehrerer Dutzend anderer junger Frauen sehe, die ebenfalls unterwegs nach Capri sind; sie wollen alle auf die Insel, um identische Junggesellinnenabschiede zu feiern. Ich erhalte eine Handynachricht von meiner Mutter. *Schick Fotos.* Allmählich beschleicht mich der Verdacht, sie könnte die Mädels gebeten haben, mich einzuladen, genau wie bei den Partys in den ersten Gymnasiumsjahren.

Es ist später Vormittag, die Sonne brennt mir auf den Kopf, und erst, als sich in unserer Gruppe Gekreisch erhebt, bemerkte ich, dass Rossella eingetroffen ist. Sie stürmen auf sie zu, scharen sich um sie, und ich verliere sie aus den Augen. Als sie sich aus der Traube befreit, wirkt sie unter dem weißen Tüllschleier und der von ihren Freundinnen um den Hals geschlungenen Federboa noch kleiner, als ich sie in Erinnerung hatte. Sie umarmt mich und sagt: „Ich fasse es nicht, du bist gekommen." Ihre Knochen sind dünn, zart und zerbrechlich, als ich sie an mich drücke, scheint sie nur aus Atem zu bestehen. Während Martina und die anderen Brautjungfern Fotos unserer Begegnung knipsen, schauen wir uns an und sind beide befangen, sagen es aber nicht.

Der Landungssteg der Mittagsfähre ist voller beschwipster, halbnackter Nixen, die sich der ersten Frühlingssonne darbieten. Martina stellt mir die anderen vor, deren Namen mir zu merken ich mich von vornherein weigere: Es sind die Angelas und Ilarias, die im Gymnasium grußlos an mir vorübergingen, mit ihren unter den Arm geklemmten Polo-Ralph-Lauren-Täschchen und den neuesten, silbernen Prada-Modellen an den Füßen. Mit Mühe erkenne ich Agata wieder, meine alte Freundin Agata. Ich weiß noch, wie sie mir während einer Schülerprojektwoche in einem leeren Klassenraum die auswendig gelernten Moves aus dem Video *Jenny from the block* vortanzte. Mit gesenktem Kopf hielt sie den Walkman in einer Hand – genau wie J.Lo, die hinter den Fenstern ihre Wohnung tanzt –, fügte plötzlich zwei Cha-Cha-Cha-Locksteps ein und beendete die Nummer mit erhobenen Armen und zur Decke gerichtetem Blick. Draußen auf dem Flur, im Kurs *Männer und Frauen*, stolzierten die beliebtesten Mädchen vorbei und ließen sich von den Jungs auswählen und zu einer „Außenverabredung" einladen.

Fünf Jahre lang habe ich die Schülerprojektwoche im Dezember damit zugebracht, die Performance dieses Mädchens zu beurteilen, die sich nicht traute, vor Publikum aufzutreten, nachdem ein Abi-Schüler sie im Tanzraum mit dem Rest seines Pausenbrötchens beworfen hatte. Seitdem hatte Agata den Spitznamen Jennifer Lopez weg, aber nicht aus dem Grund, den sie sich gewünscht hätte.

Auf dem Dampfer nach Capri ist meine Freundin nicht mehr das schüchterne Mädchen mit Zahnspange und Knollnase, das nach Schulschluss auf mich wartete. Jetzt hat ihr volles Gesicht die richtigen Kurven, die Schweinchennase hat einen Aufwärtsschwung, genau wie die prallen Lippen und die ausgeprägten Wangenknochen.

Aufgekratzt gestikulieren die Nixen herum, und die Sonne lässt die Steine ihrer Verlobungsringe, Hängeohrringe und kostbaren Ketten funkeln. Eine von ihnen ist im sechsten Monat schwanger und streichelt sich mit engelsgleicher Ruhe ständig über den Bauch unter dem enganliegenden Lycra-Top, das seine Rundung zur Geltung bringt. Alle sind dort, um Rossella zu unterhalten, die bei jeder Anekdote freundlich lächelt und jeder in der Runde Aufmerksamkeit und Interesse schenkt.

Martina sagt, sie hätte ihren Freund bearbeiten müssen, ein Jahr lang hat sie ihm immer wieder die guten Gründe für *den großen Schritt* heruntergebetet, ohne je das Wort „Hochzeit" in den Mund zu nehmen.

(Ich wette, Martinas Freund hat ein Tinder-Profil. Aktionsradius: 5 km, denn für einen Fick fährt er bestimmt nicht bis nach Neapel. Beschreibung: Crossfit-Guru, Kite-Lover, offene Beziehung. Interessiert an: Frauen (20-45). Hymne: *Blurred Lines* – Robin Thicke).

„Als er mich endlich gefragt hat, hielt er es für seine Idee, und ich habe ihn in dem Glauben gelassen."

Alle lachen, und ich sehe zu, wie ihnen die Mimik entgleitet und sich erst wieder fängt, als sie merken, dass eine von ihnen das Handy gezückt hat und sie fotografieren will.

Eine andere sagt, um die ganze Sache zu beschleunigen, hätte sie ihrem Verlobten Tag und Nacht beim Lernen aufs Jura-Staatsexamen unterstützt und ihre Abschlussprüfung in moderner Literatur hintangestellt, die könnte sie im September wiederholen. Sie reden über ihre infantilen Männer und legen die Fäden ihrer täglichen, kleinen Manipulationen bloß.

„Meinem habe ich vor fünf Jahren zu einem Medizinstudienplatz verholfen. Unsere Nachnamen fangen mit demselben Buchstaben an, und bei der Aufnahmeprüfung saßen wir fast nebeneinander. Ich sagte zu ihm, ich würde einen Arzt heiraten und es mir nur schwerlich anders überlegen. Er war schon zweimal durchgerasselt, und ich war es satt, darauf zu warten, dass er sich von der PlayStation losreißt und endlich ans Lernen macht. Jedenfalls habe ich ihm den ganzen Allgemeinwissen-Fragebogen ausgefüllt und unter der Bank zugeschoben. Seine Familie meinte, ich solle mir in einem Laden in der Innenstadt eine Handtasche aussuchen, und das habe ich mir nicht zweimal sagen lassen." Beim Reden trommeln ihre Finger auf die Vuitton-Tasche auf ihren Knien, die sich vor Kaubonbons und rosa Marshmallows wölbt.

Ich sehe Rossella an, die lächelt und nickt – eine kleine Madonna, die nicht recht weiß, wo das alles hinführen soll. Sind das die Frauen, die zu sein wir uns damals entschieden hatten, als wir nachmittags bäuchlings vor dem Fernseher lagen? Eine schnurgerade Linie, die vom Hof der katholischen Schule zur Kirche führt, artige Mädchen, anständige Mädchen, die zu allem Ja gesagt haben.

Als die Brautjungfer mit dem Babybauch von der Schiffstoilette zurückkommt, macht sie allen ein Zeichen, still zu sein, und winkt mit dem Handy in der Hand aufgeregt zu sich heran. Ich kenne diese Geste, ich habe sie etliche Male gesehen.

„Ihr ahnt nicht, wen meine Schwester gerade in der Stadt getroffen hat. Flavia Russo, erinnert ihr euch noch an die?"

Die Mädchen drängen sich um sie, wir drängen uns um sie, unsere Köpfe schließen sich über ihr, die Bescheid weiß, zu einer Kuppel zusammen.

„Flavia, die, die mit fünfzehn abgetrieben hat. Als wir bei den Nonnen waren, ging sie aufs Pädagogische."

Der Tratsch, das offene Geheimnis, die Tragödie eines anderen verwandeln sich in Balsam für den, der davon erzählt.

„Ich habe gehört, in der Stadt war das ein Skandal und sie wurde auf ein Internat in den Norden geschickt. Es wussten so gut wie alle, dass sie mit einem Älteren zusammen war."

„Wir waren noch klein, aber meine Mutter meinte, das sei eine wahre Schande. Zum Ficken sind sie in den Steinbruch gegangen."

Ficken: Ein Wort, das bereits ein Urteil ist.

„Soweit ich weiß, hat sie heimlich zu Hause abgetrieben."

„Ach Quatsch, doch nicht zu Hause! Die ist zu einer Zigeunerin gegangen."

„Sie ist allein mit dem Moped in irgendein Dorf gefahren, weil die ganze Stadt ihre Eltern kannte."

Die Stimmen der Nixen übertönen einander in einem Anekdotenwettstreit. Rossella sieht zu Boden, hält sich raus, lässt die Damen machen.

„Jedenfalls wussten alle Bescheid, und die Nonnen wollten sie in der Schule nicht mehr haben."

„Bist du sicher?"

„Sie ist verschwunden. Die Familie ist auch weggezogen. Warst du nicht mit ihrem Bruder in einer Klasse?"

Die Nixen fragen mich.

„Antonio, Tonio Russo. War der nicht in deiner Grundschulklasse?"

Der schweigsame Junge, der immer mit dem Kopf auf der Bank pennte. Rückblickend sehe ich einen lebhaften, mit Psychopharmaka ruhiggestellten Jungen, der mitten im ersten Schulhalbjahr der fünften Klasse plötzlich nicht mehr auftauchte.

Die Unterhaltung erstirbt, sobald wir uns der Insel nähern. Hastig raffen wir unsere Sachen zusammen und drängen zum Ausgang. Hinter dem Bartresen steht nur noch ein Mann, der nervös die Kaffeemaschine putzt.

Wie ein bunter Spiegel gleitet die Insel auf uns zu und verschwimmt mit dem Meer. An den Maiwochenenden füllt sie sich mit weißgekleideten jungen Frauen, die mit phallischen Symbolen auf die Piazzetta paradieren und versuchen, einen Tisch im Halbschatten zu ergattern, um nach irgendwelchen Celebrities Ausschau zu halten, von denen man zu Hause erzählen kann. Martina hat ein Hotel in Anacapri gebucht, und als wir an die Rezeption kommen, sind wir schon leicht beschwipst. Kaum haben wir unsere Zimmer bezogen, beginnt die erste von etlichen Umkleidephasen für jeden Ort, den wir aufsuchen werden. Nackte Rücken, Wickelkleider, Hotpants, aus denen die in Pilatesstunden mühsam gestählten Pobacken hervorblitzen.

„Wenn Giuseppe mich so sehen würde", sagt eine kichernd. „Macht bloß keine Fotos von mir."

Die Nixen lachen im Taxi, das uns zum Leuchtturm bringt, sie lachen über die Kommentare und Blicke der Alten, die auf den Bus warten, sind geschmeichelt von den anzüglichen Pfiffen der

Passanten, die anständigen Mädchen bewegen sich auf Zehenspitzen zwischen Schüchternheit und Draufgängertum, verstecken sich hinter ihren identischen Körpern und den in Aussicht auf den offiziellen Auftritt lange einstudierten Posen. Auf der Insel, auf der ein Wochenende lang alle wieder zu Jungfrauen werden, spreizen nur die Faraglioni ihre felsigen Schenkel.

„Ihr müsst einen Wunsch äußern, der mit Liebe zu tun hat", sagt unser Bootsmann, während er das Schlauchboot blitzschnell auf die Bucht zusteuert und die roten Mauern der Villa Malaparte hinter sich verschwinden lässt. Die anständigen Mädchen lächeln mit geschlossenen Augen, während ich ein Foto von ihnen mache. Als wir auf der anderen Seite sind, drosselt der Mann die Fahrt, dreht sich als tüchtiger Aufpasser zu uns um und vergewissert sich, dass keine fehlt. Schutz und Kontrolle.

IT'S A MATCH! [BEN, 39]

Ben und ich *matchten*, als ich bei Starbucks am Highbury Corner beim Frühstück saß. Ich hatte ihn ausgesucht, weil ich seine von den richtigen Farben gesättigten Profilfotos mochte: Grasgrün, Vintageorange, Kanariengelb. Es waren kleine Einblicke in ein Leben auf Festivals, auf denen er neben einem Zelt oder vor einer Bühne posierte. Auf sämtlichen Bildern waren seine von wunderschönen Tattoos bedeckte Arme zu sehen. Auf dem rechten Unterarm hatte ich einen großen, mit haarfeinen schwarzen Linien gestochenen Walfisch erkennen können, die linke Schulter zierte ein Bär aus einem mittelalterlichen Bestiarium. Er war Lehrer an einer Grundschule, und seine Ausdrucksweise hatte ebenfalls etwas Rührendes, Kindliches. Er hatte rostrotes, unter einem falschherum getragenen, weißen Basecap verstecktes Haar. Die weißen Leinenschuhe sahen aus wie seit Ewigkeiten schlammverdreckt.

Beschreibung: Nur Klassiker, nie Bestseller. Aktionsradius: 5 km. Die Entfernung von seinem Haus zum Skatepark in Southbank. Interessiert an: Frauen, Männer (25-55). Hymne: *A charming man* – The Smiths.

Nachdem wir ein paar Tage lang über Literatur gechattet hatten, trafen wir uns im Café Oto in Dalston. Ein japanisches Mädchen war gerade mit einer Elektropoesie-Performance fertig. Sie hatte Verse an der Computertastatur improvisiert, die in Echtzeit an die Wand projiziert wurden, während der Musiker an der Konsole Glitch-Sounds und Verzerrungen spielte. Die Darbietung sollte eine Metapher für erneuerbare Energie und gegen den Klimawandel sein.

Ben war kein großer Fan zeitgenössischer Literatur. Sein Lieblingsbuch war *Moby Dick*.

„Das liebe ich auch total", sagte ich. „Solche Momente gibt es tatsächlich im Leben. Man geht die Straße entlang und findet sich plötzlich hinter einem Trauerzug wieder ..."

„... und dann muss man aufs Meer hinaus", ergänzte er. Er erzählte mir, genau das hätte er gemacht, als er mit seiner Exfrau, die er geheiratet hatte, kaum waren sie einundzwanzig geworden, auf Europareise gegangen war. Sie hatten dieselbe Methodistengemeinde in Perth besucht und waren seit ihrem sechzehnten Lebensjahr zusammen gewesen.

„Hast du von Anfang an geglaubt, dass ihr heiraten würdet?"

„Ich habe nie das Gegenteil geglaubt", antwortete er. Doch als der Moment gekommen war, nach Australien zurückzukehren, sagte er ihr, dass er lieber in England bleiben würde. „Weißt du, was Melville noch gesagt hat?", raunte er wie jemand, der drauf und dran ist, ein Geheimnis zu lüften. „Es gibt zwei Orte auf der Welt, an denen ein Mann seine Spuren verwischen kann, die Südsee und London."

Nach ein paar Monaten in der Ferne hatte Ben endlich den Mut gefunden, die Scheidung einzureichen. Von da an hatte die gesamte Familie ihn geschnitten.

„Sie gehen nicht mehr ans Telefon, haben mich auf den sozialen Netzwerken geblockt. Alle bis auf meinen kleinen Bruder, aber die Fotos, auf denen wir zusammen drauf sind, hat er ebenfalls gelöscht."

„Sie werden ihn dazu gezwungen haben", sagte ich, und er zuckte die Schultern.

„Wenn ich nach Hause zurückkehrte, wäre ich immer derjenige, der hinter allen Trauerzügen hinterherläuft. Und du?"

„Ich habe nicht den leisesten Schimmer", antwortete ich, ohne lange zu überlegen. „Es wäre, als würde man nur halb leben."

„Wie meinst du das?"

„Man müsste einen Kompromiss finden zwischen dem Menschen, als den man sich empfindet, und dem, den die anderen in einem sehen."

„Darauf trinken wir", befand er und zwang sich zu einem Lächeln, das ihm sein wahres Alter zurückgab.

Irgendwann schlenderten wir durch Dalston Kingsland und wählten willkürlich Musik auf seinem Handy aus, bis wir bei den Smiths landeten. Ben fing an, laut *Panic in the streets of London* zu singen, hakte mich unter und steckte sein ganzes Herzblut in die letzten Zeilen – *hang the dj, hang the dj, hang the dj* –, als wären sämtliche Unwuchten der Welt nichts anderes als ein schlechter Song, aufgelegt von einem Idioten, der das Sagen über die Playlist hat.

Als wir vor seiner Haustür ankamen, musterte er mich von Kopf bis Fuß. „Du hast echt Stil", sagte er. „Du würdest wahnsinnig gut in mein Zimmer passen." Ich fragte mich nicht, bei wie vielen Menschen er diesen Satz schon angewandt und ob er je gezogen hatte. Ich gab dem Gefühl des Angenommenseins nach, das zwischen zwei Unbekannten entsteht, die ihre Wunden vergleichen. Unsere Seelen hatten verstümmelte Wurzeln, die als Phantomgefühl fortbestanden, nur um uns Schmerzen zuzufügen.

„Ich will keinen Sex mit dir", sagte er vor der Haustür. „Ich will nur neben dir schlafen."

Ich nickte, und er ließ mich hinein.

Mitten in der Nacht dachte ich über etwas nach, das Ben im Pub gesagt hatte. „Und was, wenn sie recht haben? Wenn der Fehler tatsächlich bei mir liegt?"

Möglichst leise stand ich auf, um aufs Klo zu gehen. Auf dem Schreibtisch, erhellt vom Licht der Straßenlaternen, stand ein Foto von Ben mit einem anderen Jungen, der unwesentlich jünger war. Beide hatten Glitterschminke im Gesicht und zeigten die nackte Brust. Sie waren auf einem vor Menschen wimmelnden Festival und hielten Händchen.

Tief in der Nacht schallen aus den hinteren Gassen der Insel noch immer betrunkene Stimmen herauf, stolperndes Absatzgeklapper, ersticktes Kichern, die Gedanken des Bäckers auf dem Weg zum Croissantsbacken, die der Geliebten, die unter fremden Laken hervorschlüpft. Rossella ist im Dunkel des Hotelgartens und sitzt auf dem steinernen Einfassungsmäuerchen des Blumenbeets. Sie ist schön, so wunderschön und still wie das Marienbildchen, das die Nonnen als Preis vergaben.

Sie sagt zu mir: „Komm her, wir haben noch gar nicht geredet."

„Bist du müde?"

„Noch nicht."

Sie sagt zu mir: „Die Mädels sind durchgeknallt, aber ich habe sie gern." Sie sagt zu mir: „Danke, dass du gekommen bist, das war wichtig", und sie klingt ehrlich.

In den Händen hält sie die weiße Spitzenunterwäsche, die ihr eines der Mädchen aufs Hotelbett gelegt hat.

„Ihr müsst ja ein Vermögen ausgegeben haben", bemerkt sie, ohne mich anzusehen. Ihre Wangen sind von der Sonne am Morgen gerötet. „Was würden bloß alle tun, um sich die Zeit zu vertreiben, wenn es mich und diese Hochzeit nicht gäbe." Als ihr klar wird, wie ihre Worte klingen, schiebt sie ein Lächeln hinterher, das wie eine verrutschte Tonspur wirkt. Sie erzählt mir, ihre Mutter hätte an alles gedacht, die Wohnung sei so gut wie fertig, während der Flitterwochen würden ihre Eltern die Möbel hinüberschaffen. Luca wollte schon immer mal nach Polynesien.

Rossella, die Braut mit dem weißen Hochzeitskleid, weiß wie eine Leinwand, damit die anderen ihre Wünsche und Erwartungen daraufmalen. Eine Puppe, die zwischen Puffärmeln, Schleifen und Schichten von Tüll verschwindet.

Sekundenlanges Schweigen schiebt sich zwischen unsere Worte, wir merken beide, dass wir wieder lernen müssen, miteinander zu reden.

„Ich bin froh, dass du mich eingeladen hast", sage ich.

„Inwiefern?"

„Ich hatte nicht damit gerechnet. Wir hatten schon so lange keine Gelegenheit mehr, alleine zu sein und uns alles zu erzählen."

„Du bist so früh weg."

„So früh nun auch wieder nicht."

Sie fragt mich, ob es in London jemanden gibt, der sich um mich kümmert. Sie sagt es genauso, mit diesem Verb: *sich kümmern*. Ich grinse sie an und breite die Arme aus, wie um eine Selbstverständlichkeit zu unterstreichen, doch sie bleibt ernst und sieht mich bereits an wie eine Mutter, mit diesem von einem Kreuz beschwerten Blick.

„Du weißt, was ich meine, Clara. Ich will nur wissen, ob du glücklich bist. Bist du verliebt? Bist du mit jemandem zusammen?"

„Das sind zwei unterschiedliche Fragen mit zwei unterschiedlichen Antworten", sage ich. „Nächstes Mal."

„Entschuldige, das sollte ich wissen", murmelt sie.

„Wie meinst du das?"

„Ich hätte mich öfter bei dir melden sollen. In den letzten Jahren habe ich häufig daran gedacht, dir zu schreiben", sagt sie fast entschuldigend, „aber dann habe ich es doch nicht getan. Ich habe mich geschämt."

„Wofür denn?"

„Ich hab's noch einmal gelesen und kam mir dumm vor. Wer weiß, was du gedacht hättest."

Es ist seltsam, sie so zu sehen, der Blick leicht erloschen, ohne die flackernde Erregung, die sie damals immer zu Beginn eines neuen Spiels ergriff.

„Für einen Neuanfang ist es nie zu spät“, sage ich.

„Und wo sollen wir anfangen?“

„Such's dir aus.“

Wenn das so ist, sagt sie, würde sie vielleicht im Schulhof anfangen. Mit lauter, bebender Stimme imitiert sie ihre alte Nonne: „Artigkeit und gesenkter Blick!“, skandiert sie mit auf mich gerichtetem Zeigefinger. „Eigenlob stinkt!“, erwidere ich und ziehe mir die Unterlider wie ein Mastiff herunter. Bei diesem Schlagabtausch müssen wir immer wieder lachen.

„Weißt du, dass ich bis heute von ihm träume?“, sagt Rossella und wird wieder ernst. Sie macht eine lange Pause, aber die Frage schwebt zwischen uns. „Vom Hof“, fügt sie leise hinzu. Sie erzählt mir von dem Mädchen, von dem heute auf dem Schiff die Rede war und dessentwegen sie einmal mit nassen Hosen nach Hause gehen musste. Einmal hatte sie es auf dem Klo mit einem älteren Jungen gesehen und der Nonne Bescheid gesagt, aus einem Instinkt heraus und auch ein bisschen aus Rache.

„Als ich am Tag der Prozession gemerkt habe, dass das Mädchen nicht da war, habe ich Angst gekriegt. Sie hatten sie von der Schule geschmissen.“

„Angst wovor? Sie könnte rausfinden, dass du sie verpetzt hast?“

„Ich glaube, das war es nicht.“

„Was dann?“

„Ich hatte Genugtuung empfunden. Sie hatte Mist gebaut und war bestraft worden.“

Rossella spricht leise, sie denkt laut, ihre Worte vermischen sich mit dem Zirpen der Grillen in der Inselnacht, die schon fast Morgen ist, dann lässt uns das Geräusch des Eisentors aufschrecken. Vom Garteneingang torkelt eine der Brautjungfern heran, barfuß, die Sandalen in der Hand. Der Junge mit den aufgepumpten Brustmuskeln, mit dem wir sie den ganzen Abend in der Taverne haben tanzen sehen, begleitet sie. Ich versuche mir sein Tinder-Profil vorzustellen, dessen Aktionsradius nicht über die Insel hinausgeht. Beschreibung: Romantischer Pirat, König des Mojito. Hymne: *L'amour toujours* – Gigi D'Agostino.

Meine Cousine drückt mir die Spitzenunterwäsche in die Hand und geht auf ihre Freundin zu, um sie zu stützen.

Auf halbem Weg zwischen mir und der Betrunkenen dreht sie sich um und sagt: „Wir finden noch Zeit für uns. Ich muss mit dir reden, aber in Ruhe."

Als wir uns verabschieden, um ins Bett zu gehen, geht bereits die Sonne auf, die Schiffe laufen wieder im Hafen ein und aus, und auch wir fahren bald nach Hause.

IT'S A MATCH [TOMÁS, 33]

Tomás bin ich durch ein Zusammenspiel von Algorithmen begegnet, nach wochenlangem Surfen zwischen Aufforderungen zu Sadomaso-Sex und Orgien, zwischen Trekking-Fans und Jungs mit aufgepumptem Bizeps, auf deren Bildern die Ex-Freundin daneben noch im Anschnitt zu sehen ist. Sein Foto war falschherum hochgeladen, kopfunter, und ich musste das Handy-Display drehen, um ihn mir genauer anzusehen. In seinem Profil gab er an, er sei aus Buenos Aires und habe in London gelernt, übers Wetter zu reden. Er hörte Hardcore Punk, was normalerweise bedeutet, dass man sauer auf das System ist, weil man ein gutes Herz hat. Ich wischte nach rechts, während er irgendwo in dieser riesigen Stadt unter dem letzten Sommerregen das gleiche tat.

Wir verabredeten uns an einem Freitagabend im Hof der Strongroom-Studios in Shoreditch. Er war Toningenieur und hatte gerade seine Schicht beendet, wartete an einem Holztisch auf mich und schrieb in einen vor Zahlen und Symbolen berstenden Ringblock. Er war groß, größer als erwartet, und das mit einem Gummi zusammengehaltene, lange Haar ließ ihn wie einen frisch vom Surfen zurückgekehrten Jesus aussehen. Sogleich griff er nach meiner Hand, um nach der Verletzung auf meinem Profilfoto zu sehen.

„Wie ich sehe, geht es deinem Finger besser", sagte er.

Schlussfolgernd. Sachlich. Fürsorglich.

Diese durch und durch rationale, feststellende Geste wurde von mir sofort falsch gedeutet: nicht als förmlich, sondern als zärtlich und aufmerksam. Noch wusste ich es nicht, sollte aber lernen, dass sich Menschen, die ihren Gefühlen nur ungern die

Zügel überlassen, unter dem Deckmantel der Förmlichkeit verstecken. An seiner soldatengrünen Jacke trug er einen Anstecker von Charles Darwin, dessen *Entstehung der Arten* er von A bis Z gelesen hatte. Er erzählte mir knapp von seiner Familie: Vater Ingenieur, Mutter Angestellte. Er war als Jugendlicher mit seiner Mutter hierhergekommen, nach der Scheidung. Sie hatte ihn auf eine *Boarding School* geschickt, und sie trafen sich zwei- oder dreimal im Jahr, ausschließlich zum Abendessen. Wenn er an sie dachte, sah er sie nur von den Ellenbogen aufwärts vor sich. Mit seinem Vater telefonierte er, wenn die argentinische Nationalmannschaft spielte.

„Auf lange Sicht machen Beziehungen unglücklich", sagte er, wie um mir das Surrogat einer Erleuchtung zu verkaufen. „Kompromisse machen einen immer unglücklich."

In dem Moment empfand ich für ihn eine tiefe, grundlose Zärtlichkeit, die im Widerstreit mit seinen selbstsicheren, scharfen Zügen stand. Sein kantiger Körper schien wie dafür gemacht, anziehend und abweisend zugleich zu sein. Ich ertappte mich bei dem Gedanken, wie es wäre, in seinen Armen zu liegen, und ob diese langen, knochigen Gliedmaßen sich jemals dazu hinreißen lassen würden.

Als er mich fragte, warum ich Italien verlassen hätte, log ich. Ich behauptete, wegen des Studiums.

„Was studierst du?", fragte er freundlich, interessiert oder vielleicht nur höflich. Wer weiß, ob er ebenfalls diesen Artikel in der U-Bahn gelesen hatte, ob er wusste, dass er viele Fragen würde stellen müssen, um zu beweisen, dass er zuhören konnte.

„Kreatives Schreiben", log ich wieder, wenn auch nur halb. Tatsächlich hatte ich vorgehabt, mir Geld zu leihen und mich um ein Stipendium zu bewerben, doch nach zwei Jahren Arbeit hatte ich es nicht mehr versucht. Weil ich meinen Vater nicht um Geld bitten wollte, hatte ich es sausen lassen. Allein der Gedanke, meinen Traum mit einer Bitte knebeln, mich ihm gegenüber dankbar und erkenntlich zeigen, jeden Cent rechtfertigen und den Sinn meiner Entscheidungen wie einem Sponsor erklären zu müssen, schnürte mir die Luft ab.

„Du schreibst also", sagte er.

Ich nickte und senkte den Blick, vielleicht wegen der Scham, die dem Akt des Schreibens innewohnt, oder weil ich mit dem Schreiben aufgehört hatte. Ich war ihm dankbar, dass er nicht weiter fragte.

Einige Zeit später, als dieser fremde Körper mich nachts im Bett wärmte und mir das Gefühl des Fußbodens in seinem Zimmer unter den nackten Füßen urvertraut geworden war, sollte ich ihm von dem Architekten erzählen, von dessen runzliger, rauer Hand, die nach meiner griff, und von dem tiefen Schuldgefühl, das mich noch immer durchschauderte, sobald ich an diese Szene dachte. Ich erzählte ihm von meiner Mutter, die mir nicht gesagt hatte „es ist nicht deine Schuld", und von meiner Scham. Tomás nahm mich vorsichtig in den Arm wie einen vom Ast gefallenen Spatz, mit der Behutsamkeit eines Menschen, der tunlichst darauf bedacht ist, sich nicht zu sehr gehen zu lassen, um nicht missverstanden zu werden.

An jenem ersten Abend wanderten wir am Kanal entlang Richtung Victoria Park, mit den Füchsen, die aus den Büschen lugten und unsere Schritte beobachteten. Die Koinzidenz unserer Einsamkeiten hat uns auf die Suche geschickt und dann beieinanderbleiben lassen. Kaum war ich am nächsten Morgen in mein zwei Kilometer entferntes Einzelzimmer zurückgekehrt, schlug ich im Wörterbuch die Etymologie des Wortes „Koinzidenz" nach und stellte fest, dass seine erste Bedeutung „zusammenfallen" lautet. Weitere Bedeutungen: Zwei Objekte, die zusammentreffen, das Auftreten zweier oder mehrerer Ereignisse zur gleichen Zeit. Siehe auch: übereinstimmen.

Trotzdem denke ich noch immer an zwei gleichzeitig verzweifelt fallende und sich streifende Körper. Genau wie ich, fiel Tomás schon seit geraumer Zeit. Das verrieten seine Strenge und die Nüchternheit, die er wie eine Rüstung trug, um den Kontakt mit lebendigem Fleisch zu meiden. Inzwischen sind wir gut darin, unsere Zeit mit Nichtigkeiten zu füllen, um nicht zu viel nachzudenken.

Dass ich ihn liebte, sagte ich ihm rund ein Jahr nach unserem ersten Treffen, am Ende der dritten Staffel der *Sopranos*, mit denen wir, um uns zu trösten, wieder von vorn angefangen hatten.

(Bereits Gesehenes noch einmal sehen: Das hatte ich ihm beigebracht, damit kein noch so ausgeklügelter Überraschungseffekt uns wirklich umhauen konnte).

Zum Ende der Folge gab eine der Figuren ein altes neapolitanisches Lied zum Besten, ein Detail, das ich vergessen hatte. An dem Abend bekam ich keine Antwort, und so waren wir eingeschlafen. Es war ein Versuch gewesen, ein ungeschickt gesetzter Knalleffekt. Ich wusste ganz genau, dass Tomás die Liebe für eine Falle hielt, um die Spezies zur Fortpflanzung anzustacheln, in die er nicht tappen würde: Nichts im Menschen sei so gut, dass es ihm das Privileg des Fortbestands gewährte. Ich war damit nicht ganz einverstanden, aber trotzdem war es schön, gemeinsam der Zwecklosigkeit zu frönen, sinnlos Spaß zu haben, uns von dem System zu verabschieden, das selbst bei Beziehungen ausschließlich auf Produktivität setzte. Immer wieder sagte ich mir, es sei schnuppe: Solange es uns beide gab, sollte es mir recht sein.

Die Wohnung meiner Großmutter liegt in einem alten Wohnhaus in einer Querstraße des Corso Giannone, westlich vom königlichen Wald. Um zu Fuß dorthin zu gelangen, muss ich über die Ercole-Brücke, an den Mauern des Königspalastes entlang und dann über die Ampel, an der seit jeher die Senegalesen mit Putzlappen und Eimern voll Seifenwasser stehen, um die Scheiben der bei Rot wartenden Autos zu waschen. Wenn sie mich sehen, halten sie mir die schwielige Handfläche hin, wir klatschen ab, sie fragen mich, wie es in London läuft, ob meine Mutter zufrieden ist. Sie wissen alles über uns, wogegen wir kaum ihre Namen kennen.

Hin und wieder, wenn ich an die Hauptstraße komme, laufe ich ein paar Kollegen meines Vaters oder einem alten Freund der Familie über den Weg. Sie erkennen mich schon von Weitem und halten kurz an, um nie zu viel und nie zu wenig zu plaudern. Egal, wie viel Zeit vergangen ist oder wie gut wir uns kennen, sie schaffen es, mir in wenigen Minuten ganz gerührt von ihren fernen Kindern, der letzten Blutuntersuchung, dem Schwager zu erzählen, der seinen Job verloren hat und nun Arbeitslosengeld bezieht, oder dem Enkel, der gerade in irgendeiner Stadt im Norden zur Welt gekommen ist. Es sind kurze Begegnungen, die die Empathie jedes Mal wieder auf die Probe stellen. Im Weitergehen hängen sie einem nach, und obwohl man sich nicht unbedingt an ihre Namen erinnert, hofft man dennoch, dass sie bald ihr Enkelchen zu Gesicht bekommen, dass es ihnen ein bisschen ähnlichsieht und dass das nächste Untersuchungsergebnis besser ausfällt.

Caserta fehlt mir nie, aber wenn ich dort bin, fehlt es mir manchmal. Mir fehlt das, was die Stadt für meine Generation nie war und vielleicht hätte sein können – für uns, die auf der Schwelle zum neuen Jahrtausend geboren wurden, ohne ein Kino, ohne eine Bibliothek, ohne Treffpunkte, um abzuhängen und zu quatschen und sich die Zukunft auszumalen. Ich habe früh gelernt, die Wehmut nach einer anderen Jugend, nach der Jugend meiner Eltern beispielsweise, die aus einem belegten Brötchen und einer Gitarre im Park, im Parteibüro oder in der Jugendfreizeit bestand, nicht als lächerliches Klischee abzutun. Die Generation, die alles geteilt hatte, zog uns mit dem Versprechen groß, nichts teilen zu müssen. Wir hatten alles für uns, und dieses Privileg hat uns einsamer gemacht. Sie sagten, wir seien etwas Besonderes, doch um es tatsächlich zu sein, müssten wir uns mit all den anderen, ebenso Besonderen zusammentun und einer einzigen, klaren Linie folgen.

Die Stadt zeigt mit dem Finger auf die leeren Schöße, auf jene, die egoistisch beschließen, sie selbst zu sein, ohne an die Großeltern zu denken, die nichts zu tun haben und nur darauf warten, dass man ihr Leben füllt; an die einsamen, vom Ehemann für die Pflegerin der Schwiegermutter sitzengelassenen Mütter in den Wechseljahren; was sollen sie bloß mit all der Zeit anfangen, die sie anderen widmen wollten, wenn man ihnen und ihren hungrigen, nach Liebe lechzenden Armen ein Enkelkind verweigert?

Meine Großmutter ist neunzig Jahre alt und lebt mit einer fünfzigjährigen Neapolitanerin namens Alba zusammen. Alba hilft ihr bei den kleinen Alltäglichkeiten, auch wenn ich eher glaube, meine Großmutter hilft ihr, sich von Scherereien fernzuhalten. Früher war Alba alkoholkrank, doch mit Unterstützung der Gemeinde hat sie es geschafft, die Sucht hinter sich zu lassen. Sie hat sich vor einem gewalttätigen Ehemann gerettet, der sie vor die Tür gesetzt hatte. Eine Weile lebte sie im Frauenhaus, dann brachten meine Tanten in Umlauf, Großmama bräuchte eine Hilfe, und Pater Vincenzo führte die beiden zusammen. Alba ist so klapperdürr, dass ihr die Anziehsachen von den Hüften rutschen. Manchmal kauft sie sie in der Kinderabteilung, weil es dort billiger ist und die Sachen obendrein besser sitzen; deshalb trägt sie fast immer rosa, und wenn ich sie im Wohnzimmer neben meiner Großmutter vor dem Fernseher hocken sehe, kommen mir diese Collagen aus räumlich und zeitlich himmelweit voneinander entfernten Motiven in den Sinn.

Meine Großmutter lebt noch in derselben Wohnung, in der meine Mutter und meine Tanten ihre Kindheit verbrachten und in die wir nach der Schule zum Spielen und Hausaufgabenmachen gingen. Seit ich die Stadt nach dem zweiten Studienjahr verließ, bin ich nur selten wieder allein dort gewesen. Es ist eine düstere Wohnung mit einem Bild von Padre Pio, dessen strenger Blick einem den Flur entlang zu folgen scheint, und allerlei lodernd bunten Ölgemälden von Engeln, die meine Großmutter unbedingt einem alten Obdachlosen am Eingang des Königsschlosses abkaufen wollte.

Weil hier nicht genug Platz ist, richtet meine Mutter die Weihnachts- und Osteressen immer bei uns aus. Es war schon immer sehr beengt, seit meine Großmutter beschlossen hatte, das Wohnzimmer komplett zuzumauern, doch das war vor Rossellas und meiner Geburt gewesen.

Von der Geschichte erfuhren wir erst relativ spät.

Zur Beisetzung meines Großvaters 1979 war noch eine andere Frau mit ihren zwei Kindern aufgetaucht, einem Jungen und einem Mädchen. Das Mädchen hieß Imma wie meine Tante, der Junge Manfredi wie das erste Kind meiner Großmutter, das mit nur fünf Monaten an Lungenentzündung gestorben war. Und so hatte sie plötzlich erfahren, dass sie nicht die Einzige gewesen war. Es gab eine Parallelfamilie, gegründet auf der Distanz Caserta-Neapel im Laufe von Großvater Albertos Kleinunternehmerkarriere, die ihn aus irgendeinem Grund ständig auf Achse sein ließ. In Wahrheit, wenn es denn eine Wahrheit gibt, gehörte unser Großvater zu keiner der beiden Familien. Mit seiner Art eines neapolitanischen Frank Sinatra vermochte er einem in den wenigen Sekunden seiner Aufmerksamkeit das Gefühl zu geben, der wichtigste Mensch auf Erden zu sein. Meine Großmutter hatte sich fast vom Fleck weg in ihn verliebt. Obwohl sie bereits dem Sohn des Wurstwarenhändlers versprochen war – dem *armen* Peppino –, hatte sie nicht gezögert, als Großvater Alberto in der Kurzwarenhandlung der Familie aufgetaucht war und um ihre Hand angehalten hatte. Die Schande nach seinem Tod trug man mit Fassung, obschon das Getuschel, sobald man meine Großmutter und ihre Töchter auf der Straße erblickte, sie jahrelang bis vor die Haustür verfolgte.

In der Supermarktschlange, auf der Post, auf den Kirchenstufen fügt die Stadt Details hinzu oder lässt sie weg. Für die Eltern der anständigen Mädchen in den Nachbarhäusern sind unsere Mütter Töchter der *Schande*, die der eigene Vater verheimlicht hat.

Wovon die Leute jedoch nicht reden, sind die spiritistischen Sitzungen, die meine Großmutter wenige Tage nach der Beisetzung ihres Mannes im heimischen Wohnzimmer abzuhalten begann. Tante Imma hatte eine Freundin, ein junges Mädchen, das in Pashminaschals herumlief und nach Weihrauch stank. Sie las das *Bardo Thödröl*, war Expertin in Meditationspraktiken und nahm an feministischen Selbsterfahrungsgruppen teil. Sie wusste, wie man mit den Seelen spricht, die noch nicht durchs Fegefeuer gegangen sind. Großvater war in diesem Zimmer gestorben, es würde ein Leichtes sein, mit ihm in Kontakt zu treten und ihn um Erklärungen zu bitten.

Ich stelle mir Caserta Ende der Siebzigerjahre vor, als die Gegenkultur explodierte und sich mit der Discomusic-Fraktion um die Hoheitsgebiete stritt. Ich stelle mir die dauerrevoltierenden Schüler vor, Spätzünder im Vergleich zu den Großstädten, die abgedroschene Slogans auf die Hauswände schmierten, um bei den Mitschülerinnen Eindruck zu schinden. Ich stelle mir den Kreis aus meiner Großmutter, meiner Mutter und Tante Imma vor, beide noch Teenager, dazu das junge Medium und Signora

Cartagine, die beste Freundin meiner Großmutter, die damals im Stockwerk darüber wohnte. Das Ganze ging drei Wochen, jeden Mittwochabend ein Versuch um die Uhrzeit, zu der unser vom Infarkt getroffener Großvater auf dem Fußboden gefunden worden war.

Doch an seiner Stelle erschien immer wieder ein anderer.

Es handelte sich um einen Feldwebel, der bei einem Flugzeugabsturz kurz nach dem Krieg ums Leben gekommen war. In der Familienlegende fiel sein Name nur selten. Er war eine zornige Seele, die zurückkehrte, um sich nach seiner Freundin zu erkundigen, die nach seinem Tod von der Familie gezwungen worden war, den Schleier zu nehmen. Nach seinem ersten Auftauchen nahmen sich die Teilnehmer der spiritistischen Sitzung vor, Beweise für die Existenz seiner ruhelosen Seele zu suchen, und wurden fündig. Im Archiv der Lokalzeitung fand sich unter den in der Meldung vom Flugzeugabsturz genannten Opfern der unaussprechliche Name des Feldwebels. Obwohl die Frauen weiterhin Albertos Seele anriefen, damit er meiner Großmutter wenigstens im Tod über seine Taten Rechenschaft ablegte, tauchte der Feldwebel auch beim zweiten und dritten Mal ständig aufs Neue im Zimmer auf. In seiner Wut verrückte er Gegenstände, ließ sie quer durchs Wohnzimmer fliegen und drohte, es auf ewig heimzusuchen, wenn sie ihn nicht mit seiner Braut in Verbindung brächten.

Die Geschichte setzt sich damit fort, dass unsere Großmutter in tiefer Nacht zum Haus des Pfarrers rennt, um ihn um Hilfe anzuflehen, und für ihre Teilnahme an der spiritistischen Sitzung einen heftigen Rüffel kassiert. Das Wohnzimmer wurde einer Geisteraustreibung unterzogen und nie mehr benutzt. Auch meine Großmutter exorzierte die Geschichte des Skandals, verschloss sie im hintersten Winkel ihres Kopfes und verlegte den Schlüssel. Um beim Priester wieder wohlgelitten zu sein, spendete sie der Kirchengemeinde die Kleidung des Verstorbenen. Von ihrem Mann blieben ihr die Schmuckstücke, die er ihr von seinen Geschäftsreisen mitbrachte: Amethysten, Bernsteinketten, Rubinringe und Smaragde, kleine Brillanten. Später fand sie heraus, dass viele dieser Edelsteine ebenso unecht waren wie die guten Absichten meines Großvaters, aber das war unwichtig. Sonntagsmorgens, auf dem Weg zur Messe, funkelten sie dennoch weithin sichtbar auf ihrem Witwenkleid. Und wenn sie, in ihren Pelz gehüllt, am Wurstwarenladen vorbeiging, versäumte sie es trotz allem nie, einen wehmütigen Seufzer für den armen Peppino auszustoßen.

„Fällt ein Zahn, klopft der Tod in der Familie an", sagt meine Großmutter immer wieder zu mir und schaukelt in ihrem Stuhl. Alba hat Kaffee gebracht und uns unserer Plauderei überlassen, vor allem über die Hochzeitsvorbereitungen, die Kleider, die wir tragen werden und früher zu anderen festlichen Gelegenheiten getragen haben.

Meine Großmutter hat mir von einem Traum erzählt, den sie vor rund zehn Tagen hatte: Sie ist in einem Raum voller Süßspeisen und mehrstöckigen, verzierten Torten, es ist der Gastraum eines riesigen Luxusrestaurants, und während sie sich auf das Büfett zubewegt, merkt sie, dass sie etwas im Mund hat. Sie bleibt stehen und stellt fest, dass ihr sämtliche Zähne ausgefallen sind, die sie einen nach dem anderen in ihre Hände spuckt.

In meiner Familie haben Träume häufig für uns entschieden. Von einer heiklen Investition die Finger lassen, einen Betrug verzeihen, einen Job annehmen oder ablehnen. „Fällt ein Zahn, klopft der Tod in der Familie an", sagt meine Großmutter im Schaukelstuhl und bekreuzigt sich, während Alba ihre Tasse abräumt.

Langsam stemmt sich meine Großmutter aus dem Stuhl und bedeutet mir, ihr ins Schlafzimmer zu folgen. Das Zimmer ist dunkel, die Rollläden heruntergelassen, wie um jemandes Schlaf zu beschützen. Ohne das Licht anzuknipsen, geht sie zu ihrer Schmuckschublade, steckt die Hand hinein, zieht sie wieder hervor und bewegt eine Handvoll grüner Steine zwischen den Fingern, eine Kette.

„Hier, trag die hier, leg sie zur Hochzeit an. Mach dich schön. Das ist ein altes Geschenk von Großpapa, aber was soll ich damit, meine Zeit ist vorüber."

Ich bedanke mich ohne ein weiteres Wort. Als ich aus dem Haus trete, stecke ich die Kette in die Tasche und gehe am Gitterzaun des königlichen Parks entlang Richtung Zentrum. Die falschen Edelsteine, die falschen Versprechungen, die Besiegelung eines Paktes, auf den meine Großmutter sich eingelassen hatte. Nach hundert Metern bin ich kurz davor, die Kette über die weißen Gitterstäbe in das niedrige Gesträuch unter den Bäumen zu schleudern, dann halte ich inne. Ein bisschen Liebe muss es dennoch gegeben haben, die von ihm zur ihr, von ihr zu ihm und durch sie beide auf mich überging. Das respektiere ich, auch wenn ich ihm nicht verzeihe. Das ist sowieso nicht meine Aufgabe.

Wie ein heißer, lichtloser Frühnachmittag senkt sich die Nacht über die Stadt. Der Mai ist ungewöhnlich warm, doch der eingesperrte Wald verströmt Kühle, und so gehe ich am Gitterzaun an ihm entlang. Ich lasse die Wohnung meiner Großmutter hinter mir, überquere die Hauptstraße und zähle die neuen Cocktailbars. Am Park Giardini della Flora lehnen die Schüler aus der Zwölften quatschend an ihren auf dem Gehsteig geparkten Mopeds, essen Eis oder drehen sich unbeholfen eine Zigarette. Schwerelos steigen ihre Stimmen empor, noch ein Jahr trennt sie vom Abi, und zehn Euro fürs Benzin in der Tasche genügen, um sich mächtig zu fühlen. Ich wüsste gern, ob sie verliebt sind und in wen. Ob sie es ihren Freunden gesagt haben oder für sich behalten. Die Jungs lachen und klopfen einander zu heftig auf die Schulter, wie sie es bei den Erwachsenen gesehen haben. Jemand wird sauer, dann verträgt man sich wieder, ein Piece Hasch wird zerkrümelt, Stille senkt sich herab.

Ich überlege, Tomás zu schreiben, doch dann gehe ich auf

Tinder, scrolle durch die Profile und vergesse einen Moment lang, dass ich nicht mehr in London bin. Das Display füllt sich mit gebräunten Brustmuskeln und Segelfotos. Statt der androgynen Hipster aus Hackney finde ich Möchtegern-Unternehmer mit verspiegelten Sonnenbrillen und sorgsam depiliertem Oberkörper. Einen halben Kilometer von mir sucht jemand „echte Frauen, keine Mogelpackungen" und zeigt sich, den Blick auf einer Terrasse in Positano in die Ferne gerichtet, in einem makellosen Leinenhemd, das ihm die frisch geschasste Freundin geschenkt hat. Anstelle des wie eine Wesensart zur Schau gestellten politischen Engagements gibt es hier die mundartliche Ironie dialektaler Halbsätze, die mehr hermachen, denn Italienisch ist ein Kleid, doch hier zeigt man sich nackt. Zwei Kilometer von mir fordert Marco, 32, die Frauen auf, sich einen Kerl zu suchen, der sie genauso ansieht wie er seine leckere *Mozzarella in carrozza*. Unweit entfernt gibt es Franco, 42, mit Profilfoto auf der Chinesischen Mauer. Sein Leben ist ein Roman, und er sucht die richtige Frau, die ihn schreiben soll. Ich scrolle durch die Profile, schmuggele mich unter die Männer der Stadt, um zu sehen, wer geblieben ist, wer sich verändert hat und wie. Hinter den Bärten und übertrieben aufgepumpten Muskeln, die aussehen wie ein Schaumgummikostüm, erkenne ich manche wieder. Dann hält mein Finger in dieser Galerie identischer Personen auf einem Schwarzweißfoto inne. Es zeigt eine Frau in einem Nachthemd von hinten, von dem Mann sind nur die Hände zu sehen, die ihre Schenkel umfassen. Sechzigerjahre-Erotik mit künstlerischem Anspruch.

Wer bist du, wenn niemand dich sieht?

Das fragt Riccardo – 55 Jahre, Architekt – unter seinem Profilbild. Der Nutzer ist keine dreihundert Meter weit weg, die kurze Entfernung lässt mich instinktiv aufschauen.

Es ist Mitternacht, der Park halb verwaist, sämtliche Teenager sind nach Hause gegangen. Nur ein Pärchen schlendert von Ferne langsam und beschwipst auf mich zu, schlingert sacht und kommt wieder auf Spur. Als sie in das Licht der Straßenlaternen treten, bemerkt der Mann mich und manövriert die junge Frau in eine Seitenstraße, die zurück ins Zentrum führt. Ich erkenne seine durchdringenden, bernsteinfarbenen Kojotenaugen. Sie mag kaum älter als zwanzig gewesen sein.

Am Tag meines achtundzwanzigsten Geburtstags ließ ich in Tomás' Wohnung eine neue Zahnbürste zurück. Er tat so, als würde er sie nicht bemerken, aber die Vorstellung, er hätte sie bemerkt und fände es in Ordnung, war mir lieber. Für große, abgeschmackte Gesten hat er nichts übrig. Ich empfand seine Billigung wie ein Geschenk, das ich mir nachts an die Brust drücken konnte. Wenn er sich wochenlang mit den neuen Alben aufstrebender Jungstars im Aufnahmestudio verschanzte, würde dieser Gegenstand ihn an mich erinnern. Während er sich morgens fertig machte, würde er ihm, ob er wollte oder nicht, immer wieder sagen, dass er einen anderen Menschen in sein Leben gelassen hatte. Dieser Gedanke machte mich glücklich, schließlich war ich inzwischen geübt, nichts zu fragen, um nicht eine seiner typischen Antworten zu kassieren, die selbst den Grund eines Ozeans in eine Wüste verwandeln konnten.

Er sagte, ich würde zu viele Fragen stellen. Ich fragte ihn, ob er sich mit mir wohlfühle, ob ich ihm gefalle, wie sehr er mich begehre. Vor allem in den Phasen, in denen wir uns nicht häufig sahen, hatte ich mir angewöhnt, vor dem Einschlafen eine Bestätigung bei ihm zu suchen, irgendetwas, das mir versicherte, dass dies nicht die letzte gemeinsam verbrachte Nacht wäre. Dann sagte er zu mir, ich würde den Moment nicht wertschätzen, man müsse schließlich nicht alles erklären, und wenn er mit mir zusammen sei, dann deshalb, weil er nicht woanders sein wolle. Statt mich zu beruhigen, stürzte mich diese Erklärung in ein mit schwarzem, klebrigem Erdöl gefülltes Loch. Manchmal fühlte ich mich neben ihm wie eine dieser kleinen Möwen in den

Greenpeace-Videos, mit triefenden, schweren Flügeln und am Boden festgeklebten Krallen. Ich hing genauso am Strand fest, weil ich seine Regeln akzeptiert und es nicht geschafft hatte, meine eigenen durchzusetzen.

„Wozu willst du das wissen?“, fragte er. „Wir sind doch jetzt hier, ist das nicht das Wichtigste?“

„Ich muss wissen, dass wir es auch später noch sind“, antwortete ich.

„Worte sind nie eine Garantie. Sobald man etwas sagt, besteht die fünfzigprozentige Wahrscheinlichkeit, dass man sich irgendwann widerspricht. Das ist wahnsinnig viel. Findest du nicht?“

Tomás kann Widersprüchlichkeiten nicht ausstehen. Anfangs schob ich es auf seine kulturelle Prägung, inzwischen halte ich es für eine Frage der Bequemlichkeit, für eine simple Methode, sich aus der Affäre zu ziehen: bloß nichts preisgeben, nichts herauslassen.

„Würde ich sagen, nein, ich begehre dich nicht wie du mich … würde ich sagen, das ist das letzte Mal, dass wir uns sehen, dann würde ich dir diesen Augenblick auch noch kaputtmachen“, fügte er eines Abends hinzu.

Es gibt eine Stelle in *Der Fänger im Roggen*, in dem die Hauptfigur dem Leser erklärt, wie wichtig es ihm ist, zu wissen, dass er einen Ort zum letzten Mal sieht. Beim Abschied gegenwärtig zu sein, die letzten Bilder im Gedächtnis zu behalten, sie sich für immer einzuprägen und den Details Erhabenheit zu verleihen in dem Bewusstsein, dass es keine weitere Gelegenheit mehr geben wird. Wollte ich das wirklich? Oder suchte ich eher nach einer Form der Kontrolle, weil ich nicht die geringste hatte? Wenn ich wüsste, dies wäre das letzte Mal, würde ich nicht eher mit allen mir zur Verfügung stehenden Worten, mit meinem ganzen Körper versuchten, ihn umzustimmen?

In den Phasen auf Abstand suchte ich nach Details zu den Musikern, die ihr nächstes Album in seinen Studios aufnehmen würden. Waren es Frauen, bemaß ich ihre Schönheit und verglich meinen Körper mit ihren. Ich zog jedes Mal den Kürzeren. Warum sollte Tomás mich ihnen vorziehen? Die anderen waren jung, ihre Haut glatt und rosig, sie hatten die richtigen Tattoos, den blauen Haken auf Instagram und Twitter, waren schlanke, ätherische, begehrenswerte Mädchen. Im Vergleich dazu war ich nur ein weiterer erschöpfter Körper, der neun bis zehn Stunden am Tag mit einer Tasche voller Bücher und Fotokopien und ohne ein Fitzelchen Glamour durch die U-Bahn hetzte, um die nächste fällige Monatsmiete zahlen zu können. „Nur noch für kurze Zeit", sagte ich, „um ein bisschen Geld zur Seite zu legen, bevor ich ernsthaft mit dem Schreiben anfange." Das sagte ich immer.

Ich hätte ihm gern gesagt, dass mir das, was zwischen uns war, meistens nicht genügte, um glücklich zu sein, wie gern hätte ich ihm das gesagt und die Kraft gehabt, ihn nicht mehr zu sehen, doch ich tat es nie. *Immerhin habe ich das,* sagte ich mir. Ich hätte auch gar nichts haben können.

Eines Tages fand ich Haarnadeln auf der eingestaubten Ablagefläche seiner Kommode. Das war die Bestätigung, dass es noch andere gab. Ich schluckte den Kloß im Hals hinunter, und statt Erklärungen zu fordern, beschloss ich, das Gleiche zu tun. Wir hatten eine Art Pakt, den unterschrieben zu haben ich mich nicht erinnerte, an den ich mich aber dennoch halten wollte.

Tomás' Geburtstag fällt in die erste Juniwoche. Ich habe ihm nie etwas geschenkt, aber das Datum hatte ich immer genau im Kopf. Er lässt den Tag lieber unbemerkt verstreichen, um dann doch jedes Jahr im Pub der Studios zu landen und sein gesamtes Gehalt mit den Kollegen zu versaufen. Das einzige Mal, dass ich mich traute, ihm etwas zu schenken, habe ich ihm zwei Flugtickets nach Venedig in die Tasche gesteckt. Irgendwann hatten wir einmal darüber geredet: Er hatte gesagt, an die Lagune hätte er schöne Erinnerungen. Er war als Kind dort gewesen, vor der Scheidung seiner Eltern, und von dort aus waren sie weiter nach

Monza gefahren, um einen Zwischenstopp beim Großen Preis von Italien zu machen. Von Weitem habe er sogar Schumacher gesehen, hatte er gesagt.

Ich drängte ihn in diese Reise wie in einen Hinterhalt. Auf diese Weise würde ich an den kleinen Jungen herankommen, der er gewesen war, und ihn im richtigen Moment bitten, mein Herz für die nächsten Millionen Jahre mit Vorsicht zu behandeln.

In all den Jahren danach habe ich immer den Tomás geliebt, den ich in der Lagune kennenlernte. In jenen Tagen durchstrahlte die Sonne ihn übermächtig und drang bis zu seinen innersten Schatten vor. Es war eine umgrenzte, geschlossene, vollkommene Zeit, in der wir uns der Sprache des anderen anpassten. Mein Körper nahm sich all das, was ich in Worten nicht zu erbitten wagte, und seiner antwortete mit einer neuen Zärtlichkeit aus winzigen, aufrichtigen Gesten. In der Lagune verzieh ich ihm, um auch mir irgendwie verzeihen zu können; ich erwartete Antworten von ihm, ohne mir bewusst zu machen, dass ich sie bei uns beiden suchte. Noch heute denke ich an die Ironie dieses Umstands. Der einzige Ort, an dem es uns wirklich gab – uns beide zusammen –, war eine Stadt, die es nicht gibt. Ein Ort ohne Straßen unter den Füßen, voller Wasserspiegel, an denen wir Hand in Hand entlangwanderten, um nicht darin unterzugehen.

Nach Venedig schloss sich Tomás rund einen Monat lang in seinem Aufnahmestudio ein, und ich kehrte allein in mein Zimmerchen auf der anderen Seite des Parks zurück.

An einem frühsommerlichen Freitagabend meldete er sich wieder bei mir. Wegen einer Hitzewelle waren Londons Wiesen gelb geworden, und ich lag mit den Katzen meiner Mitbewohnerin japsend auf dem heimischen Sofa.

Gehen wir ein bisschen frische Luft schnappen?, schrieb er. Inzwischen versuchte er nicht einmal mehr, sich für sein langes Verschwinden zu entschuldigen.

Ich ließ eine Minute verstreichen, ehe ich ihm antwortete.

Wo bist du?, tippte ich.

In der Nähe vom Trafalgar Square.

Perfekt.

Eine Stunde später stieß ich am Eingang der National Gallery zu ihm, er begrüßte mich mit einem Wangenkuss und machte sich hastig auf den Weg in das klimatisierte Museum. Wir durchschlenderten etliche Jahrhunderte, ehe wir in den Raum mit Seurats *Badenden* gelangten. Draußen brodelte der nunmehr glühende Londoner Sommer, der Lärm der Autos und der Touristen, doch in dem Bild herrschte ein lauer Sonntagnachmittag.

„Ich komme oft allein hierher", sagte ich.

Er deutete ein schiefes Lächeln an, wie um zu sagen *Typisch du.* „Um was zu machen?", fragte er stattdessen.

„Meistens stehe ich davor und beobachte den Jungen, der gerade aus dem Wasser kommt. Siehst du ihn?"

Der Junge der *Badenden bei Asnières* hat die Hände an den Mund gelegt, als wollte er jemandem auf der anderen Seite des Flusses eine Botschaft zurufen.

„Meistens male ich mir aus, was er wohl sagt", erklärte ich.

Eines Tages hatte ich erfahren, dass Seurat das gegenüberliegende Ufer auf einem anderen Bild gemalt hat – *Ein Sonntagnachmittag auf der Insel La Grande Jatte* –, das in Chicago hängt. Im Unterschied zu dem Gemälde in der National Gallery haben die Figuren darauf einen gewissen gesellschaftlichen Rang, es sind anständige Leute. Sie tragen teure Sonntagskleidung, die trotz der Hitze ihre Körper verhüllen und jeden Zentimeter Haut züchtigen.

Keiner der Anwesenden scheint wirklich glücklich zu sein. Die aus der Ferne gerufene Botschaft des Jungen gilt ihnen, aber vielleicht können sie sie nicht hören. Zu sehr sind sie damit beschäftigt, Anstand zu zeigen – sich schicklich zu geben –, um nicht zu tun, was sie eigentlich gern tun würden. In ihrem verlorenen Blick zum anderen Ufer träumen sie davon, aus ihren Kleidern zu schlüpfen, sich ins Wasser zu stürzen, mit den Armen weit auszuholen und auf der Oberfläche dahinzutreiben, toter Mann zu spielen und sich von der sachten Strömung nackt zum anderen Ufer tragen zu lassen.

Ich erzählte es Tomás.

„Also sind wir auf der richtigen Seite des Flusses", sagte er.

„Glaubst du?"

Er nickte.

„Siehst du das bäuchlings daliegende Mädchen, das ein Buch liest?"

„Sehe ich. Und weiter?"

„Das bist du. Ich bin der weißgekleidete Mann ein Stück daneben."

Ich trat näher an das Bild, um besser zu sehen, wie um den Dunstschleier zwischen den Pastelltönen zu zerreißen.

„Ich weiß nicht", antwortete ich. „Das gefällt mir nicht."

„Was gefällt dir nicht?"

„Wir sind nah beieinander, aber auch ganz weit entfernt, keiner schert sich um den anderen."

„Na und?"

„Dann ist mir lieber, du bist der Junge, der mit den Füßen im Wasser am Ufer sitzt."

„Seltsam", sagte er. „Der Junge ist doch allein."

Ich schüttelte den Kopf. Ich wusste, dass er mich nicht verstehen würde.

„Siehst du den Damenhut neben ihm? Das ist ein Geschenk für mich. Ich bin außerhalb des Bildes, du wartest auf mich und brennst darauf, mich endlich wiederzusehen."

Rossella und Luca lernten sich Ende der neunten Klasse auf unserer gemeinsamen Sprachreise nach England kennen. In dem Sommer hatte meine Mutter bei einem Abendessen vor der Abreise darauf bestanden, dass ich mit der kleinen Enkeltochter der Nachbarn spielte. Die Kleine hatte gerade Windpocken gehabt, hier und da war noch Schorf zu sehen. Man hatte mir gesagt, es sei unhöflich, sie auf Abstand zu halten, sie sei sowieso nicht mehr ansteckend. Äußerst unwillig verbrachte ich den Abend mit ihr, während die Erwachsenen sich laut lachend darüber lustig machten, mit welchem Ernst ich meiner ersten Sprachreise ins Ausland entgegenblickte.

Wie zu erwarten, wurde ich krank und war gezwungen, die ganze zweite Woche im Schlafzimmer des Colleges zu verbringen. Die Lehrerin, die als Gruppenleiterin fungierte, schaute hin und wieder herein, um mir etwas zu essen zu bringen und Fieber zu messen, das die ersten drei Tage zwischen neununddreißig und vierzig schwankte. Rossella teilte sich das Zimmer mit mir, half mir, so gut sie konnte, und versorgte mich mit Fotokopien und Übungsheften des morgendlichen Englischkurses, obwohl meine Augen weder Licht noch das Weiß der Seiten ertrugen.

Am Samstag blieb ich ganz allein. Obwohl das Fieber inzwischen zurückgegangen war, glich mein Gesicht noch immer einem Schlachtfeld. Ich hatte einen CD-Spieler und verbrachte die Stunden damit, *Kid A* von Radiohead zu hören, das ich mir in der Woche zuvor auf dem Rückweg aus Stratford-upon-Avon an einer Tankstelle gekauft hatte. Ich verließ das Bett nur, um krampfhaft nach Stabbatterien zu suchen, die ich aus dem Wecker, der Fernbedienung und der kleinen Taschenlampe klaute, die ich im Koffer gefunden hatte.

Das Wochenendprogramm sah einen Ausflug nach Brighton mit Shoppingbummel durch die Innenstadt und einem Nachmittag auf den Karussells am hölzernen Pier vor, der eine Art Kirmes war, ein über dem Wasser schwebender Dauerjahrmarkt. Als sie am Abend zurückkehrte, sagte Rossella zu mir, es sei echt nicht so doll gewesen, sie hätte sich sogar ein bisschen gelangweilt. Ich wusste genau, dass sie das nur sagte, damit ich nicht traurig war.

Das aufgeregte Kichern der anderen Mädchen drang mal lauter, mal gedämpfter aus dem Flur herein und verbreitete einen durchdringenden Zuckerduft. In Brighton gibt es an jeder Ecke einen Bonbongeschäft. Es sind kleine Läden mit allen Arten von Süßigkeiten in den unterschiedlichsten Formen, Farben und Geschmacksrichtungen. Meine Cousine zog ein weißes Papiertütchen aus der Tasche und hielt es mir hin. Darin waren Lakritzschlangen, Marshmallows, Colafläschchen und smaragdgrüne Gummibärchen.

„Die nicht", hatte sie beiläufig gesagt, als ich ein Weingummi in Form einer geflügelten rosa Fee aus der Tüte gezogen hatte. Sie nahm sie mir aus der Hand und stellte sie auf unseren gemeinsamen Schreibtisch am Fußende meines Bettes. Dann zog sie ihre Wegwerf-Kodak aus der Tasche und knipste ein Foto. Während sie geräuschvoll das Plastikrädchen des Fotoapparates drehte, sah sie mich mit geröteten Wangen an. Sie erzählte, Luca, der Sohn der Lehrerin, die uns auf der Reise begleitete, habe sich auf der Rückfahrt neben sie gesetzt. Er habe ihr diese Süßigkeit geschenkt und ihr dann einen seiner Ohrstöpsel angeboten, um zusammen ein bisschen Musik zu hören. Rossella hatte wortlos eingewilligt und die ganze Zeit zu Boden gestarrt, doch als er ihre Hand nahm, habe sie den Druck erwidert.

Tags darauf waren sie einander auf dem Sportplatz des Colleges wiederbegegnet, wo ein paar Sprachschüler aus unserer Gruppe und andere aus Spanien ein Fußballmatch organisiert hatten. Luca spielte in einer der beiden Mannschaften, während Rossella und ein paar andere Mädchen auf einer Bank saßen und zuschauten.

Anfangs war nur das ferne Knattern der frisierten Mopeds zu hören gewesen, dann tauchten sie auf der Zufahrt zum College auf. Die Fahrer trugen Lederjacken und schwarze Sturmhauben über den Gesichtern und hatten sich Stöcke und Brecheisen unter die Arme geklemmt. Ein paar stiegen von ihren Motorrädern und stürzten sich auf die vor Verwirrung erstarrten Jugendlichen, andere strömten auf den Rasen und schwangen ihre Waffen wie Lanzen auf einem galoppierenden Pferd. „*Death to latinos*", brüllten sie und droschen auf die Rücken derer ein, die sich nicht schnell genug in Sicherheit bringen konnten. Blindlings prügelten sie auf Italiener und Spanier ein, niemand begriff, was eigentlich los war. Während sie auf unser Studentenwohnheim zuflob, war Rossella gestolpert und hingefallen. Ein Gangmitglied hatte sie von Weitem gesehen und rannte auf sie zu, als jemand sie plötzlich hinten am Sweatshirt hochriss.

„Geht es dir gut?", fragte Luca, das Haar noch verschwitzt vom Spiel. „Komm mit." Er nahm ihren Arm, und zusammen setzten sie ihre Flucht fort, ohne auf das heftige Seitenstechen, die Übelkeit und ihre Herzen zu achten, die sich so heftig aus ihren Körpern zu befreien versuchten, als wollten sie eine Panzertür sprengen. Sie konnten sich durch die Hintertür in den Speisesaal retten. Sonntags wurde den Schülern kein Essen serviert, doch ein paar Angestellte bereiteten den Raum für das Montagsfrühstück vor. Luca zog die Tür des Notausgangs hinter sich zu.

„Jetzt sind wir in Sicherheit."

Er hielt Rossella in den Armen, bis sich ihr Atem beruhigt hatte. An dem Abend erzählte meine Cousine mir nicht, wie lange genau sie in dieser Umarmung verbracht hatte, doch ich stellte mir vor, dass es eine ganze Weile gewesen sein musste, ehe er ihr Gesicht zwischen die Hände nahm und einen Kuss auf ihre Lippen drückte, der noch immer nach Gatorade Orange schmeckte. So war es bei jenem ersten Mal gelaufen. Er wirkte älter, trug die neuesten Nikes und hatte blondes Haar, das über der Stirn auseinanderfiel. Die anderen Mädchen warfen ihm heimliche Blicke zu und sahen abrupt weg, sobald er es spitzkriegte.

An den Abenden nach dem Skinhead-Angriff klopfte Luca nach dem Abendessen an unsere Zimmertür, so sacht, dass es kaum zu hören war. Rossella schlüpfte hinaus und sie hockten sich in den Flur und erzählten einander Dinge im Flüsterton, die Rücken gegen die Tür gelehnt. Ich stellte jedes Mal meine Musik lauter. Ja, ich war eifersüchtig auf diese Merkwürdigkeit, die sich dort draußen abspielte, auf diese Sache, die anderen passierte und von der ich wieder einmal ausgeschlossen war, unfähig, sie nachzuvollziehen. Dieses jähe Erröten, das Rauschen des warmen Blutes im schwindelnden Takt des pochenden Herzens, und dann die Erfahrung, das Abenteuer des Neuen: Darauf war ich neidisch. Der Typ selbst gefiel mir nicht einmal. Vor allem nervte mich seine Makellosigkeit, die er wie eine Uniform trug. Er war der Inbegriff all dessen, was mich nicht interessierte: Markenklamotten, die vor dem Betreten der Klasse aufgesetzte Sonnenbrille, die Fixiertheit auf die zukünftige Berufskarriere (er würde Notar werden, das wollte er schon immer). An meiner Cousine war mir wiederum die Zerbrechlichkeit unerträglich, die neben ihm sogar noch größer zu werden schien. Mir kam der Verdacht, dass sie an dem Tag absichtlich hingefallen war, um sich aufhelfen zu lassen, denn das war eine gute Geschichte, die das Risiko lohnte. Warum sonst war sie nicht wieder aufgestanden? Warum sonst, wenn nicht deshalb, weil sie von vornherein beschlossen hatte, sich retten zu lassen? Ich hasste die Tatsache, dass dieser Sturz die Legende ihrer Beziehung, die der Prinzessin in Gefahr und des Ritters ohne Furcht und Tadel, für immer prägen würde. Hatte sie wenigstens versucht, sich wieder hochzurappeln? Warum hatte sie es nicht allein geschafft?

Die anderen fanden Rossella und Luca zusammen perfekt, und die Kunde dieser neuen Beziehung wurde von unserer Familie wohlwollend aufgenommen. Er war ein guter Junge, Sohn einer Gymnasiallehrerin und eines Anwaltskollegen meines Vaters. „Hat er nicht noch einen Bruder?“, hatte meine Mutter scherzhaft gefragt und sich amüsant gefunden. „Wenn du anfängst, ein bisschen mehr auf dein Äußeres zu achten, findest du auch einen *fidanzatino*. Wieso fängst du nicht mit ein bisschen Aerobic an?“

Im zweiten Jahr waren Luca und Rossella das berühmteste Pärchen der Schule. In der Schülerprojektwoche wurden sie zu Miss und Mister Gymnasium gekürt, und über das Mäuerchen, das die beiden Gebäude voneinander trennte, schmachteten die Mädchen der Mittelschule ihnen mit verträumten Blicken auf dem Mopedparkplatz hinterher.

In derselben Zeit wurde Rossella immer öfter für Modenschauen gebucht. Häufig war sie mit ihrer Freundin Leo unterwegs, vor allem an den Frühlingswochenenden und an den ersten heißen Tagen, wenn man die Schule schwänzte und auf dem Moped ohne Helm von einem Ende der Stadt zum anderen flitzte. Hin und wieder holte Luca sie in Neapel ab, ließ sich von seiner Mutter mit einem Blumenstrauß hinbringen, und dann kehrten er und Rossella mit Tante Imma im Auto zurück. Seine Familie war stolz darauf, dass es ihm gelungen war, das schönste Mädchen der Schule zu erobern, das in diesen Brautkleidern so fabelhaft aussah, als sei es trotz seines zarten Alters bereits auf dem Weg zum Altar. Rossellas Familie wiederum war erleichtert, dass ihr erster ernsthafter Freund der Sohn eines Akademikers war.

Dann war da Rossella. Sie war froh, weil Luca gutaussehend und beliebt war, aber nicht so wie die anderen Jungs vom Humanistischen, die freitagabends, wenn sie die Mädchen auf dem Moped nach Hause gebracht hatten, in den Stripclub Le Venery auf dem Viale Carlo III fuhren. Mit dem zu Hause geklauten Kleingeld landeten sie mit den Tänzerinnen halbnackt hinter einem Busch, aber behielten den Helm auf, damit niemand sie erkannte. Ein weit verbreitetes provinzielles Initiationsritual, bei dem – so hieß es – etliche Schüler ihre Jungfräulichkeit hinter denselben Hecken an dieselbe Prostituierte verloren und hin und wieder von der Polizei erwischt wurden. Genau wie das Kondom, war der Helm eine Art bewährter Schutz. Aber all das war nicht Luca, und erst recht nicht Rossella, deren Jungfräulichkeit sich zu einer rühmlichen Eigenschaft mauserte, mit der man beim sonntäglichen Familienessen prahlen konnte.

Ich dagegen nahm in der Weihnachtszeit die Einladung des Jungen aus dem Comicladen an, nach seiner Schicht auf einen Kaffee zu bleiben. Er hieß Francesco, hatte einen wasserstoffblonden Pony, der ihm über die Augen fiel, und trug schwarzen, heruntergeknabberten Lack auf den Fingernägeln. Er war der punkähnlichste Mensch, den ich je getroffen hatte, und das gefiel mir wahnsinnig gut. Fast unmittelbar nach diesem ersten Kaffee fingen wir an, uns als Pärchen zu treffen, ohne uns allzu weit vom Bogengang des Comicladens wegzubewegen. Schon nach ein paar Wochen hatten wir erhebliche Mühe, gemeinsame Gesprächsthemen zu finden. Uns blieb nichts anderes übrig, als gegen die Säulen gelehnt zu knutschen, obwohl es eisig war, aber wir konnten sonst nirgends hin, um allein zu sein. Eines Tages fragte ich ihn aus Spaß, was er sich vom Weihnachtsmann gewünscht habe, und er antwortete: „Eine Freundin." Ich fand das ein bisschen uncool, und am Morgen von Heiligabend macht ich mit ihm Schluss. Zu Silvester sah ich ihn mit der Schwester eines Freundes händchenhaltend die Hauptstraße entlangschlendern. Alles in allem war ich froh darüber. Das Ende unserer Beziehung war für uns beide ziemlich gut gelaufen: Er hatte eine Freundin gefunden und ich hatte einen Ex, über den ich mit meiner Cousine reden konnte.

In der zwölften Klasse schafften es meine Physikzensuren mit Ach und Krach auf ein Ausreichend. Mein Schulbuch war unbenutzt, ich brachte es nicht einmal fertig, es aufzuschlagen, so sehr hasste ich es. Im Januar beschloss meine Mutter, mir Nachhilfestunden zu zahlen, damit ich am Ende des Schuljahres nicht mit einem Notendurchschnitt dastand, der mich um meinen Sommer und sie um ihre Ruhe bringen würde. Die Frau, zu der ich ging, wohnte weit weg, in einem abgelegenen Viertel jenseits der Brücke, in dem samstagmorgens Markt war. Wegen des zu weiten Fußwegs brachte einer meiner Eltern mich zweimal pro Woche gleich nach dem Mittagessen mit dem Auto hin.

Eines Tages traf ich dort Luca.

In der ersten Woche wechselten wir kein Wort. Ich brannte darauf, ihn zu fragen, was er mit seinem notorisch einwandfreien Zeugnis dort verloren hatte. Auch in den Nachhilfestunden war er mit den Aufgaben in wenigen Augenblicken fertig, während ich dahockte und minutenlang auf die Seite stierte, ohne ein einziges Mal den Stift aufzusetzen.

„4-", sagte er am Ende einer unserer Stunden. „Ich hatte in der letzten Physikarbeit eine 4-", wiederholte er.

Deshalb hatte er beschlossen, Nachhilfe zu nehmen. Er sagte, er strebe einen Einser-Durchschnitt an, am Jahresende müsse er auf jeden Fall einen Einser-Durchschnitt haben, sonst würde sein Vater die Krise kriegen. Dann erkundigte er sich nach mir.

„5-", antwortete ich, während er sich eine Zigarette anzündete. Ich fand das eine nette Geste, um jeden Kommentar zu vermeiden.

„Rauchst du?"

„Nein. Außerdem kommt gleich meine Mutter", schob ich nach, um nicht grauenhaft uncool rüberzukommen, und bewirkte womöglich das exakte Gegenteil. Luca war weniger dünn, als ich geglaubt hatte (vielleicht hatte er angefangen, ins Fitnessstudio zu gehen), das gelgestriegelte Haar teilte sich über der Stirn und verströmte einen durchdringenden Kokosgeruch. Der blaue Ralph-Lauren-Pullover mit dem roten Pferdchen signalisierte seine Zugehörigkeit zu der angesagtesten Jungsgruppe der Schule. Es war das erste Mal, dass wir allein miteinander sprachen, so direkt. Ein paar Zentimeter von seinem Siegertreppchen hinunterzurutschen, hatte ihn offensichtlich nahbarer werden lassen.

Unsere nachmittäglichen Plaudereien zwischen dem Ende der Stunde und dem Eintreffen meiner Mutter wurden zu einer festen Routine. In der Woche darauf fragte er mich nach Rossella, und so fand ich heraus, dass sie nicht mehr miteinander redeten.

„Seit wann?"

„Heute seit einem Monat."

Ich sagte, das hätte ich nicht gewusst. Ich hatte es tatsächlich nicht mitgekriegt. Es war die Zeit des Jahres, in der meine Cousine die Wochenenden in Neapel verbrachte, um von freitags bis sonntags Designer-Kollektionen in Vier-Sterne-Hotels an der Küste zu präsentieren.

„In letzter Zeit reden wir nicht viel miteinander, vielleicht sollte ich sie anrufen. Bestimmt ist sie völlig am Ende", fügte ich hinzu.

Ich war völlig baff, als ich erfuhr, dass sie mit ihm Schluss gemacht hatte.

Es war so gelaufen: Eines Nachmittags, als ihre Eltern nicht zu Hause waren, hatte sie ihn angerufen. Er war aufs Moped gestiegen und zu ihr gefahren, in dem Glauben, es wäre eine gute Gelegenheit, ein bisschen Zeit allein miteinander zu verbringen. Er hatte ganz andere Dinge im Kopf, als sie ihm eröffnete, es fühle sich für sie nicht richtig an, sie brauche Freiraum und sei sich über gar nichts mehr sicher. Allmählich dämmerte mir der Grund für die schlechte Note, die ihn so mächtig umtrieb.

„Das tut mir leid", sagte ich, dann schnappte ich meinen Rucksack vom Boden und rannte zum Auto meiner Mutter.

„Bis morgen", sagte er zu mir.

Bis morgen, dachte ich.

Am selben Abend kontaktierte Luca mich über den Schul-Chat auf dem Server, über den wir uns Lieder herunterluden und Griechisch-Übersetzungen zuschanzten. Als ich ihn fragte, wie er mich gefunden habe, sagte er, das sei leicht gewesen, mein Nickname sei der Titel des Liedes, das ich in den Umschlag meines Schulkalenders geschrieben hätte. *Fake plastic trees* war mein Lieblingsstück von Radiohead. Jedes Jahr übertrug ich den Text, um ihn wie ein Amulett immer bei mir zu haben.

Fühlst du dich so?, fragte er mich.

Wie denn?

Wie die einzige echte Frau in einer Welt aus Plastik.

Leider nicht, antwortete ich, *noch nicht. Aber ich bin drauf aus, es zu werden.*

In dem Lied ging es um eine Stadt, in der die Menschen Plastikpflanzen auf künstlicher Erde gießen. Ich sah diese identischen Reihenhäuser deutlich vor mir, bewohnt von ähnlichen Gesichtern mit dem gleichen, aufgesetzten Lächeln. Es klang verdammt vertraut.

Erst da ging mir auf, dass Luca meinen Schulkalender aufgeschlagen hatte. Er sagte, er habe meine Gedichte gesehen, und das war mir so peinlich, als hätte er mich nackt oder neben der Spur oder in einem unpassenden Moment erwischt.

Ich habe sie nicht gelesen, beruhigte er mich, *nur durchgeblättert*. Ich musste ihm versprechen, sie ihm zu zeigen. Ich blieb vage und hoffte, er würde es vergessen.

Wir plauderten noch bis kurz nach Mitternacht. Nur das bläuliche Leuchten des Bildschirms erhellte das Zimmer, die

Stunden waren uns zwischen den Fingern zerronnen, die in der Stille der Wohnung über die Tastatur huschten. Dieser neue Junge, den ich gerade kennenlernte, hatte herzlich wenig mit dem Bild zu tun, das ich mir anhand der Schilderungen meiner Cousine gemacht hatte. Ich sagte es ihm und bereute sofort, ihn an sie erinnert zu haben.

Was hat sie dir denn gesagt?, tippte er.

Ich sagte, eigentlich würden wir nicht viel miteinander reden, nie über Persönliches, oder zumindest nicht mehr, schon lange nicht mehr. Dafür gebe es jetzt Leo. Ich wüsste, dass Luca früher hochromantische Dinge für Rossella getan hatte, denn sie hatte der Familie davon erzählt.

Ich bin ein Romantiker, bestätigte er.

Ich wartete einen Moment, ehe ich ihm sagte, was ich dachte. Ich gestand ihm, auf mich hätte es immer gewirkt, als liebte er die großen Gesten nur, um sich Aufmerksamkeit zu verschaffen.

Tatsächlich habe ich immer geglaubt, du könntest mich nicht leiden. Und dass das auf Gegenseitigkeit beruht, antwortete er, *aber stattdessen ...*

Stattdessen was?

Du bist eine schöne Überraschung. Du solltest öfter den Kopf rausstrecken.

Ein paar endlos lange Momente starrte ich reglos auf den Computerbildschirm.

Aber du musst mir was erklären, schrieb er weiter.

Die Minuten, in denen ich auf den zweiten Teil seiner Nachricht wartete, schienen die Geschichte einer ganzen Zivilisation zu enthalten. Dann, endlich, tauchte der Rest auf.

Diese weiten Klamotten, die Männerhosen ... wenn du dir ein bisschen Mühe geben würdest, wärst du echt hübsch.

Mein Herz, das mir während des Wartens bis zum Hals geschlagen und den gesamten Brustkorb eingenommen hatte, rutschte mir jäh in die Magengrube. Mein Herz, im Magen, ähnlich den Schaubildern, auf denen die Masse eines schwarzen Loches in der

Raumebene dargestellt wird. Noch ein Mensch, der meinte, mir sagen zu müssen, wie ich sein sollte, und mich in einen fehlerhaften Entwurf verwandelte, den es zu korrigieren galt.

Trotzdem hatte er gesagt: *Du wärst hübsch.*

An dem Abend schlief ich anders ein als sonst und lenkte meine Träume in eine Jugend, in der ich nicht ich war, in ein neues Universum, in dem ich Rossella war und die Aufmerksamkeit eines Jungen zum ersten Mal wirklich zu spüren bekam.

Die wenigen Male, die es mir gelang, auf dem Heimweg von der Schule allein mit Rossella zu sein, ohne Leonora, redeten wir nie über Luca. Nur einmal, nachdem ich ihr von der Physik-Nachhilfe erzählt hatte, hatte sie sich nach ihm erkundigt und dann rasch das Thema gewechselt.

Luca und ich fingen an, jede Woche gebrannte CDs zu tauschen, es war seine Idee gewesen, weil er es satthatte, wegen seiner spärlichen Musikkenntnisse ausgelacht zu werden. Er hatte einen kommerziellen *Top-of-the-Pops*-Geschmack mit einem Faible für Film-Soundtracks, vor allem von Hollywood-Schinken und College-Movies wie *American Pie*.

In Lucas Leben gab es einen Film für jede Lebenslage, und jeder Gedanke ließ sich mit einer bestimmten Szene auf den Punkt bringen. In der Familie kursierte noch immer die Geschichte, wie er Rossella zu ihrem ersten gemeinsamen Valentinstag eine Töpferscheibe geschenkt hatte, dann hatte er das Lied aus *Ghost* laufenlassen und sie hatten einigermaßen erfolglos versucht, die Szene mit der Vase nachzuspielen. Tante Imma erzählte, sie hätte danach alles putzen müssen, der Ton war auf den Fliesen festgetrocknet und das Gerät stand fortan nutzlos in der Küchenecke herum, aber die Idee war romantisch gewesen und in den langen Kaffeepausen hatte sie ihren Kolleginnen erzählt, wie glücklich sich ihre Tochter schätzen könne.

Ein anderes Mal, nach einem Streit, hatte Rossella kurz vor Weihnachten die Wohnungstür geöffnet, und davor hatte Luca mit einem Stapel Schilder gestanden, die er eines nach dem anderen durchblätterte wie in der Szene in *Tatsächlich …*

Liebe, dem Film, den sie am Sonntag zuvor zusammen im Kino gesehen hatten.

Eines Tages im Frühling bot er sich an, mich nach der Nachhilfe nach Hause zu bringen.

„Sicher?", fragte ich.

„Klar", antwortete er. „Mit dem Moped schaffen wir es zur Hauptverkehrszeit viel schneller durch die Stadt. Außerdem wird es spät dunkel, die Luft ist schön. Keine Lust?"

„Klar habe ich Lust", antwortete ich eine Spur zu hastig, und eine seltsame Hitze stieg mir ins Gesicht.

Meine Mutter war ohne Weiteres einverstanden. Sie vertraute Luca, kannte ihn. Auf dem Moped, das pfeilschnell durch die Vororte schoss, schlug mir der Duft des Jasmins so heftig entgegen, als küsste eine frisch mit Eau de Cologne eingesprühte Frau mich auf die Wange. Intensiv und frisch, so intensiv und frisch wie das Licht.

Ich brauchte eine Weile, ehe mir aufging, dass Luca mich nicht nach Hause brachte.

„Hoffst du, dass Rossella uns sieht?", schrie ich ihm ins Ohr, als das Moped vor einer Ampel verlangsamte.

„Hier? In dieser Gegend? Wohl eher nicht. Wenn ich das gewollt hätte, hätte ich dich ins Zentrum gebracht."

Ich fragte, wo wir hinführen.

„Wart's ab", antwortete er.

An einem schönen Aprilnachmittag steht die Sonne um fünf Uhr nicht hoch, doch sämtliche goldene Strahlen legen sich auf das Weiß der Steinbrüche. Wir parkten die leuchtendblaue Vespa in der Mitte eines Kraters, die Luft war noch neblig vom Staub, den unsere Ankunft aufgewirbelt hatte. Er sagte, ich solle dort auf ihn warten, und ging zu einem Brombeerstrauch, der hinter dem Geröll hervorwucherte. Als er zurückkehrte, hatte er ein Skateboard unter dem Arm. Er fragte, ob ich es schon mal probiert hätte, und als ich verneinte, warf er es mir zu. Ich gab mir Mühe, das Gleichgewicht zu halten, doch kaum versuchte ich, ein paar Meter zu fahren, fiel ich hin, und er spornte mich an, es wieder und wieder zu versuchen. Wir wechselten uns auf einem schmalen Asphaltstreifen ab, der sich im weißlichen Schotter verlor. Wenn er an der Reihe war, vollführte er komplizierte Tricks, komplette Pivots und Richtungswechsel, dann bauten wir aus einem Holzbrett und einem großen Stein eine Rampe, und er sprang darüber und landete beim letzten Teil des Manövers im Staub. Doch statt uns zu frustrieren, schweißten uns diese missglückten Versuche zusammen. Wir halfen einander hoch und unterstützen uns beim nächsten Anlauf.

Nachdem wir oft genug hingefallen waren, setzten wir uns in der Mitte des von den Baggern gefressenen Bergs auf einen Marmorblock und hörten Musik auf unseren CD-Playern, bis beide keinen Saft mehr hatten. Wir hatten *Territorial pissings* von Nirvana in Dauerschleife gehört, weil der Rest der CD zerkratzt war, aber das war uns recht. Melodischer Musik den Mittelfinger zu zeigen, war einer der wenigen rebellischen Akte, die wir uns frei von schlechtem Gewissen erlauben konnten.

Cobain hatte beim Schreiben des Songs an die Männchen von Tierarten gedacht, die instinktiv ihr Revier markieren und es mit Gewalt verteidigen, die menschliche Spezies inbegriffen.

„Es stimmt", sagte Luca. „Das Lied hat recht." Mit derselben ernsten Miene, die er aufsetzte, wenn er zur mündlichen Abfragung an die Tafel gerufen wurde, erklärte er, Männer würden alles selbstverständlich an sich reißen, das sei ihre animalische Seite. Das Schlimme aber sei, fuhr er fort, dass dieses Verhalten von der Gesellschaft akzeptiert und oft sogar gefördert werde. Die Vorstellung des erfolgreichen Mannes entspreche der eines Raubtiers, das sich gegen die anderen durchsetzt. „Wenn nicht mit Gewalt, dann mit Macht, so weit haben wir es seit unserem Affendasein gebracht."

„Also nicht besonders weit", bemerkte ich.

„In letzter Zeit denke ich oft darüber nach, vor allem, wenn wir bei der Letizia Unterricht haben."

„Dann willst du dich in Philosophie einschreiben? Hast du entschieden?", fragte ich begeistert.

„Nee", gab er zurück, „ich mache Jura, genau wie mein Vater es will. Aber das ist okay, er hat recht."

„Was meinst du damit?"

„Die Vorstellung reißt mich zwar nicht vom Hocker, aber damit schaffe ich es auf einen einflussreichen Posten, dann habe ich was zu sagen und muss niemanden um etwas bitten."

Verdutzt, ihn so berechnend daherreden zu hören, blickte ich ihn an. „Meinst du das ernst?"

Er seufzte resigniert.

„Glaubst du etwa, Schritt zu halten fällt uns nicht schwer?"

„Wer ist uns?", fragte ich, diesmal lachend. Ich hatte Mühe, ihn nicht als den Goldjungen zu sehen, der im Leben immer auf die Füße fällt, ganz egal, wie seine Physiknoten aussehen.

„Ich meine uns Männer", antwortete er. „Wir müssen uns selbstsicher und stark zeigen, wenn wir nicht hinter der Linie landen wollen."

„Und die Linie wäre?"

„Die Spielfeldlinie. So wie die, die beim Aufstellen der Mannschaften als Letzte gewählt werden und auf der Bank bleiben. Hast du die mal gesehen? Tun die dir nicht leid?"

Wir schwiegen ein paar Sekunden, umgeben vom luftigen Rauschen der Autos, die auf der Ausweichstraße nach Maddaloni dahinschossen.

„Aber Cobain sagte noch etwas anderes", fügte ich hinzu.

„Nämlich was?"

„Dass man einen Weg finden muss, da rauszukommen", sagte ich und zitierte ein paar Zeilen des Refrains. Doch inzwischen sprach keiner von uns beiden mehr von dem Lied.

An dem Tag las ich Luca eines meiner Gedichte aus dem Schulkalender vor, ohne ihm ein einziges Mal in die Augen zu sehen. Es war das Gedicht, in dem ich mir vorstellte, ein Gespenst zu sein, das heimlich in die Wohnzimmer unserer Eltern schlüpft, um nachzusehen, ob sie auch dann noch glücklich waren, wenn sie sich nicht beobachtet fühlten. Ich dachte, er würde darüber lachen, aber er sagte nichts.

Ich erfuhr, dass er eine Turnervergangenheit hatte, als Kind hatte er an Geräten geturnt und die Sache nach einer Panikattacke beim Balancieren auf dem Schwebebalken an den Nagel gehängt. Er hatte niemandem davon erzählt und zu Hause nur gesagt, er habe keine Lust mehr, und sowieso würden Sportler das Leben nicht so genießen können wie Notare. Doch die Turnhalle fehlte ihm ein bisschen. Zu Hause war Luca immer allein. Sein fünfzehn Jahre älterer Bruder war früh ausgezogen, um auf die Militärakademie zu gehen. Die Vespa hatte ihm seine Mutter geschenkt, um ihn in seiner vielen Freizeit nach dem Wegfall des Trainings möglichst aus dem Haus zu haben.

„Ich weiß, dass sie sich mit jemandem trifft", gestand er. „Ich glaube, mein Vater weiß Bescheid, aber keiner verliert ein Wort darüber."

„Läuft das schon lange?"

„Seit mein Großvater gestorben ist, glaube ich, ein paar Jahre vielleicht ... Sie hat die Wohnung des Alten aufgelöst, da lag er noch sterbend im Krankenhaus. Sie hat alles weggegeben, und jetzt fickt sie in dieser Wohnung mit ihrem Liebhaber, ich könnte meinen Kopf drauf verwetten. Allein bei der Vorstellung könnte ich alles kurz und klein hauen, am liebsten würde ich mit einem Baseballschläger hin und sämtliche Designerlampen zu Klump schlagen, die sie fürs stimmungsvolle Licht gekauft hat."

Ich musterte Luca, der seine Hände musterte, während er von seiner Mutter sprach. Er hatte sie zu festen Fäusten geballt.

„Manchmal sehe ich meine Mutter weinen", gestand ich, „kurz vor dem Abendessen, wenn ich nach Hause komme, ohne dass mich jemand hört. Wenn sie mich bemerkt, schnappt sie sich ein Buch und tut so, als hätte sie gerade eine besonders rührende Stelle gelesen."

In dem Moment entpuppte sich die Welt unserer Eltern als ein Land, in dem jedes Glück starb.

Stand man darin, bot der Steinbruch einen galaktischen Anblick. Erst, wenn man sich zwang, ihn als das zu sehen, was er wirklich war, wirkte er trostlos.

„Versprich mir was", sagte Luca und kletterte ein paar Meter entfernt auf einen Felsen. „Sag niemals laut, dass dieser Ort nur ein Berg ist."

„Und was ist er dann?", rief ich ihm nach.

„Lassen wir ihn glauben, er sei der Mond."

Schotter und Staub hatten Dünen gebildet, aus denen hie und da struppiges Unkraut, Spritzen, gebrauchte Kondome, Plastiktüten hervorlugten. Der ausgehöhlte Berg, der gefressene Berg, der tote Berg. Mit bloßem Auge konnte man die einzelnen Schichten erkennen.

Ein Kuchen.

Terrassen.

Die Flanke einer Pyramide.

Dann waren da wir, die mit unseren Körpern den Platz der abgetragenen Materie einnahmen, uns vorstellten, wir würden uns zwischen den tiefsten Wurzeln und dem Felsen bewegen, das ganze Gewicht der Erdkruste auf unseren Schultern tragen und uns davon befreien.

Erst als ringsum die ersten Glühwürmchen auftauchten, obwohl es noch nicht ganz dunkel war, ging uns auf, wie spät es geworden war. Ich sagte zu ihm, es sei seltsam, jetzt würde ich diese Art Müllhalde mit etwas Schönem verbinden. Mit den Händen strich er mir das Haar aus dem Gesicht und küsste mich auf den Mund, wie Kinder sich küssen. Eine kleine, flüchtige Geste, die gewesen und bereits vergangen war.

Im Jahr 1974 kam eine Frau namens Jenny James nach Burtonport, dem entlegensten Ort Westirlands, und kaufte dort für zwölftausend Pfund ein großes Haus. Über dem Eingang stand in großen, roten und schwarzen Lettern ATLANTIS. So hieß die Kommune, die sich dort ansiedeln sollte. Wer ihr beizutreten beschloss, kehrte sich von dem ab, was aus der Gesellschaft geworden war: Ein Ort, an dem Männer niemals weinen durften und Frauen den Mund halten mussten. Atlantis sollte der Keim eines neuen Weges sein, dessen einzige Regel darin bestand, den Gefühlen freien Lauf zu lassen.

In dem Haus führte eine kleine Treppe in einen Kellerraum, dessen Wände mit Kissen und schweren Samtvorhängen verkleidet waren, um die Geräusche zu schlucken. Dort konnte man all das herauslassen, was die Welt einem zu zeigen verbat, und bis zur Besinnungslosigkeit schreien. Der *primal scream* – der Urschrei – war der Schmerzensruf, den jeder allzu lange unterdrückt hatte.

Sein ganzes Leben hatte Lucas Großvater mütterlicherseits in einer Wohnung unweit des Zentrums gelebt, in einem Wohnkomplex neben dem Übungsgelände des Katastrophenschutzes. In der Nähe gab es riesige Brachen, auf denen einmal im Jahr während der Osterferien der Zirkus gastieren durfte. Als Kind liebte Luca es, sich Stunden vor der Vorstellung dorthin begleiten zu lassen, um sich hinter dem Zelt die Tiere anzusehen. Inzwischen kannten die Zirkusleute Großvater und Enkel und ließen sie im Gestank nach Kot und feuchter Erde an die Käfige treten.

Die Winternachmittage verbrachten sie in Malbücher vertieft in einem großen, barocken Wohnzimmer, das an den Veranstaltungssaal mancher Restaurants erinnerte. Seine Mutter hatte es immer kitschig gefunden. Die antike Standuhr aus schwarz lackiertem Holz war das Einzige, was von der alten Einrichtung geblieben war, zusammen mit ihrem vollen, dunklen Klang zu jeder Stunde, der die Tonfolge des Big Ben nachempfand.

Die Uhr war das Erste, was Luca zertrümmerte.

Kaum hatte er die Wohnungstür geöffnet, fiel sein Blick auf den hölzernen Pfeiler auf der anderen Zimmerseite. Seine Finger schlossen sich noch fester um die mitgebrachte Fahrradpumpe, dann schwang er sie über den Kopf, stürmte darauf zu und ließ das Glas des Ziffernblattes in Tausenden Scherben zu Boden regnen. Daraufhin stürzte er sich auf eine Ikea-Lampe aus Reispapier. Sie war so leicht, dass der Schlag sie an die gegenüberliegende Wand fliegen ließ.

Brüllend zerstörte Luca blindwütig jeden Gegenstand, der ihm in die Quere kam: Den Servierwagen mit den Spirituosen, das Bord mit den Kristallgläsern, das gläserne Couchtischchen, den Korbstuhl, die Rahmen mit den modernen Kunstdrucken an der Wand. Gegen die geschlossene Wohnungstür gelehnt, sah ich zu, wie er in die Luft ging. Er hatte mich gebeten, ihn zu begleiten, doch erst musste ich ihm versprechen, dass ich nicht versuchen würde, ihn zurückzuhalten. Ich folgte seiner Bitte, hielt mich raus und sah dem Befreiungsritual zu.

Vor meinen Augen wurde Luca zum Kind und dann wieder zum Mann. Er war klein und verletzlich, dann mächtig und zornig. Mit physischer Gewalt versuchte er, ein Trauma loszuwerden, das er noch nicht in Worte fassen konnte, das ihm jedoch jahrelang wie ein Stein auf der Brust gelegen hatte und sich nicht abschütteln ließ.

Er griff sich die Stühle um den Esstisch, drosch sie einen nach dem anderen auf den Fußboden und wechselte ins Schlafzimmer.

Erst, als kein Geräusch mehr zu hören war, ging ich zu ihm.

Die verspiegelte Schiebetür des Kleiderschranks am Fußende des Bettes lag in Scherben. Luca kniete am Boden, ohne sich um die Splitter zu kümmern.

„Er wollte in dieser Wohnung sterben", flüsterte er mit einem letzten Rest Stimme. „Er wollte umgeben von seinen Sachen sterben, aber als er es ihr sagte, hatte sie schon alles fortgeschafft."

Ich ging zu ihm und zupfte ihm eine Glasscherbe aus den Haaren.

„Na los, lass uns gehen", sagte ich und hielt ihm die Hand hin.

Er griff danach und stand auf. Mir wurde bewusst, dass das von Anfang an meine Rolle gewesen war.

Wenige Minuten später streichelte uns der Stadtwind wieder übers Gesicht. Auf dem Viale Carlo III raste die leuchtendblaue Vespa auf den Königspalast zu, der mit seinem Schatten immer größer wurde.

Noch immer habe ich diese schier endlosen Frühlingstage vor mir, die müde und schläfrig waren von der lauen Wärme der neuen Sonne, aber auch von den bis drei Uhr morgens vom Computer erhellten Nächten, in denen wir uns einander offenbarten und nicht einmal mehr Hunger verspürten. Die Erinnerung verwandelt diese Szenen in einen zeitenthobenen Moment, der sich ausdehnt und die Phase, in der unsere Freundschaft ihre eigenen Codes zu entwickeln begann, länger erscheinen lässt.

Nach dem Abend in der alten Wohnung seines Großvaters hatte ich Luca von meinem Geheimplan erzählt. Ich wollte sämtliches Unglück, das ich kannte und das wiederum weiteres Unglück hervorbrachte, hinter mir lassen: Ich würde die Kette durchbrechen. Ich wollte reisen, Geschichten aus aller Welt sammeln und in Bücher bannen, damit sich niemand, indem er sie las, allzu seltsam oder allzu einsam fühlte. Es war mir egal, ob ich reich werden würde, ich wollte nur frei sein. Luca hingegen behauptete, Geld wäre unsere Rettung, und zu bleiben würde alles einfacher machen. Mit Geld würde er eine eigene Wohnung mit eigenen Regeln haben, und als er das sagte, ging mir auf, dass jeder von uns eine ganz eigene Vorstellung davon hatte, was es bedeutete, frei zu sein.

„Es fällt mir wirklich schwer, mir eine Zukunft vorzustellen, in der ich, wenn ich bliebe, ich selbst sein könnte“, hatte ich zu ihm gesagt. „Für einen Mann mag das hinhauen, für eine Frau nicht.“

„Geld“, wiederholte Luca, „Geld.“ Er wiederholte es so oft, dass ich nicht mehr wusste, ob er es ernst meinte, und am Ende lachten wir darüber, auch wenn ich insgeheim wusste, dass eine Frau mit Geld noch immer Häme auf sich zieht, wogegen ein Mann mit Geld sich vor Freunden nicht retten kann.

Eines Nachmittags stand er vor dem Haus, in dem wir Nachhilfestunden nahmen, und wartete auf mich. Als das Auto meiner Mutter hinter der Ecke verschwunden war, reichte er mir den Helm.

„Was ist los?", fragte ich.

„Heute schwänzen wir, ich habe Geburtstag." Er öffnete seine Hand und zeigte mir ein bisschen Hasch, das er am Morgen auf der Schultoilette von einem Klassenkameraden bekommen hatte. Es endete damit, dass wir mit roten Augen auf dem Teppich in seiner Garage hockten, in der, verwaist in einer Ecke, das alte Schlagzeug seines großen Bruders herumstand, und Nutellabrote in uns hineinstopften.

„Ich muss dir was beichten", sagte er irgendwann. „Heute ist gar nicht mein Geburtstag." Das sei eine Ausrede gewesen, um noch ein bisschen mit mir zusammen zu sein. „Mit dir fühle ich mich gut. Du verurteilst mich nie."

Ich umarmte ihn fest, schob das Kinn über seine Schulter und atmete den Duft seines Gels ein.

Ich fragte, ob er es schon mal getan habe. Er schüttelte nur den Kopf, leicht beklommen ob seiner Unerfahrenheit, die ihm in der Schule niemand zugetraut hätte. Ich nahm seine Hände, legte sie auf meine Haut, führte sie über meine Hüften, als würde eine höhere Macht mich lenken, die ich nicht zu kontrollieren vermochte. In diesem Moment gab es keinen anderen Ort als den von unseren Armen umgrenzten Raum.

„Bist du sicher?", fragte er.

Ich nickte.

Wenige Blocks von der Garage entfernt, hatte eine Frau mittleren Alters, die es leid war, auf ihre Schüler zu warten, die aufgeschlagenen Bücher zugeklappt und sich ein Glas Wein eingeschenkt; während unsere Eltern bei der Arbeit waren und unsere Mitschüler die müden Köpfe auf die Griechisch-Übersetzungen sinken ließen oder sich an der PlayStation in einer neuen Mission von *Final Fantasy VIII* verloren, zogen wir uns unbeholfen aus, streichelten einander schamhaft und erregt zugleich, ungeduldig, diese neue Sprache zu lernen. Obwohl wir allein waren, tauchte der Gedanke an Rossella mehrmals auf, als wäre sie an jenem Nachmittag die Dritte im Raum.

„Du kannst so tun, als wäre ich sie", sagte ich leise zu ihm, während er zum zweiten Mal befangen versuchte, sich ein Kondom überzustreifen. Der durchdringende, herbe Geruch sich offenbarender Körper erfüllte den Raum. „Tu so, als wäre ich sie", wiederholte ich.

Bis heute weiß ich nicht, ob ich es sagte, weil ich vermutete, er wollte es so, oder um mich einmal begehrt, bewundert, fieberhaft ersehnt zu fühlen. Um einmal zu sein wie die richtige Cousine, wie Rossella.

Er blickte mich eine ewig erscheinende Sekunde lang an, vielleicht auch länger, ich werde es nie wissen, denn als Reaktion auf den Schmerz schloss ich die Augen.

„Alles in Ordnung?", fragte er mich kurz danach, als ich mir mein Sweatshirt schnappte, um mich zu bedecken.

„Mir geht's gut", sagte ich und hielt ihm die Faust hin, genau wie er, wenn wir uns im Steinbruch mit dem Skateboard abwechselten. Es war gar nichts passiert, sagte ich mir, das war nur ein Spiel. Es war gar nichts passiert. Das war nicht mein Platz. Genau wie die anderen, würde ich nach diesem Abend ein Geheimnis haben, das es schweigend zu bewahren galt.

Ich mochte Luca gern, und ich glaube, er mich auch, obwohl er mich vor den anderen in der Schule noch immer ignorierte. Unsere Zeit blieb auf uns beide beschränkt, auf die Nachmittage der Nachhilfestunden, wenn er mit den Aufgaben früher fertig war und dann einfach dasaß, um mich durch die Qualmwolke unserer Lehrerin zu mustern, oder auf die Nächte, in denen wir am Computerbildschirm stundenlang miteinander redeten.

Ich wiederum hatte angefangen, die Schuhe in Kolophonium zu tauchen, um mich zu bremsen und nicht auf ein Terrain vorzudringen, von dem ich spürte, dass ich dort nichts zu suchen hatte. Ich begnügte mich mit dem Gedanken, dass Luca mich immerhin einmal gewollt hatte, schlief mit der Erinnerung an seinen mit meinem verbundenen Atem ein, bis sich in mir die Vermutung regte, ich könnte ihm peinlich sein.

Wenn er mir mit seinen Freunden im Flur über den Weg lief, grüßte er mich nie als Erster und erwiderte meinen Gruß allenfalls flüchtig, als könnte er es nicht abwarten, die unterbrochene Unterhaltung mit den anderen wiederaufzunehmen. Als er mich eines Abends mit der Vespa nach Hause brachte, hatte er von Weitem einen Mitschüler an der Ampel vor der Kreuzung stehen sehen und war jäh in eine Seitenstraße abgebogen. Ein anderes Mal hatte ihn während einer unserer Nachmittage im Steinbruch ein Freund auf dem Handy angerufen, und Luca hatte behauptet, er sei allein. Sie hatten sich zum Kiffen in der Altstadt verabredet, und er meinte, er würde gleich nachkommen, er müsse noch eine Sache erledigen. Die Sache, so wurde mir schnell klar, bestand darin, mich nach Hause zu bringen.

Meine Mutter, die mich bedrückter als sonst sah, hatte mich gewarnt. „Er wird zu ihr zurückkehren", hatte sie gesagt und über das Lenkrad hinweg geradeaus gestarrt, ohne den kleinsten Blickkontakt mit mir zu suchen. „Du wirst dir wehtun."

Ich hatte gewohnt patzig reagiert und alles abgestritten: „Du spinnst", hatte ich gesagt, „hör auf, dir irgendwelchen Schwachsinn einzubilden." Ich wurde laut, damit die Mahnung auch bei mir richtig ankam.

Mitte Mai ließ Luca mich wissen, er würde am nächsten Tag die letzte Physikarbeit schreiben und am Nachmittag nicht zur Nachhilfe kommen. Er bot an, mich trotzdem abzuholen, doch weil sie an dem Tag sowieso in der Nähe war, konnte meine Mutter mich mitnehmen. Wir hörten auf, uns regelmäßig zu sehen, aber eine Zeit lang setzten wir unsere nächtlichen Chats fort. In der folgenden Woche sagte er mir, er habe eine Eins bekommen und sein Durchschnitt sei nicht mehr gefährdet.

Und was machst du?, fragte er mich. *Haust du diesen Monat in den Sack?*

Ich sagte, ich würde die Sache bis zum Ende durchziehen.

Dann sehen wir uns Freitag nach der Schule.

Am Donnerstagabend vor dem Schlafengehen klaute ich meiner Mutter eine Richmond-Jeans aus dem Kleiderschrank. Ihre Vierunddreißiger-Größe spannte sich eng um meine Hüften und den Hintern und zeigte mir im Spiegel Körperformen, die ich noch nie zuvor an mir gesehen hatte. Ich kramte auch die Plateauschuhe hervor, die ich mir einmal zu Karneval gekauft hatte, um als Ginger Spice zu gehen. Am nächsten Tag betrat ich die Klasse sechs Zentimeter größer, der weißgedruckte Markenname der Jeans prangte quer über meinen Pobacken.

Am letzten Maitag versammelten sich die Schüler, die die letzten Schultage nicht mehr brauchten, um schlechte Noten auszubessern, vor dem Schuleingang, hockten sich an den Gitterzaun des königlichen Parks und warteten auf den richtigen Moment für die erste Wasserbombe, die das Ende des Schuljahres verkündete.

Als ich aus der Schule kam, sah ich Luca von Weitem. Ich erkannte ihn nicht sofort. Zwei klar getrennte Schülergruppen bevölkerten den gegenüberliegenden Gehsteig, stürzten unter Gebrüll und Schmähungen aufeinander los und wogten wieder in die Gegenrichtung. Schon öfter hatte ich die Dynamiken außerschulischer Prügeleien beobachtet, die jäh entbrannten, um irgendjemandes Ehre zu verteidigen und sich für eine erlittene Demütigung zu rächen. Die Jungs mussten sich dann für eine Seite entscheiden. Niemand konnte sich raushalten, ein Dazwischen gab es nicht.

Ich blieb mit meiner Freundin Agata im Eingangstor stehen. Mit einer Kinnbewegung deutete sie, die nie viel redete, um das dunkle Metall ihrer Zahnspange nicht zu zeigen, über die Straße auf Luca. Seine Freunde hielten ihn fest, um ihn davon abzuhalten, auf einen rothaarigen Schüler loszugehen. Das Opfer wand sich am Boden und hielt sich den Bauch. Die Keilerei hatte ihren Höhepunkt bereits überschritten und war so gut wie vorbei, doch hinter den beiden Jungs hatte sich jeweils ein Halbkreis von Leuten gebildet, die der Gegenseite Drohungen zubrüllten.

„Was war los?“, fragte Agata, als einer von Lucas Mitschülern an ihr vorbei zum Moped-Parkplatz im Schulinnenhof ging.

„Hast du das nicht gesehen? Luca hat Martelli die Fresse poliert.“

„Martelli?“, wiederholte ich.

„Martelli. Rotschopf. Karotte. Wie nennt ihr ihn denn?“, sagte der Junge.

„Was hat Martelli denn getan? Weshalb haben sie sich geprügelt?“

„Er hatte versucht, sich an Lucas Ex ranzumachen, ohne ihn um Erlaubnis zu fragen“, sagte der Junge, als wäre das sonnenklar. Auf der anderen Straßenseite kauerte der Rothaarige noch immer auf dem Gehsteigpflaster.

„Rossella?“, flüsterte ich.

„Dieser Pisser hatte nicht die Eier, ihn um Erlaubnis zu fragen", wiederholte der Junge im Weggehen. „Er hat ihm keinen Respekt gezeigt. Luca hat getan, was er tun musste."

Wer gesehen hatte, wie die beiden Jungs eben noch vor dem rostigen Gitterzaun des Königspalastes aufeinander losgegangen waren, meinte, zwei ausgehungerte kleine Käfigraubtiere vor sich zu haben.

Nur ein winziges Zögern lang blickte ich zu den Resten des Kampfes hinüber und hoffte, Lucas Blick zu begegnen, stattdessen bemerkte mich einer seiner Freunde. Seine Augen wanderten von der Spitze der Plateauschuhe über die drallen Hüften an meinem Körper hinauf, der in fremden Kleidern steckte, plump wie eine Karikatur.

„Was zum Scheißdreck will die denn?", fragte er Luca. „Ist die sauer auf dich?"

Luca antwortete nicht.

„Hol lieber mal deine Cousine her!", rief ein anderer. Ich wollte mich gerade in Bewegung setzen, als ein auf mich geschleuderter Ballon vor meinen Füßen zerplatzte. Die nächsten beiden erwischten mich. Wasserbomben, um das Ende eines glücklichen Schuljahres zu verkünden.

Ich ließ den Rucksack von den Schultern rutschen, um meinen Hintern zu verdecken. Im Weggehen meinte ich Lucas Stimme zu hören, die lachend in die seiner Mitschüler einfiel. Das Geräusch bohrte sich mir ins Fleisch und brannte wie Säure.

Ich ging allein nach Hause, in der Nase noch immer die Mischung aus herbem Schweißgeruch und der eisenartigen Süße von Blut. Der Badezimmerspiegel warf das Bild eines Mädchens mit flachem Busen und zu breiten Hüften zurück. Wäre mein Körper unsichtbar gewesen, versteckt unter den üblichen Schlabberklamotten, hätte mich niemand ausgelacht. Ich schälte mich aus den albernen, nassen Sachen, schlüpfte in meinen langen, schwarzen Rock und ein zwei Nummern zu großes Slipknot-Shirt und setzte mich mit meiner Mutter an den Esstisch, wo wir beide wortkarg auf unsere Teller starrten und darauf warteten, dass mein Vater von der Arbeit nach Hause kam.

„Habt ihr gehört, was den Miglioris passiert ist?", fragte er, kaum kam er zur Tür herein. „Vor ein paar Wochen ist jemand in eine ihrer Wohnungen eingedrungen und hat alles kaputtgemacht. Zum Glück wurde nichts gestohlen."

„Das waren bestimmt wieder die Zigeuner", vermutete meine Mutter.

„Oder vielleicht irgendeine Drogengeschichte", fügte mein Vater hinzu und suchte meinen Blick. „Lucas Eltern haben mich gefragt, ob mit dir alles in Ordnung ist. In letzter Zeit seht ihr beide euch recht häufig ..."

„Was willst du damit sagen?", schnappte ich und blickte ihm endlich ins Gesicht.

„Seine Mutter meinte, Luca wirke in letzter Zeit so abweisend."

„Und was habe ich damit zu tun?"

„Sie fragte mich ... vielleicht habt ihr euch mit den falschen Leuten eingelassen. Alba findet auch, du würdest ein bisschen mitgenommen aussehen."

„Machst du Witze? Alba?"

„Letzten Sonntag hat sie dich bei Großmamas Mittagessen gesehen. Im Frauenhaus hat sie gelernt, gewisse Zeichen zu deuten."

„Ich fasse es nicht! Ihr kennt sie seit zwei Monaten, und schon zählt ihr Wort mehr als meins? Andere Leute schlechtzumachen ist ihre Lieblingsbeschäftigung, damit will sie sich bei euch einschleimen."

Ich schnappte mir die Fernbedienung, schaltete den Fernseher ein und stellte ihn laut, um die surreale Unterhaltung zu überlagern.

„Du kannst Lucas Mutter ausrichten, sie soll sich keine Sorgen machen", antwortete ich. „Um sich in Schwierigkeiten zu bringen, hat ihr Sohn mich nicht nötig."

Ich schlang meine Nudeln und sämtliches Brot auf dem Tisch in mich hinein, ein Stück nach dem anderen, fast ohne Luft zu holen. Indem ich mich ins Essen vertiefte – in die knappen, monotonen Gesten des In-den-Mund-Steckens, Kauens, Schluckens –, würde ich keine weiteren Fragen zulassen und ihren forschenden Blicken keine Chance geben, meinem zu begegnen. Später – mit berstend vollem Magen – schloss ich mich im Gästeklo am entlegensten Ende der Wohnung ein, steckte mir eine Zahnbürste in den Rachen und kotzte all die Enttäuschung und all den Ekel aus, den ich bis dahin mit mir herumgeschleppt hatte. Ich sollte es wieder tun, viele Jahre lang. Gemeinsam verkündeten mein Körper und ich eine Kapitulation.

Kurz vor Mitternacht chattete Luca mich an. Den ganzen Tag lang hatte ich auf seinen Namen online gestarrt und es nicht fertiggebracht, ihm ein einziges Wort zu schreiben. Ich wusste nicht, ob ich ihn beschimpfen oder ihm sagen sollte, was ich für ihn empfand. Der Widerstreit der beiden Impulse lähmte mich, also hatte ich den Computer angelassen, um Musik herunterzuladen, und war ins Bett gegangen.

Aus der Entfernung sah ich seine Nachricht aufploppen: *AYT?*

Ich stand nicht auf, um zu antworten. Ich schaffte es nicht.

Im Spielbuch, zu dem meine Jugend geworden war, hatte ich beschlossen, an diesem Punkt aufzuhören. Ich hatte alle Optionen ausgeschöpft, die mich zu einem falschen Ende geführt hatten. Jetzt Schluss zu machen, dachte ich, wäre weniger schmerzhaft, als es noch einmal von vorn zu versuchen.

Es war das letzte Mal, dass er mir schrieb.

Anfang Juli traf ich Luca vor den Aushängen der Jahresendnoten. Er war wieder mit Rossella zusammen und sie hielten Händchen. Wortlos betrachtete er mich aus dem Augenwinkel, während meine Cousine und ich uns zuwinkten. Er wollte nicht einmal wissen, ob ich meine miese Physiknote hatte ausbügeln können.

Einige Zeit später, als ich an den langen, leeren Wochenendnachmittagen durch die Gänge der Blockbuster-Videothek schlenderte, musste ich daran denken, wie ich mit ihm im Steinbruch gewesen war. Ich hätte wetten können, dass ich eines Tages, auf irgendeiner der nach Genres in den Regalen aufgereihten Kassetten und DVDs, auf eine ähnliche Szene stoßen würde: zwei einsame Teenager in einer trostlosen Landschaft, die ihnen jedoch wunderschön erscheint. Für einen kurzen Moment muss keiner der beiden so tun, als wäre er jemand, der er nicht ist, oder als müsste er sich mit seinem Leben abfinden, was im Grunde das Gleiche ist. Und wenn es nicht Liebe ist, dann ist es bestimmt etwas ebenso Starkes, das sie glücklich macht, genauso zu sein, wie sie sind: verkehrt, unzulänglich, unvollkommen. Jemand brüllt etwas, das im Steinbruch widerhallt, und eine Melodie erklingt und verschluckt das Echo.

Cut.

IT'S A MATCH! [REMÌ, 42]

Das erste und letzte Mal, das ich Remì sah, war nach einer Burlesque-Show im zweiten Untergeschoss eines Clubs in Soho. Die Tänzerin war eine ehemalige russische Turnerin, die sich wegen eines doppelten Bänderrisses im Knie aus dem Wettkampfsport zurückgezogen hatte. Wenige Minuten zuvor hatte ich sie, in ein Satinseil geschlungen, das sie in der Schwebe hielt, über unseren Köpfen wirbeln sehen.

Remì war Franzose und schön wie ein französischer Schauspieler. Anhand seines Profilbildes – Dreitagebart, offenes, weißes Hemd, eine lose Fliege unter dem Kragen – hatte ich mir ausgemalt, dass er sich vor dem Vögeln eine Zigarette anzündete und sie während des gesamten Liebesaktes rauchte.

Was gefällt dir?, hatte er mich gefragt, nachdem die App uns zusammengebracht hatte. Er redete von Sex. In der Unterhaltung gab es keine Doppelbedeutungen, Sex war die einzig mögliche Bedeutung. *Hast du schon mal einen Dreier gehabt?*

Ich hatte verneint. Er sagte, am Donnerstagabend um elf würde er ein Taxi vorbeischicken, um mich abzuholen.

Sag am Eingang deinen Namen. Du stehst auf einer Liste. Geh durch den Hauptsaal und such nach einer kleinen Tür rechts von der Bühne. Nach der Vorstellung kommst du dorthin. Eine Spiegeltreppe führt zwei Ebenen abwärts, da warten wir auf dich.

Der Wagen war pünktlich aufgetaucht.

Er entsprach haargenau seinem Foto, ein Produkt wie aus der Werbung. Sie dagegen sah aus der Nähe, fern der Scheinwerfer, älter aus. Sie hatte sich das hellblonde Haar zu einem straffen

Pferdeschwanz gebunden, der schmerzhaft aussah. Ich durfte ihnen und sie durften mir keine Fragen stellen. Sie führten mich in ein Nebenzimmer, das von einem riesigen, weißseidenen Himmelbett eingenommen wurde. All dieses Weiß brachte einen aus dem Gleichgewicht.

Sie fragten, ob ich mich wohlfühle, ob alles in Ordnung sei, nannten mich *darling*. Sie verbanden mir die Augen mit einer weißen Binde, durch die ich noch ihre Schemen erkennen konnte. Nach und nach zogen sie mich aus und schlüpften ebenfalls aus ihren Kleidern. Sie streichelten mir die Schultern, die Innenseite der Schenkel, die Kniekehlen.

„Gefällt es dir so?“, fragte Nadia.

Ich spürte, dass es mir gefiel.

Remì fing an, mir den Nacken zu küssen, während Nadias Atem zwischen meine Brüste wanderte.

„Gefällt es dir so?“, fragte Remì.

„Ja“, antwortete ich.

Die Fragen zögerten den lustvollen Moment hinaus und ließen ihn sacht in jede Faser meines Körpers rieseln.

Als ich Remì in mir spürte, hielten Nadias Hände noch immer meine Hüften fest und gingen mit seinen Bewegungen mit. Ich stellte ihn mir mit einer Zigarette zwischen den Lippen vor, wie das erste Mal, als wir uns geschrieben hatten.

„Gefällt es dir?“, fragte sie.

„Es gefällt mir“, antwortete ich.

Ich hörte, wie sie sich über meine Schulter hinweg küssten.

In einem versteckten Zimmer im Untergeschoss eines Nachtclubs lernte ich eine neue Art von Liebe kennen, die Liebe für den Körper in seiner irdischsten Substanz. Es ist eine zerbrechliche Liebe, zerbrechlich wie der Körper, aber so mächtig wie das allzu lang im Zaum gehaltene Begehren. Meine Haut brannte unter der Berührung ihrer Finger. Ich stellte mir vor, wie die Konturen meiner Gliedmaßen langsam eindunkelten wie ein von einer Kerzenflamme gestreiftes Blatt Papier.

Zu Hause hatte ich mir die Szene anders vorgestellt. Ich hatte sie mir kalt, obszön, mitunter mechanisch ausgemalt: Ich hatte mich geirrt. Es lag Zärtlichkeit darin. Sie lebte in der Umarmung, die mich umfing, floss von Körper zu Körper, bis niemand mehr nur er selbst war, sondern auch zum anderen wurde, zu einer einzigen, sterblichen und majestätischen Kreatur. Liegend auf diesem Bett, war ich Frau und Kind zugleich, endlich befreit vom allzu engen Kragen und dem kratzenden Wollrock meiner Jugend. Was war unser Leben als anständige Mädchen wirklich gewesen? Es sollte uns gefügig halten, uns in Scham aufwachsen lassen, die wir Reinheit nannten. Gefangen gehalten wie Belle im Schloss des Biestes, hatte man uns darauf dressiert, Angst vor der Rose zu haben, die sich fern unserer Blicke in den Verliesen des Schlosses verbarg.

Ich spürte die Lust in mir explodieren wie einen Sturm in einer Schachtel, als elektrischen Schlag in Bauch und Kopf, gefolgt von süßer Flauheit. Langsam breitete sie sich aus wie ein Tintenfleck auf Stoff, und ich gab mich ihr hin und vergaß meinen Namen.

So muss es sein, wenn man stirbt, dachte ich und wurde mir trotz allem gewahr, dass ich unbeschreiblich lebendig war.

Als alles vorüber war, streichelte Nadia mich mit einem Schwamm, den sie in eine blauweiße Porzellanschüssel mit warmem Wasser am Fußende des Bettes tauchte. Ihre Gesten waren behutsam wie die einer Magd.

Im Taxi, das mich nach Hause brachte, weinte ich lautlos. Nicht aus Verzweiflung, nicht aus Freude. Ich weinte, sonst nichts. Niemand hatte mich je zuvor so fürsorglich berührt, niemand, nicht einmal ich selbst, hatte je nach meiner Lust gefragt. Das hatten in dieser Nacht zwei Fremde getan.

Rossella hat gesagt, ich solle an der Piazza Vanvitelli vor der Bankfiliale auf sie warten, in der früher die Blockbuster-Videothek war. Sie hat mich gebeten, einen kleinen Spaziergang zu machen, wir beide allein, sie müsse mit mir reden, die Hochzeitsvorbereitungen würden sie ersticken und es würde ihr guttun, auf andere Gedanken zu kommen, ein bisschen Luft zu schnappen. Ich stelle mir Tante Imma vor, die nervös durch die Wohnung wieselt, das Geräusch der laut auf den Fußboden schnalzenden Pantoffeln, während sie zur Gegensprechanlage hastet.

Sie haben die neue Wohnung im Stockwerk drüber eingerichtet, schreibt mir meine Cousine in einer Nachricht, *es ist ein ständiges Hin und Her von Kommoden und Stoffbezügen.*

Nach einem kurzen Treffen mit dem Pfarrer, der die Trauung halten würde, wäre sie sofort bei mir. Das hat sie geschrieben, und jetzt warte ich darauf, dass sie kommt, doch ich bin zu früh.

Ich mag es, Zeit zu haben und mir die Orte anzusehen, an denen ich vorbeikomme, vor allem jetzt, da sie so klein wirken. Unter den Bogengängen am Rathaus sind noch immer die Jungscrews, die zu den Klängen aus einem Achtzigerjahre-Radio breakdancen. Einige Tänzer haben angegrautes Haar, und mir geht auf, dass es offenbar dieselben Typen sind, die Jahre zuvor an einem Tag Anfang des Jahrtausends von der Polizei verscheucht worden waren, um Hunderten Fans Platz zu machen, weil ein junger Pietro Taricone, der gerade das erste Big-Brother-Haus verlassen hatte, in die Stadt gekommen war, um sich seinen Ruhmesmoment abzuholen. Die Bürger waren herbeigeströmt, um ihrem Helden zu huldigen, der dem ganzen Land am Fernsehbildschirm gezeigt hatte, wie ein Casertaner eine Frau ins Bett kriegt.

Es ist viertel nach vier, Rossella ist spät dran, aber auf meinem Handy taucht keine Nachricht auf. Mein Blick bleibt an den Tischchen der Bar an der Ecke des Platzes hängen, bevölkert von pensionierten Hundebesitzern und Teenager-Pärchen. Die Kellnerin eilt vorbei, verteilt Speisekarten und Aperitifs, zieht sich ebenso flink neben die Eingangstür zurück, kramt nach einem Feuerzeug, zündet sich eine Zigarette an. Sie trägt einen weiten Pullover und hat sich das wellige Haar mit einem Bleistift hochgesteckt. Ich frage mich, wo ich sie schon einmal gesehen habe, in welchem Tanzkurs, in welchem Laden im Zentrum, in welchem Schuljahresbuch.

Meine Cousine verspätet sich immer mehr, das Treffen mit dem Pfarrer hat offenbar länger gedauert als erwartet. Ich überquere die Straße, betrete die Bar und gehe zum Tresen. Möglichst unauffällig schlüpfe ich an der Kellnerin vorbei.

„Clara?"

Ihre Stimme erreicht mich, als ich bereits an ihr vorbei bin.

„Ich bin's, Flavia, Tonios Schwester."

Ich drehe mich um und sage lächelnd hallo. Es ist seltsam angenehm, ihr wiederzubegegnen, obwohl ich früher nie mit ihr befreundet war. Wer weiß, was sie sagen würde, wenn sie wüsste, dass ich mir als Kind jedes Detail an ihr haargenau einprägte. Das Motorrad, auf dem sie sich hin und wieder aus dem Staub machte, die Lederjacke ihres Freundes, die sie trug, wenn es kälter wurde, die Flanellhemden, die Poster von Radiohead und Green Day, die ich einmal, als ich bei ihnen zu Hause war, durch ihre Zimmertür erspähte. Die aufgenommene Nirvana-Kassette aus ihrer Stereoanlage war lange Zeit eines meiner kostbarsten Besitztümer gewesen. Ich hatte sie bei einer Geburtstagsparty von Tonio geklaut, als alle Gäste sich zum Anschnitt der Torte im Garten versammelt hatten und es mir gelungen war, sie unbemerkt unter meinem T-Shirt in die Jeans zu schieben.

„Ich dachte, ihr wärt weggezogen", sage ich zu ihr.

„Ich bin zurückgekommen."

Sie fordert mich auf, an einem Tischchen Platz zu nehmen, doch ich antworte, ich würde auf jemanden warten. Sie sagt, dann solle ich doch an einem anderen Tag vorbeikommen, und ich erwidere, klar doch, sehr gern, aber ich bin verlegen, tausend Dinge schwirren mir durch den Kopf, darunter die Frage, was sie wohl dazu bewogen hat, in die Stadt zurückzukehren, welcher Wunsch, welche Pflicht. Ob sie weiß, was die Leute über sie sagen, ob es stimmt, ob sie drauf pfeift, und wie sie es aushält, wenn nicht. Ich überquere die Straße, und mir geht auf, dass ich in der Bar nichts bestellt habe, ich bin rein- und wieder rausgegangen, bestimmt hat sie gemerkt, dass ich es nur getan habe, um sie zu sehen.

Ich warte auf der anderen Seite des Platzes, schaue mehrmals auf die Uhr, mustere sämtliche an der Straße parkenden Autos und halte nach dem meiner Cousine Ausschau. Als ich nach dem Smartphone greife, um zu sehen, ob ich eine Nachricht von ihr bekommen habe, ruft meine Mutter an. Noch ehe ich das Telefon am Ohr habe, höre ich ihre Stimme.

„Clara, wo bist du? Es ist etwas Entsetzliches passiert."

Bei uns heißt es, in den größten Tragödien solle man den Blumenduft der Heiligen suchen. Kampfer, Nelke, Jasmin. Einer dieser Düfte würde genügen, um meine Großmutter wissen zu lassen, dass Rossella wieder aufwachen würde. Das Auto, das sie an jenem Nachmittag erfasste, war wie aus dem Nichts aufgetaucht, von links – wie jedes Unheil –, während sie die Straße vor der Kirche überquerte, und hatte sie mehr als drei Meter hoch in die Luft geschleudert. Ich dachte an ihren verdreht hingestreckten Körper, der niemals so dagelegen hätte, wenn sie bei Bewusstsein gewesen wäre. Ich dachte an ihren Körper, an diese Linie vom Schulhof der Nonnen bis zum Gymnasium, die durch die Kirche geradewegs ins Krankenhaus verläuft.

Die Intensivstation erzählt die Geschichten ganzer Familien, so auch der unseren. Zurückspulen im Schnelldurchlauf: Meine Cousine verlässt das Krankenbett, befreit sich von den Schläuchen, kehrt auf die Straße zurück und löst sich vom Asphalt; dann sind es die Körper unserer Mütter, die mit einem Monat Abstand mit uns Neugeborenen in den Armen ins Krankenhaus kommen und es mit Babybauch wieder verlassen. Auch unser Großvater Alberto kehrt nach jenem Morgen des Jahres 1979 nach Hause zurück, liegt wieder auf dem Boden, steht auf, als wäre der Infarkt nur ein flüchtiger Schwächeanfall gewesen.

Durch das Fenster fällt die helle Frühlingssonne herein, lässt das Weiß der Steinbrüche leuchten, derweil die Stadt mit anderer Leute Unglück Kaffee trinkt.

„Arme Braut", hört man es flüstern.

Der Friseurtermin ist abgesagt.

Die Hochzeit liegt auf Eis.

Ich habe sie nicht gesehen. Man hat mich nicht zu ihr gelassen. Am Telefon bittet meine Mutter mich, im Krankenhaus vorbeizukommen, Tante Immas Hausschlüssel abzuholen, eine Tasche mit den nötigen Sachen für eine Nacht zu packen. Zahnbürsten, Schlafanzüge, eine Decke. Noch ehe ich auflege, bin ich auf dem Weg. Meine Ohren sirren. Mir geht auf, dass ich das Telefon weit über das Gespräch hinaus gegen die Schläfe gepresst habe. Was ist passiert? Was passiert gerade?

Meine Mutter sitzt auf der Treppe zur Intensivstation. Sie haben niemanden zu ihr gelassen, sagt sie, man hält sie unter Beobachtung. Tante Imma und Onkel Genni, Großmama, Tante Clarissa, mein Vater und Luca stehen schweigend auf dem Treppenabsatz, als könnte ihr Warten Rossellas Körper zum Durchhalten bewegen, ihren Schädel widerstandsfähiger machen. Ich verharre ein paar Stufen unter meiner Mutter, hebe den Kopf wie früher als Kind und blicke ihr in die Augen. Sie gibt mir die Hausschlüssel, sagt, ich müsse ihn zwei-, dreimal im Schloss drehen. Sie zeigt mir einen Schlüssel, dessen Funktion ich gleich vergessen werde, dann noch einen von einem Gittertor, den ich mir auch nicht merken kann.

Rossella, meine Zwillingscousine, wurde von einem Auto erfasst, als sie einen Tag vor ihrer Hochzeit nach der letzten Beichte aus der Kirche kam. Rossella, das anständige Mädchen, die treffliche Cousine, die junge Braut. Wenn ich geblieben wäre, wenn ich die Richtige gewesen wäre – das anständige Mädchen, das sie sich gewünscht hatten –, wären diese blutverkrusteten Haare unter den Verbänden auf diesem Krankenbett dann meine? All die Male, die ich mir wünschte, wie sie zu sein, es sogar versuchte, hatte ich mir nie träumen lassen, dass ihr Weg sie hierherführen würde.

Und sie? „Wir finden noch Zeit für uns", hatte sie auf der Insel gesagt. „Ich muss mit dir reden." Ständig muss ich an ihre Worte denken. War dieses Auto, das eine Straße des Stadtzentrums entlangraste, eine Art Kursabweichung?

Während ich zu ihr nach Hause unterwegs bin, frage ich mich, ob es stimmt, was man sagt, und Rossella in jenem Moment größter Gefahr ihr ganzes Leben an sich vorbeiziehen sah: Ob sie in dem Moment die jähe Erkenntnis traf, dass viele Dinge anders hätten laufen sollen, sie aber zu viel Angst hatte, es herauszufinden.

Im Gehen sehe ich wieder die Zeitfalte vor mir, in der Rossella an diesem Nachmittag, statt es zu dem Zusammenstoß kommen zu lassen, lang genug zögert, um ihn zu vermeiden. Statt die Straße zu überqueren, hat sie vor der Kirchentür einen Blick in ihre Handtasche geworfen, derweil ein Auto mit Vollgas an ihr vorbeirauschte. In dieser Zeitfalte des Wie-es-hätte-sein-sollen, in der Welt ohne den Unfall, hätten Rossella und ich uns ein Eis gekauft, wären bis zu unserer alten Schule gelaufen, hätten die Tauben im Hof gefüttert und die Gespenster befragt. Wir hätten ihnen die Frauen gezeigt, zu denen wir geworden sind, und dann angefangen, uns wie zwei durchgedrehte, ekstatische Derwische im Kreis zu drehen, wie damals in den sonnigen Schulpausen. In dieser Zeitfalte des Wie-es-nicht-gewesen-ist hätten wir uns auf die sonnenwarmen Tuffsteinplatten gelegt, einander unsere Geschichten von vorn erzählt und die Stellen geändert, die uns nicht mehr gefielen.

Im Herzen der Tragödie spricht die Stadt das anständige Mädchen heilig, das schläft, ohne sich an seine Träume zu erinnern. Meine Cousine auf der Intensivstation – die Arme reglos am Körper ausgestreckt, die wortlosen Lippen leicht geöffnet – ist das Inbild der Tugend. Ein Frauenköper, der nicht begehrt und sich nicht rührt, ein Körper, dem das Leben widerfährt, ein stummer Körper, der nicht muckt, nicht stört.

Das Haus liegt nicht weit von der Klinik. Deshalb hat Onkel Genni es genommen, um nach den langen Schichten in der Chirurgie schnell zu Hause zu sein. Es ist ein kleines, vor Rechtschaffenheit strotzendes alleinstehendes Haus, von redlichen Menschen bewohnt, ohne Schwimmbad, ohne Garten, aber mit einem geräumigen Vorhof, auf dem der mit einer gewachsten Plane zugedeckte Mercedes steht. Man betritt das Grundstück durch ein schmiedeeisernes, grün lackiertes Törchen. Obwohl ich lange nicht mehr dort war, kenne ich den Weg mit geschlossenen Augen. Von der Eingangstür gehe ich geradewegs in Rossellas Zimmer, das mich im Halbdunkel erwartet, als läge es auf dem Meeresgrund.

Die Zimmer, in denen wir Teenager waren, haben etwas Magisches. Es sind Orte, in denen sich die Jahre verdichten, die Dekaden verschmelzen, genau wie die Versionen unserer selbst, die wir getragen und wieder abgelegt haben, bis wir uns schließlich für eine entschieden. Man geht per Anhäufung vor, nie per Subtraktion, jedes Element lädt sich durch das daneben mit Bedeutung auf. Die geordneten *Harry-Potter*-Bände schmiegen sich an die Heldinnen von Jane Austen, während auf dem Regal darüber verschiedene Werke von Flaubert zur auf einem Flohmarktstand gefundenen Taschenbuchausgabe der *Gefährlichen Liebschaften* führen. Noch weiter oben stehen die DVDs, deren Rücken jede denkbare Spielart von Rosa zeigen. Da ist die komplette Sammlung von *Buffy – Im Bann der Dämonen*, der Schuber von *Gossip Girl* und amerikanische Komödien, von *Clueless – Was sonst!* bis *Mean Girls*. Weiter darüber stehen die großen

Hollywood-Klassiker – *Vom Winde verweht, Frühstück bei Tiffany, Ein Herz und eine Krone* – sowie sämtliche Filme mit Leonardo DiCaprio.

Rossellas Bett ist größer als das, in dem wir manchmal als Kinder zusammen schliefen, steht aber an derselben Wand. Das alte Britney-Spears-Poster ist unter den ausgeschnittenen Werbeanzeigen von Kate Moss und ein paar Schwarzweißaufnahmen von Alessandra Ferri als Scala-Primaballerina beim Spitzentanz oder in der Arabesque fast verschwunden.

Während ich mich umsehe, gehe ich in Gedanken die Liste von Dingen durch, die meine Mutter mir zu holen aufgetragen hat. Ich kann mich nur mühsam erinnern. Eine Zahnbürste, Unterwäsche – wie viel? Nur einen Schlafanzug?

Vergraben unter den Baumwollschlafanzügen in der zweiten Kommodenschublade, finde ich Rossellas Tagebuch. Es hat kein Schloss wie die, die wir als kleine Mädchen hatten, und ist prall von Fotos, alten Modenschau-Berichten aus der Lokalpresse und Reklamezetteln für Hochzeitsmessen. In der Stille des Zimmers greife ich danach, streichle über den Rücken. Es ist ein blauer Terminkalender der Versicherung *Reale Mutua Assicurazioni*, wie ihr Vater sie benutzt. Auf der ersten Seite steht ein wenige Monate zurückliegendes Datum, geschrieben in rosa Dufttinte: 21. November, der Tag, an dem meine Cousine den Heiratsantrag bekam. Die aufgeblähte, gummiweiche Schrift drückt sich auf die nächste Seite durch, die wiederum Spuren auf der nächsten hinterlässt.

Ich setze mich auf den Fußboden, den Rücken in die Lücke zwischen Nachttisch und Bett geklemmt. Manche Tagebücher wissen, dass sie eines Tages von jemandem aufgeschlagen werden, sie sind für jemanden geschrieben und halten sich von vornherein im Zaum. Andere sind fürs Schweigen gemacht, sie sind ein Ort der Reflexion, an dem man Dinge zurücklassen kann, die man niemandem anvertrauen konnte.

Ich drehe das Buch in den Händen und betrachte es, verharre kurz auf der Schwelle, dann überschreite ich sie.

Neben Lucas Namen taucht häufig der eines Mädchens auf. Sie und Rossella scheinen die Hauptfiguren dieser Geschichte zu sein.

Es gibt ein Foto, das sie beide zeigt, unter der dicken Schminke kann ich sie erkennen. Leo ist groß, größer als Rossella. Sie hat die markanten Züge der Frauen auf den pompejanischen Fresken, während meine zarte, ätherische Cousine aus einer anderen Welt zu stammen scheint. Auf dem Bild posieren sie wie Statuen für ein Fotoshooting im Englischen Garten, im Park des Königsschlosses. Im Hintergrund kann ich die künstlichen Ruinen und den Teich erkennen, in dem sich die Venusstatue spiegelt. Ihr Haar ist glatt zurückgestriegelt und mit Glitzersteinen geschmückt, die hautengen Kleider lassen Schlüsselbeine und Schultern frei und münden in einer weiten Schleppe, die sie noch schlanker aussehen lässt, gerade so, als stünden sie auf einem Sockel wie die Marmorstatuen ringsherum.

Der Tag des Fotos im Englischen Garten ist ein wichtiger Tag. Sie sind beide ungefähr siebzehn, wissen nichts und wollen alles. Jahre später erinnert sich Rossella in ihrem Tagebuch daran zurück, nach der Schilderung des Nachmittags, den sie mit ihrer Mutter im Atelier verbracht hat, um das Kleid anzuprobieren, in dem sie zum Altar schreiten soll.

Von frühester Jugend an hat meine Cousine Brautkleider an- und wieder ausgezogen und sich den Tag vorgestellt, an dem ein solches Kleid ihr gehören würde. Als der Moment gekommen war und sie sich im Spiegel betrachtete, empfand sie nichts. Während der Chef des Ateliers ihr das Modell auf dem Rücken schloss, spürte sie, wie sich ihre Brust zusammenschnürte und ihr die Luft nahm.

Rossella schreibt: *Es ist alles falsch.*

Rossella schreibt: *Aber jetzt ist es zu spät.*

Das Tagebuch meiner Cousine ist eine Blackbox, dunkel wie

alles, was wir nicht wissen, was wir hinter uns lassen und in einer Schublade versenken, damit es nicht ans Licht kommt. Ich folge ihrer Handschrift, die Daten nähern sich dem Hochzeitstag, die Schrift drückt immer stärker aufs Papier, als wollte sie es zerreißen. Ich lausche ihrer Stimme.

Rossella schreibt: *an dem Tag* und: *nach dem, was passiert ist.*

Als Karl III. von Bourbon seinen Palast plante, rief er sämtliche Adlige des Hofes zu sich und versammelte sie auf der Fläche, auf der die Königsresidenz errichtet werden sollte. Schön wie die der französischen Herrscher, schöner als die der französischen Herrscher. Die den Grundriss abmarschierenden Soldaten verschwanden aus dem Blickfeld, worauf sich die Höflinge eine Vorstellung von der Größe des Vorhabens machen konnten. Dort in der Ferne, wo das Auge kaum hinreicht, wurde der schönste Brunnen platziert, dessen Statuen die Geschichte von Diana und Aktaion erzählen. Die Göttin der Jagd ist in Begleitung ihrer Nymphen, als der Jäger, von ihrer Schönheit geblendet, stehen bleibt und sie heimlich beobachtet. Die Strafe trifft den Mann gnadenlos, er wird in einen Hirsch verwandelt und von seinen eigenen Hunden zerfleischt. Der Brunnen sollte dem Herrscher als Mahnung dienen: *Treib es mit deinen Leidenschaften nicht zu weit,* würde er ihm im Vorübergehen zuraunen, *denn jede Leidenschaft ist ein seltsamer Zauber, der sich irgendwann gegen dich richtet.*

Die Stadt im Tal wächst im Schatten dieser grausamen Waldgeschichte von Liebe und Bestrafung. Wenn man zu sehr liebt, geschieht etwas Schlimmes, besser, man liebt brav und artig, wie es sich für anständige Leute gehört.

Drei Monate vor der Hochzeit, an dem Tag, als ihre Mutter einen schwindelerregend hohen Scheck für ein Brautkleid unterschrieb, das genauso aussah wie Tausende andere, hat Rossella eine über zehn Jahre zurückliegende Erinnerung aufgeschrieben. Sie ist mit Leo bei einem Shooting im Englischen Garten. Der Fotograf hat zwischen den Säulen der Ruinen am Venusbecken Stellwände für sie errichtet, hinter denen sie die Kleider wechseln können. An dem Tag sollte es warm, aber noch nicht heiß sein. Auf dem im Tagebuch aufbewahrten Foto trägt die Freundin einen weißen Fuchspelz, der ihr über den der Kamera zugewandten Rücken fällt. Rossella posiert frontal, der Arm in sachter Berührung mit dem ihrer Freundin, der Blick auf den makellosen Saum des Kleides gerichtet.

Der Fotograf ist ein kleiner, untersetzter Mann aus einem Nachbardorf. An dem Tag trägt er ein über der Brust geöffnetes hellblaues Hemd, unter dessen Achseln sich rasch Schweißflecken bilden. Er bewegt die Hände, um Anweisungen zu geben, mimt die Posen, die er fotografieren möchte. Um den Hals trägt er eine Goldkette mit der Madonna und einem korallenen Glückshorn. „Sinnlich", sagt er zu den Mädchen. „Strahlend." Er lässt sie sich gegen den großen, knorrigen Baum lehnen, der sich ganz tief zum künstlichen Teich hinabneigt: „Das ist euer Tag", sagt er. „Der wichtigste Tag eures Lebens." Der junge Assistent in Jeans und schwarzem T-Shirt folgt ihm mit dem Diffusor. Wie ein kleiner, künstlicher, unbezahlter Mond rennt er rechts und links um die Mädchen herum.

Es gibt sechs Kleiderwechsel, das Shooting dauert den ganzen Nachmittag bis fünf Uhr, als der Park routinemäßig zu schließen beginnt. Leo und Rossella benutzen den Säulengang der Ruinen als persönliche Garderobe. Ich stelle mir ihre Dimensione-Danza-Taschen vor, die in eine Ecke gestopften Mäntel, die achtlos weggekickten New-Balance-Sneaker, von den Füßen gestreift, ohne sie überhaupt aufzuschnüren. Diese Mädchenhaut, zurückgelassen zwischen den Ruinen, als wäre sie ebenfalls alt, während ihre Frauenkörper unter dem schimmernden Satin Formen annehmen.

Leo streckt den Kopf hinter der Stellwand hervor, um sicherzugehen, dass niemand guckt. Der Fotograf telefoniert hitzig mit einem Angestellten, der sich in seiner Abwesenheit um den

Laden kümmert. Er fuchtelt herum, schnaubt, schwitzt, rückt die Brille mit den blauen Gläsern zurecht, setzt sie ab, setzt sie wieder auf, als stünde der Mensch, mit dem er redet, leibhaftig vor ihm. Leo lacht, zeigt ihn Rossella, ruft sie hinter die Stellwand zurück. Sie hockt sich vor ihre Jacke und zieht ein kunstledernes gelbes Täschchen hervor. Darin sind eine kleine, goldfarbene Chanel-Dose und ein Taschenspiegel. Mit einer Art winzigem Zuckerlöffel holt sie weißes Pulver aus einem Plastiktütchen und teilt es in zwei Streifen auf. Ihre Bewegungen sind sicher, sie schnupft das Pulver, ohne zu zögern und hält Rossella das Döschen hin. „Das wir ein langer Nachmittag", sagt sie. „Wir haben es nötig."

Was empfindet Rossella in dem Moment? Angst. Aufregung. Im Tagebuch schreibt sie: *Ich spürte, wie mir das Herz bis zum Hals schlug.*

Sie schnupft das weiße Pulver, ohne Fragen zu stellen. Leos Blick berührt ihren Körper, durchdringt ihn, und sie wehrt sich nicht, überlässt sich ihrer Freundin.

„Geht es dir gut?", hat Leo bestimmt gefragt. Und bestimmt hat sie Ja gesagt, ehe sie zu den nächsten Aufnahmen hinter der Stellwand hervortreten. Mehrmals verschwinden sie wieder dahinter, wiederholen die Geste, die keine Angst mehr macht.

„Ich spüre nichts", sagt Rossella. „Es wirkt nicht", und sie lacht euphorisch und hilft der Freundin, das Korsett des Modells Moulin Rouge aufzuschnüren, das Glanzstück der Kollektion.

Am Ende des Shootings schlüpfen die Mädchen wieder in ihre Teenager-Klamotten – enge Leggings, weite Sweatshirts –, wie dafür gemacht, Körpern, die es leid sind, von Blicken verschlungen zu werden, Erleichterung zu verschaffen. Der Mann drückt ihnen zwei Fünfzig-Euro-Scheine in die Hand, sammelt die Koffer mit den fotografierten Kleidern ein und geht mit seinem jungen Assistenten davon.

Rossella will ihre Tasche nehmen und dem Fotografen folgen, doch Leo sagt, sie solle warten; bis der Park schließe, sei es noch eine halbe Stunde hin. Sie holt eine Zigarette hervor und fordert meine Cousine auf, sich neben sie auf einen der Felsen am Rand des Teichs zu setzen. Mit dem Finger wischt sie ihr ein bisschen zerlaufene Mascara unter dem Auge weg. *Da ist so ein Allmachtsgefühl, wenn wir zusammen sind,* schreibt Rossella. *Als wäre zugleich alles und nichts wichtig.*

Sie spürte, dass sie mit Leo alles Mögliche sein konnte, ohne ein Urteil fürchten zu müssen. Auch deshalb hatte sie in dem Winter mit Luca Schluss gemacht: Mit ihm war sie gezwungen, eine Rolle zu spielen. Doch wenn sie mit ihrer Freundin zusammen war, zerbarst der Gips, in den man sie gezwängt hatte, um eine perfekte Statue aus ihr zu machen, und sie konnte endlich atmen.

All das geht Rossella durch den Kopf, als Leo sie in ihre Pläne einweiht.

„Ich habe einem Freund gesagt, er soll vorbeikommen."

„Eduardo?", fragt Rossella.

„Einer davon." Lachend wirft Leo den Kopf zurück und bläst den Rauch der gerade angezündeten Zigarette aus. „Es kommt auch ein Kumpel von ihm, der dich kennenlernen will. Ich dachte, warum nicht, inzwischen bist du frei und ungebunden."

Rossella sieht zu, wie ihre Freundin heftig an der rasch herunterbrennenden Zigarette zieht. Sie saugt am Filter wie an einer Süßigkeit, man kann das Knistern des verglimmenden Tabaks hören.

„Was hast du?", fragt Leo, während Rossella den Blick nicht von ihren Wangen losreißen kann, die sich beim Inhalieren anspannen und wieder lockern.

„Nichts", antwortet sie. „Der Park schließt, wir werden nicht mehr rauskommen."

„Sei nicht so eine Pussy, wir haben doch Spaß. Warum musst du alles kaputtmachen?"

Rossella greift nach dem Handy. Es ist sechs Uhr. Die Pforten des Königspalastes schließen sich in genau diesem Moment.

Die Jungs kommen, Eduardo hat einen Schlüssel zum Seiteneingang, dem bei der Ercole-Brücke, erklärt Leo ihr.

„Wir können jeden Scheiß machen, auf den wir Bock haben."

„Warum hast du mir das nicht gleich gesagt?", fragt Rossella.

„Du hättest Nein gesagt", antwortet ihre Freundin und drückt den Stummel vor sich in die feuchte Erde.

Wutentbrannt wirft Rossella ihr das Handy an den Kopf. „Du bist ein Arsch", hat sie bestimmt gesagt. Und vielleicht ist es noch das Koks, vielleicht auch die seltsame Ernüchterung, das Gewahrwerden, dass sie nicht mehr allein sein würden, wie sie es sich gewünscht und den ganzen Nachmittag über vorgestellt hatte.

In den Tagen war es so. Ich verstand nicht, was mit mir los war, ich wusste nur, dass die Probleme anfingen, wenn wir nicht zusammen waren.

Das Tagebuch, das ich in den Händen halte, ist die Blackbox des Zusammenstoßes.

Wenige Wochen vor der Hochzeit denkt Rossella an diesen Tag zurück, als sie siebzehn war, ergründet ihr Begehren, geht in ihrem Körper ein und aus, um sich besser kennenzulernen, ohne jedoch die richtigen Fragen zu finden. Man hatte uns in dem Glauben großgezogen, dass wir, sobald wir gelernt hätten, einen eigenen Haushalt zu führen, uns um unsere Kinder und unseren Mann zu kümmern hätten, zu Frauen werden würden. Groß zu werden schien gar nicht so schwer zu sein, wir hatten die Anleitung überall vor der Nase: In der Schule, zu Hause, sonntags in der Kirche, an der Supermarktkasse. Doch auf das Begehren waren wir nicht gefasst, niemand hatte je mit uns darüber gesprochen.

Die Art, wie ein Kind ein Spielzeug, ein Eis, eine Runde auf dem Fahrrad begehrt, hat etwas Erotisches: Es ist ein physisches Verlangen, das bei uns immer im Keim erstickt wurde. Die Erwachsenen hatten uns beigebracht, nie um etwas zu bitten. Entsagung war unsere Buße, genau wie das Leben, das sie uns vorsetzten, dieser klar vorgegebene Etappenlauf vom Haus unserer Väter zu dem unserer Ehemänner. Unser Begehren sollte stumm bleiben und nicht hinterfragt werden. Doch mitunter kam es vor, dass das Tier in uns erwachte, ein hungriges, unterernährtes und vergessenes Wesen, das anfing, auszukeilen. Wie hält man das Begehren im Zaum? Indem man ihm nachgibt oder es für immer unterdrückt. Und so halten wir schwankend das Gleichgewicht, liebäugeln mal mit der einen, mal mit der anderen Möglichkeit, ehe wir begreifen, auf welcher Seite wir stehen, in welche Richtung wir uns fallen lassen sollen.

Rossella liegt im Krankenhausbett im Koma, und ich hocke auf dem Fußboden ihres Zimmers, der Blick zwischen den Schriftzeichen einer geheimen Geschichte gefangen. Auch ich bin an jenem Tag im Park des Königsschlosses, die Figuren der von den aufgeschlagenen Tagebuchseiten heraufbeschworenen Erzählung bewegen sich vor meinen neugierigen Augen.

Die Jungs treffen ein, es sind zwei Typen von der Schule. Rossella hat sie schon ein paarmal auf den Fluren des humanistischen Gymnasiums gesehen. Eduardo küsst Leo sofort auf den Mund, den Arm um ihre schmale Taille geschlungen. Er hat dunkles Haar und einen Bartansatz, der ebenso gewollt ist wie der waagerechte kahle Strich in der Augenbraue, der eine Narbe mimen soll.

„Das ist Martelli", sagt er zu meiner Cousine. „Er will dich schon seit einer Ewigkeit kennenlernen."

Martelli geht auf Rossella zu, während die anderen beiden sich auf den Boden hocken, den Rücken gegen die künstlichen Ruinen gelehnt. Er wirkt schüchtern, wortkarg, groß und knochig, mit karottenrotem, hochgegeltem Haar und einer von Sommersprossen übersäten Nase.

Die beiden Freunde fangen an, einen Joint zu drehen, nehmen je einen Zug und reichen ihn an die Mädchen weiter. Bei der zweiten Runde bläst Eduardo den Rauch direkt in Leos halb geöffneten Mund.

„Und jetzt du bei ihr", sagt Eduardo und deutet auf Rossella, die neben Leo sitzt.

Die beiden Mädchen lachen, dann nähert sich Leo dem Gesicht ihrer Freundin und wiederholt das Ritual. Einatmen, ausatmen.

Als der ganze Rauch raus ist, bleiben ihre Lippen verbunden, driften in einem wattigen Meer, und in diesem Moment küsst Rossella sie. Etwas, das stärker ist als ihr Wille, treibt sie dazu, die Lippen ihrer besten Freundin zu suchen.

Sie küsst sie.

„Was soll der Scheiß?", ruft die andere und stößt sie mit beiden Händen weg. „Ist dir der Rauch zu Kopf gestiegen?"

„Lass sie in Ruhe", beschwichtigt Eduardo. „Komm mit." Er hält Leonora die Hand hin und verschwindet mit ihr zwischen den Ruinen.

Rossella bleibt mit dem rothaarigen Jungen vor der Venusstatue sitzen, die auf einem Felsen hockt und sie ansieht. Sie wechseln ein paar Oberflächlichkeiten, dann streichelt er sie, und es ist sinnlos, sich diesen begierig nach ihr greifenden Händen entziehen zu wollen. Er wiederholt die Gesten seines Kumpels, nimmt ihre Hand und führt sie in den Laubengang, wo es weniger hell ist, jedoch hell genug, um die Bewegungen der beiden Körper am anderen Ende zu erkennen. Gegen den feuchten Stein gelehnt, fangen Rossella und der gerade erst kennengelernte Junge an, sich zu küssen, und als er fragt, ob es ihr gut geht, ob er weitermachen kann, sagt sie, er solle warten. Über seine Schulter und sein rotes Haar hinweg sucht sie nach dem Körper ihrer Freundin, nach Leo, die sich eng umschlungen an einen anderen schmiegt. Sie sieht ihre sicheren Bewegungen, ein Tier, das seinem Instinkt folgt. Dort, bei ihr, würde Rossella jetzt gern sein, aber der Rotschopf küsst sie weiter, versucht, ihren BH aufzuhaken, und am Ende fügt sie sich. Im Geist schmiegt sie sich anstelle des anderen an Leos weiße Haut, berührt sie endlich, spürt sie lächeln, nimmt ihre Lippen zwischen die ihren, bis der Schmerz sie durchzuckt, und alles verschwimmt im Hasch, im Begehren, im Schatten.

Menschen würden sich nie verlieben, hätten sie nie von der Liebe gehört. Das sagte der Philosoph François de La Rochefoucauld, aber es ist durchaus wahrscheinlich, dass er nie im Leben verliebt war. Dennoch steckt in diesem alten Spruch etwas Wahres. Von Geschichten wie der ihren, von einem so heftigen Gefühl wie dem, das sie für ihre Freundin empfand, hatte Rossella noch nie gehört. In den Filmen, die sie gesehen, und den Romanen, die sie gelesen hatte, gab es nichts Vergleichbares. Sie vermochte dieser Empfindung weder einen Namen noch eine Form zu geben, und angesichts all dieser Leere fühlte sie sich verloren.

Wieder zu Hause, unter der Dusche, betrachtete Rossella ihre aufgeschürften Beine und die Druckstellen, die der Schotter auf ihren Pobacken hinterlassen hatte. Sie schämte sich und kam zu dem Schluss, dass es zu viel Mut brauchte, zu viel Kraft erforderte, um die Dinge zu ändern.

Von dem Tag an würde sie den Kontakt zu Leo beschränken, ebenso wie die Treffen zu zweit. Anfangs würde es wehtun, dann immer weniger, bis sie die Zurückweisung vergessen hätte. „Besser so", wird sie in sich hineingeflüstert haben, als sie ins Bett schlüpfte. Am Ende des Schuljahres würde sie wieder mit Luca zusammenkommen, und kaum mehr als zehn Jahre später würde er um ihre Hand anhalten. So würde es laufen, denn so war es von Anfang an beschlossen. Sie würde ihre erste Liebe heiraten, wie alle anständigen Mädchen.

Wie nach einem langen Tauchgang steige ich aus Rossellas Geschichte empor. Langsam lege ich das Tagebuch zurück und greife mir stattdessen einen ihrer Schlafanzüge. Ehe ich die Schublade schließe, bemerke ich, dass ein paar Zettel auf den Boden gefallen sind. Neben zwei Werbeflyern und der Visitenkarte einer Model-Agentur hebe ich eine Fahrkarte der Mailänder U-Bahn auf – der violette Datumsstempel liegt wenige Monate zurück – und ein zweifach gefaltetes Blatt mit meinem Namen darauf.

14. September 2007

Liebe Cousine,

letzte Woche bist Du nach London aufgebrochen, und ich konnte mich nicht einmal von Dir verabschieden. Das tat mir leid. Bis zum Schluss habe ich geglaubt, ich würde es zum Flughafen schaffen, aber wie meine Mutter Dir vielleicht gesagt hat, hatte ich eine Kleideranprobe für die nächste Messe und habe keine Mitfahrgelegenheit gefunden, um zu Euch zu stoßen. Jedenfalls hast Du einen Flug mitten in der Woche genommen, und wie ich Dich kenne, hast Du das absichtlich gemacht, um allzu dramatische Szenen mit Taschentüchern, Umarmungen, Tränen etc. zu vermeiden.

Gut gemacht, ich kann Dich verstehen. In dieser Familie ist alles immer ein Riesentheater, auch wenn es eigentlich lieb gemeint ist.

Dass Du weggehst, habe ich erst vor ein paar Wochen erfahren. Tante Adele sagte uns, Du hättest Dich ganz plötzlich entschieden. Ich sollte es für mich behalten, aber Deine Mutter kam bei uns vorbei, um sich zu beklagen. Angeblich lässt Du die Uni für eine Weile sausen. Sieben Prüfungen und Einser-Durchschnitt, habe ich recht? Arme Agata! Jetzt muss sie eine andere Kommilitonin finden, mit der sie die neueste Scheibe von Jennifer Lopez hören kann!

Ist ein Witz ...

Die Gründe für Deine plötzliche Entscheidung sind mir nach wie vor schleierhaft, aber ich bringe es trotzdem nicht fertig, Dir zu sagen, dass Du einen Fehler machst. „Rede du mit ihr", meinte Deine Mutter, als könnte ich Dich umstimmen. Dabei wüsste ich nicht einmal, was ich zu

Dir sagen sollte. In Wahrheit bewundere ich Dich sehr für Deinen Mut. Du schienst hier nie glücklich zu sein, und Dich Hals über Kopf in eine Geschichte zu stürzen, die noch geschrieben werden muss, ist womöglich ein Risiko, dass Du Dir gerade leisten kannst. Ob es das wert war, wird sich zeigen, aber immerhin kannst Du nicht behaupten, Du hättest es nicht versucht.

Ich habe es nie jemandem verraten, aber hin und wieder habe ich davon geträumt, das Gleiche zu tun. Wegzugehen, als neuer Mensch ganz von vorn anzufangen, in Paris oder New York, als Ballerina große Bühnen zu erobern, die Welt zu entdecken. Ich hätte gern mit dem Tanzen weitergemacht. Ich frage mich immer, wie weit ich gekommen wäre, hätte ich mich von meiner Mutter nicht zu dieser Sache mit den Modenschauen überreden lassen, die mich in Beschlag nahm wie ein Job, aber anfangs nur ein Hobby sein sollte.

Zu Deinem Glück bist Du nie allzu sehr mit diesem Ort verwachsen. Ich habe den Eindruck, Du warst Dir selbst stets genug, vielleicht aus Veranlagung oder aus Vorsicht. Aber ich habe hier Luca, die Model-Kontakte und jetzt die Jura-Kurse, die gar nicht so übel sind. Ich mag es, morgens mit dem Bus nach Neapel zu fahren, auch wenn ich zu nachtschlafender Zeit aufstehen muss, aber es ist schön, den Weg mit meinen neuen Kommilitoninnen zurückzulegen, Mitschriften auszutauschen, über den letzten Film zu reden, den wir gesehen haben, über läppische Kleinigkeiten, die mir dennoch gute Laune machen. Ich habe ein paar Mädchen von unserem Gymnasium wiedergetroffen, und besonders mit ihnen hat sich über die letzten Monate eine große Verbundenheit eingestellt. Durch sie fühle ich mich weniger allein, vor allem, seit Leo und ich uns nicht mehr sehen. Unsere Freundschaft wurde zu eng, sie hätte zu nichts Gutem geführt. Die Sache hat mich ziemlich verwirrt, und es war nicht leicht. Irgendwann erzähle ich Dir ausführlich davon. Sie ist dann in den Norden gezogen, weil sie meinte, dort würden die wahren Models gemacht, und hat uns alle ohne ein Wort sitzenlassen. Jetzt ist mir klar, dass es so oder so zu Ende gegangen wäre, und deshalb glaube ich, ich habe die richtige Entscheidung getroffen.

Ehrlich gesagt, könnte es auch mit Luca besser laufen. Oft ist er von seinen Prüfungen abgelenkt, die er eine nach der anderen herunterreißt, während ich hinterherhinke. Um mich aufzuheitern, spielt meine Mutter mit mir manchmal den Tag unserer Hochzeit durch. Dann guckt sie so verträumt, als ginge es um die Neuauflage ihrer eigenen, und ich lasse sie machen. Mir ist alles recht, Hauptsache, es lenkt sie von den Macken meines Vaters ab. In letzter Zeit frage ich mich häufig, ob erwachsen werden wirklich nicht mehr bedeutet. Manchmal weiß ich keine Antwort darauf, und das stürzt mich in eine tiefe Traurigkeit.

Entschuldige, Clara, ich komme mir blöd vor, Dir dieses Zeug zu schreiben. Einen Haufen Geschichten, die ich nicht zu Ende erzähle und die Dich womöglich langweilen. Jedenfalls war das nicht der Punkt.

Der Punkt ist, dass Du weggegangen bist, Du hattest den Mut dazu und ich beneide Dich darum. Wie damals, als Du als kleines Mädchen Mangas gelesen hast, diese Comics, die ich nicht einmal anzuschauen wagte, aus Angst, erwischt zu werden, schicke ich Dich jetzt wieder vor, damit Du mir erzählen kannst, wie es weitergeht und wie es sich anfühlt.

Dabei weiß ich gar nicht, ob ich Dir diesen Brief je schicken werde. Ehrlich gesagt, weiß ich nicht einmal Deine neue Adresse, und überhaupt, wer schreibt heutzutage noch Briefe? Es wäre einfacher gewesen, Dir eine Mail zu schreiben, aber heute ist ein träger und leicht schwermütiger Nachmittag, wie so oft im September. Ich hatte ein weißes Blatt vor mir und habe einfach nach dem Stift gegriffen. Draußen riecht es feucht nach den ersten Regengüssen, die den Herbst einläuten, und auf MTV gibt es eine Wiederholung der Video Music Awards von letzter Woche in Las Vegas.

Britney kam in BH und Glitter-Slip auf die Bühne, versuchte mühsam, auf einem Paar schwarzer Samtstiefel mit Stiletto-Absatz das Gleichgewicht zu halten, und manchmal sah es aus, als würde sie gleich hinfallen. Ihre Augen waren überirdisch blau und ihre schulterlangen Haare platinblond, kurz genug, um wirklich ihre zu sein, die über das letzte Jahr nachgewachsen sind. Sie hat etwas Verstörendes an sich, das nichts mit ihrer übergewichtigen, abgeschlafften Figur zu tun hat. Es ist die Art, wie sie sich bewegt, die beunruhigt: Sie bemüht sich nicht einmal, der Playbackstimme zu folgen. Britney ist etwas, das außerhalb passiert, über den Köpfen und in der Fantasie ihrer Zuschauer, während die Frau auf der Bühne nur eine Puppe ist, die, flankiert von sehr viel motivierteren Tänzern, eine Choreografie befolgt. Britney macht die richtigen Schritte, aber leblos, ohne Leidenschaft. Sie weiß, sobald sie stehen bleibt, gerät der Mechanismus ins Stolpern und alles bricht zusammen, also macht sie weiter und hofft, dass es bald vorbei ist.

Angeblich hat sie nach der Show in der Garderobe lange geweint. Das habe ich irgendwo in der Zeitung gelesen. Die Nachricht ist zwar nicht belegt, aber ich glaube sie gern. Noch ein anständiges Mädchen, das vor aller Augen auseinanderfliegt, und ich weiß nicht, warum ich nicht aufhören kann, darüber nachzudenken. Oder vielleicht weiß ich es zum Teil. Weil es die Geschichte eines Lebens ist, in dem man die ganze Zeit versucht hat, einem Vorbild ähnlich zu sein, um schließlich festzustellen, dass es ein falsches war, ohne Happy End.

Es tut mir wahnsinnig leid für sie, sie sollte sich der Öffentlichkeit nicht so zeigen. Vor allem uns nicht, die ihr von Anfang an gefolgt sind. Es ist, als wollte sie uns damit sagen, dass es ein Fehler war, ihr zu vertrauen, dass wir genauso blöd waren wie sie, und dass wir früher oder später ebenfalls auf Grund laufen werden. Ich frage mich, ob sie je überlegt hat, sich das Leben zu nehmen.

Dieser Tage wird die Show ständig wiederholt, und ich muss daran denken, wie Du und ich immer zusammen MTV geguckt haben. Es wäre schön, es irgendwann wieder zu tun, auch wenn wir damals nicht tausend Dinge im Kopf hatten, und vielleicht war es gerade deshalb so schön. Wenn ich ein Lied hörte, ging es nur um dieses Lied, heute hingegen kommt ein Gedanke zum anderen, und wenn ich wieder hinhöre, ist das Lied schon vorbei.

Wie Du siehst, habe ich schon wieder den Faden verloren. Entschuldige, Clara. Jedenfalls mache ich jetzt besser Schluss. Ich hoffe, Du hattest eine gute Reise, Cousine, ich hoffe, es geht Dir gut. Wir sehen uns zu Weihnachten, auf unseren üblichen Plätzen am Esstisch bei Dir zu Hause.

Ich habe Dich lieb,
Rossella

Szenen einer Sommerhochzeit auf dem Land zu Füßen des Monte Tifata. Die Brautleute steigen aus einem Mercedes-Oldtimer, der vor dem Eingang des Landgutes vorfährt, die Gäste empfangen sie mit über den Köpfen geschwenkten Herzchen und Tauben aus Pappe. Insgesamt sind es rund hundert Leute, Verwandte, Familienfreunde, ein paar Schulkameraden. Luca ist seit Kurzem Notar und hat seine Gästeliste mit Kollegen und einflussreichen Fachleuten bestückt. Mein bei den Kommunalwahlen geschlagener Vater denkt über seinen nächsten Schachzug nach, schüttelt Hände und klopft Schultern, bis die Handflächen glühen, und hofft darauf, das letzte Wort zu haben. Der tiefbraun gebrannte Brautvater plaudert höflich mit einer platinblonden Frau, als wüsste niemand, dass sie seit mindestens fünf Jahren ein Verhältnis haben.

Rossella trägt ein Dreißigtausend-Euro-Kleid. Das raunt mir meine Mutter leise zu, aber laut genug, damit unsere Nachbarin die exakte Summe mitbekommt und die Information während des Empfangs an den Tischen in Umlauf bringen kann. Die Brautjungfern stehen in vorderster Reihe.

„Ihre Kleider kommen aus Frankreich", sagt Tante Imma und versichert sich ihrerseits, gehört worden zu sein. „Die haben auch ein Vermögen gekostet: das Kobaltblau des Tülls ist das gleiche wie das der Innenausstattung von Yves Saint Laurents Palast in Marrakesch." Neben mir tauschen sich die Cousins Pasquale und Renato darüber aus, wie viele der anwesenden Mädchen sie schon ins Bett gekriegt haben.

Luca steigt auf seiner Seite aus und umrundet das Auto, um

Rossella den Wagenschlag zu öffnen, die mit ganz kleinen Augen in die Julisonne blinzelt. Die glückliche junge Braut, die davongekommene junge Braut, die wundersam geheilte junge Braut. Was zählt es da schon, dass sie sich immer vorgestellt hat, im Mai zu heiraten, als Frühlingsbraut in einer milden, freundlichen Jahreszeit, die ihr ähnlich ist. Rossella wird eine Sommerbraut sein, und wenn sie nicht strahlend und unverblümt ist wie die heißesten Monate, ist sie immerhin am Leben, jung und schön wie die Pfirsiche an den Marktständen, deren intensiver Duft einen schwindeln und mit vollen Händen zugreifen lässt.

Nachdem sie zwei Nächte im dritten Stock des Krankenhauses damit zugebracht hatte, unablässig den Rosenkranz herunterzubeten, hatte unsere Großmutter ein Fenster geöffnet und ihn endlich gerochen: Den Duft des Jasmins. Sie hatte ihn ganz deutlich in der Nase, da war sie sich sicher. Zusammen mit der staubigen Hitze, die vom Parkplatz unter ihr aufstieg, hatte sie ihn in den Lungen gehalten, dann hatte sie sich bekreuzigt und ihre Gebete beendet. Erst da hatte sie ihren Töchtern gesagt, dass alles gutgehen würde, dass Rossellas Moment noch nicht gekommen sei.

Meine Cousine wachte am vierten Tag nach dem Unfall auf. Nach einer Woche durfte sie nach Hause zurückzukehren: Sie würde sich vollständig erholen, sagten die Ärzte, aber sie dürfe sich nicht zu sehr anstrengen. Vor allem, was das Gedächtnis anbelangte. Der Aufprall hatte die Erinnerung an das, was sich in den vorangegangenen rund vierundzwanzig Stunden ereignet hatte, gelöscht.

Als sie mit noch schwacher, mühsamer Stimme nach der Hochzeit gefragt hatte, hatte Tante Imma zu ihr gesagt, sie solle sich keine Sorgen machen. Dank der Beziehungen meines Vaters war es ihnen gelungen, ein Landhotel beim Monte Tifata zu reservieren. Sie hatten das erstbeste freie Datum genommen, das obendrein ganz zufällig der 26. Juli war, der Tag der heiligen Anna, der Schutzheiligen der Stadt. „Die Beschützerin der Schwangerschaften", fühlte sich unsere Großmutter bemüßigt hinzuzufügen, denn mit dem Kinderkriegen sollte man nicht allzu lange warten, besser, man schafft sich den Gedanken sofort von der Seele.

Im Laufe der letzten drei Monate bin ich öfter nach Hause gekommen, als mir lieb war. Ich bin wieder aufgebrochen, erneut zurückgekehrt, habe die Koffer ein- und ausgepackt, dieselben Kleider aufgehängt und zusammengefaltet, dieselben Sätze abgespult, dieselben Sorgen verdrängt. Zwischen den Bruchstücken dieser Familiengeschichte, zwischen der Tragödie und der Farce, habe ich in der anderen Stadt zu heißen Kaffee getrunken und überfüllte Züge bestiegen, ich habe auf Busse gewartet und bin durch fremde Wohnungstüren gegangen, habe falsche Konditionalsätze korrigiert und mich nach der Unterrichtsstunde gefragt, ob der Fehler nicht eher in einer falschen Wahrnehmung der Folgen lag.

Jetzt, da die Bruchstücke zusammengeflickt sind und wieder perfekt aneinanderpassen, schreitet Rossella an Lucas Arm einher wie Jahre zuvor beim Jahresabschlussfest im Gymnasium. Sie ist so viel zierlicher, dass es mitunter aussieht, als würde er sie tragen, als würde sie sich an ihn klammern oder vergeblich versuchen, ihn nach unten zu ziehen. Als ich sie gemessenen Schrittes vorbeigehen sehe, als würden sie noch immer das mittlere Kirchenschiff durchqueren, frage ich mich, wie viele Frauen in diesem Augenblick in Gedanken die gleichen Bewegungen vollführen, wie viele am Ende des Tages die Seiten alter, ramponierter Fotoalben durchblättern, mit ihrem Mann neben sich, der ihnen alles versprochen hat, vorausgesetzt, sie würden ihm alles dafür geben. Der Genuss alter Frauen beim Anblick eines jungen Hochzeitspaares ist ein perverses Gefühl. Unter einer Schicht unverfälschter Freude für das, was man für Liebe hält, verbirgt sich die Genugtuung, das Muster der eigenen Geschichte abermals erfüllt zu sehen. Die Wiederholung der Gesten, das Einfügen des neuen Paares an einen eindeutigen, klar umrissenen Platz, die Frau, die in ihrem Job zurückstecken wird, um sich um die Kinder zu kümmern, die Kinder, die immer an erster Stelle stehen, die Kaffeespuren rund um die Herdplatten, der Kratzer auf dem Parkett, der Anruf beim Handwerker, um die Balkonvorhänge vom Smog zu befreien. Leben wie Formelverse, deren Bedeutung sich trotz geringfügiger Varianten nicht ändert. Also lächeln die alten Frauen beim Vorbeischreiten des frischgebackenen Brautpaars, denken, dass sich am Lauf der Welt im Grunde nichts ändert und sie ihre Pflicht getan haben, damit es so bleibt.

Bei uns feiert man Hochzeiten – ebenso wie Taufen, Kommunionen oder Beerdigungen – für die Augen der anderen. Der schlimmste Affront, den ein Paar begehen kann, ist eine kleine Feier mit wenigen Gästen. In der Provinzstadt müssen alle sehen, alle schlemmen, bis ihnen schlecht wird, damit man sagen kann, dass die Familien an nichts gespart haben, derweil die Teller mit dem pochierten Fisch unangerührt von den Restauranttischen abgetragen werden. Man wird sagen, das Menü war *großartig*, so üppig, dass es einfach unmöglich war, es bis zum Ende zu schaffen.

Die neunjährige Tochter des Geschäftspartners meines Vaters wird in die Mitte des Saales geschoben, um mit der Stimme einer alten Kettenraucherin traditionelle neapolitanische Weisen vorzutragen, unterdessen ist der eine oder andere bereits auf der Schulter seiner Frau eingenickt, andere texten unter dem Tisch mit ihrer Geliebten und sagen, dass sie es an diesem Abend nicht schaffen werden, im Hotel vorbeizukommen. Der Vater betrachtet nickend das Schauspiel, dann steht er auf und verteilt Visitenkarten mit dem Gesicht seiner Tochter und ihrem in goldenen Lettern gedruckten Namen: *Colomba Zacchia, Hochzeiten, Empfänge, festliche Gelegenheiten*.

Alle Tische tragen blumige Namen, meiner ist der Blütenkranz-Tisch. Daran sitzen Pasquale und Renato, schon seit dem Aperitif betrunken, zwei Mädchen, die ich nicht kenne, vermutlich Cousinen des Bräutigams, und Agata, die ich seit dem Junggesellinnenabschied nicht mehr gesehen habe. Sobald sie aufgegessen hat, holt sie jedes Mal den Taschenspiegel hervor und fährt sich mit Gloss über die prallen Lippen.

„Man weiß nie", sagt sie in komplizenhaftem Ton zu mir und zupft sich auch die blonde Strähne zurecht, die ihr über die Augen fällt. Dann stimmt die kindliche Sängerin *Munasterio 'e Santa Chiara* an, ein trauriges und für ein freudiges Ereignis wie eine Hochzeit völlig unpassendes Lied, aber das spielt keine Rolle, weil es so unglaublich virtuos ist und sowieso keiner auf den Text achtet.

„Hochzeiten machen mir entweder unfassbar gute Laune oder ich kriege das arme Tier", sagt Agata. „Einerseits ist da die Liebe, die dasteht, als würde sie sich einen Oscar abholen, und du fühlst dich genauso schön und attraktiv, bereit, dich bei der erstbesten Gelegenheit sofort zu verlieben. Andererseits denkst du an all das, was vorher schiefgelaufen ist. Dir wird klar, dass du bereit für die Liebe bist, weil du vom Alleinsein die Nase voll hast. In unserem Alter war J.Lo schon zweimal verheiratet", fügt sie hinzu. „Daran darf ich gar nicht denken."

Nach einer Reihe talentshowreifer Triller hat sich das traurige Lied in eine Tarantella verwandelt, jemand hat sich sogar auf die freie Fläche vor den Tischen gewagt und zieht ein Tänzchen ab, und die anderen Gäste klatschen im Takt.

„Schau mich an, Clara", fordert Agata mich auf, schiebt den Stuhl zurück, streckt die Beine aus, zieht den Bauch ein, streicht den Stoff ihres Kleides um die schlanke Taille glatt. „Ich bin doch nicht hässlich, oder?"

„Du siehst super aus", sage ich, und während ich diese Worte sage, sehe ich wieder das unsichere Mädchen mit der Zahnspange vor mir, das zurückgelassen wurde, um auf ewig im leeren Klassenzimmer des Gymnasiums herumzuspuken.

„Inzwischen bin ich einunddreißig, ich muss mich ranhalten,

wenn ich nicht als alte Jungfer enden will. Bist du mit jemandem zusammen?"

Ich denke an Tomás, der sich nicht ein einziges Mal gemeldet hat, seit ich wieder in Italien bin. Ich mich übrigens auch nicht, auch wenn ich daran gedacht habe.

„Nein, mit niemandem", antworte ich wie üblich.

„Ah."

Agata verstummt, und auch die Musik hört auf. Das Wunderkind geht zum Tisch seiner Eltern, setzt sich, noch immer rot im Gesicht, unbeholfen auf den zu hohen Stuhl und verwandelt sich mit einer einzigen, täppischen Bewegung wieder in eine Neunjährige. Pasquale und Renato schicken den Brautjungfern am Veilchen-Tisch Nachrichten und verabreden sich nach dem Fest am Belvedere von San Leucio.

„Rossella kann sich mit Luca glücklich schätzen. Aber sie ist eh so schön, ich bin sicher, sie wäre sowieso nicht allein geblieben", fährt Agata fort. „Und er liebt sie so sehr. Kannst du es fassen, dass sie es noch nie getan haben?"

„Was getan haben?", frage ich, damit sie es sagen muss.

„Sex", nuschelt sie hinter vorgehaltener Hand.

„Woher willst du das wissen?"

„Komm schon ... das weiß man doch", grunzt Agata, als wollte sie sagen, *Wo lebst du denn, du hast ja echt gar keine Ahnung, man merkt, dass du woanders wohnst.* „Rossella ist ein sehr ernsthaftes Mädchen. Ich genauso, als ich mit Daniel zusammen war ... wir haben es erst nach zwei Jahren getan, aber bei manchen Sachen, die er von mir wollte, habe ich bestimmt nicht immer Ja gesagt. Ich habe ihn ihm nur geküsst, mehr nicht."

„Wen geküsst?", bohre ich wieder nach.

„Du weißt schon ... den ...", flüstert sie, ohne mir in die Augen zu sehen.

„Den was?"

„Den Penis."

Als ich vor meinem Weggang Literaturwissenschaft studierte, hatten Agata und ich regelmäßig zusammen gelernt. Das war vor ihrem Botox, den Fillern und der Paleo-Diät, bei der sie nur Proteine und unverarbeitete Nahrungsmittel zu sich nehmen durfte. Daniel hatte ich nie zu Gesicht bekommen, doch sein Name tauchte häufig auf ihrem Handy auf, das neben ihren Büchern und den Heften mit den Stichpunkten zur Philosophiegeschichte lag. Er war beim Militärdienst in Bozen. Alle zwanzig bis dreißig Minuten klingelte er sie an, um sie daran zu erinnern, ihn in der nächstbesten Pause anzurufen. Manchmal musste ich ihm von Ferne hallo sagen, um ihm zu beweisen, dass es mich wirklich gab und Agatas Behauptung, sie müsse sich auf Prüfungen vorbereiten, keine Ausrede war, um ihn zu betrügen. Aber sie sagte ihm sowieso alles, und ich habe nie begriffen, woher dieses mangelnde Vertrauen rührte. Ein paarmal hatte ich ihr das gesagt, aber sie meinte, es sei nicht so, wie ich dächte, das sei keine Kontrolle, sondern Aufmerksamkeit, und sie könnte sich wirklich glücklich schätzen, einen so besorgten Freund zu haben, der nachhakt, was man den lieben, langen Tag macht, der Fragen stellt und sich erkundigt und wissen will, mit wem man zugange ist.

„Daniel findet, du bist komisch", hatte sie mir eines Nachmittags verraten, als das hundertste Piepen ihre Zusammenfassung der Einführung des *Decameron* unterbrach.

„Komisch inwiefern?", hatte ich gefragt.

„Du bist mit niemandem zusammen, gehst nie aus, wirkst immer sauer."

„Aber er hat mich doch noch nie gesehen!"

„Er sagt, du würdest mich auf komische Ideen bringen. Daniel glaubt, du tust das, um Aufmerksamkeit zu kriegen, du würdest unter dem Vergleich mit deiner Cousine leiden."

„Bingo, er hat's erfasst", hatte ich gesagt. „Können wir jetzt weitermachen?" Während Agata wieder mit Boccaccio anfing und wortwörtlich unseren Professor nachplapperte, dachte ich an die Dinge, die Frauen sich einreden und am Ende glauben. Die Florentinerinnen fliehen vor der Pest und suchen Schutz bei den Männern, weil sie glauben, sie könnten sich nicht beherrschen: „Wir sind unbeständig, eigensinnig, argwöhnisch, kleinmütig und ängstlich“, sagt eine, wogegen die Männer „Haupt der Frauen“ seien. Statt Trost hatte der Schriftsteller den Frauen ein wenig Mitleid geschenkt. Vielleicht wusste oder ahnte er, dass manche Vorstellungen über Generationen fortbestehen würden wie eine Hakennase auf alten Familienporträts.

„Woran denkst du?“, hatte Agata mich nach einer langen Pause gefragt.

„An nichts“, hatte ich geantwortet.

„Dann wach auf, du bist mit Wiederholen dran. Ich bin fertig.“

Der DJ hat mit den Oldies losgelegt, was bedeutet, dass der Empfang sich dem Ende neigt. *I will survive* schmettert los, für meinen Geschmack zu früh, weil alle noch sitzen. Meine Mutter eröffnet den Tanz mit ihrem Repertoire an allzwecktauglichen Disco-Moves. An ihrem Tisch ganz vorn im Saal klatscht das Brautpaar in die Hände.

„Und selbst, wenn du die Figur hast, ist nicht gesagt, dass du jemanden findest. Man braucht trotzdem Glück", sagt Agata wie um sich selbst zu beschwichtigen. „Schau dir die Freundin deiner Cousine an, diese Model-Freundin ... früher hingen die beiden ständig zusammen. Erinnerst du dich an sie?"

„Leo", sagt Renato vom anderen Ende des Tisches. Das Treffen mit den Brautjungfern ist bestätigt, und er versucht, sich in unsere Unterhaltung einzubringen. Pasquale wirft ein paar anerkennende Geschmacklosigkeiten ein.

„Genau", sagte Agata, als wollte sie die Richtigkeit eines Lehrsatzes beweisen. „Sie hätte alles haben können. Und weißt du, was stattdessen aus ihr geworden ist? Ich habe gehört, sie ist rauf nach Mailand. Die Eltern haben sie aus gewissen Kokskreisen rausgeholt, und nach Caserta setzt sie keinen Fuß mehr. Klar war die schön ..., aber dass die alles andere als anständig war, konnte man ihr ansehen. Sogar Rossella hat das kapiert, am Ende hat sie aufgehört, sie zu sehen."

Leo, mit dem weißen Kleid und dem Hermelinpelz vor dem moosigen Baum am Bad der Venus.

„Nach Mailand, hast du gesagt?", frage ich.

„Nach Mailand, ganz genau", bestätigt Pasquale.

„Irgendjemand hat erzählt, sie hält sich als Escort über Wasser“, flüstert Agata.

„Und wer hat dir das erzählt?“, hake ich nach, weil diese Geschichte plötzlich eine Richtung zu nehmen scheint, die mir bekannt vorkommt.

„Irgendjemand. Die Stadt.“

Eine halbe Stunde nach Mitternacht wird die Hochzeitstorte, umringt von der gesamten Gästeschar, in den Garten gebracht. Rossella ist erschöpft und der sichtlich betrunkene Luca grinst dem Fotografen mit wässrigen Dackelaugen zu wie Hugh Grant in seinen besten Filmszenen. Ich beachte ihn kaum, gerade genug, um festzustellen, dass er zu dem Mann geworden ist, der er werden wollte. Ich stelle mir vor, wie er sich am nächsten Tag auf den Handyschnappschüssen der Gäste betrachtet, zufrieden mit dem filmischen Potenzial seines Suffs.

Wie viele Menschen sind wir gewesen, seit wir das letzte Mal versucht haben, wir selbst zu sein? Die Jugend ist ein grausames Terrain, das niemand lebend verlässt, und wir waren sicherlich keine Ausnahme.

Luca bewegt sich vor mir durch die Menge, und er ist ein Mann unter vielen, ein Fremder wie alle anderen. Es würde mich nicht wundern, sein Profil auf Tinder zu finden, mit einer Reichweite bis nach Rom, eine mit seinen beruflichen Pflichten leicht zu rechtfertigende Distanz.

Luca, 31, Notar. Beschreibung: Geld allein macht nicht glücklich, aber es hilft ungemein. Hymne: *I don't want to miss a thing* (*Armageddon* OST) – Aerosmith.

Im Laufe des Abends sind er und Rossella von Tisch zu Tisch gegangen und haben Kommentare und Glückwünsche eingesammelt und darauf geachtet, allen gleich viel Zeit zu widmen. Während der Vorspeisen kam die Braut an unseren Tisch. Gemäß der Etikette hat sie uns gefragt, ob alles zu unserer Zufriedenheit sei. Es war wie eines dieser immersiven Theaterstücke, bei denen die Geschichte um einen herum passiert, die Schauspieler reden mit einem, aber man weiß, dass sie sich an ihre Rolle halten und nicht einmal eigene Kleider tragen, sondern geliehene Kostüme, finanziert durch Regionalzuschüsse für den Karneval in Capua.

In ihrem zu einer überkandidelten Frisur geflochtenen blonden Haar sehe ich Großmutters Lapislazuliohrringe aufblitzen, unecht wie alle Edelsteine in ihrem Besitz. Mir kommt der Reim in den Sinn, den man den Bräuten in England während des Ankleidens aufsagt. Die Ohrringe sind etwas Blaues, das Kleid etwas Neues, während die Perlmuttspangen, die ihr Haar über den Schläfen halten, etwas Geliehenes sind, weil ich sie schon einmal auf einem alten Foto meiner Mutter gesehen habe. *And a silver sixpence in her shoe,* lautet der letzte Vers, eine Silbermünze im Schuh. Ich bin nie dahintergekommen, was genau das bedeuten soll. Mir gefällt der Gedanke, es könnte der heimliche Notgroschen aus der Hand einer anderen Frau sein. Eine Münze, die man aufbewahren und, falls nötig, in etwas anderes verwandeln kann, ein Freibrief, der die junge Braut wie ein Obolus aus alter Zeit weit fortbringt, sollte sie in Gefahr oder einfach nur unendlich traurig sein.

Während sie die Torte anschneiden, steigen am Himmel über den Steinbrüchen wie bestellt die ersten Feuerwerke auf, dabei sind es die zum Fest der heiligen Anna. Heute wie vor fünfzig Jahren mischt sich in den engen Gassen der Gestank nach Schweiß mit dem Duft gebrannter Mandeln.

Nach etlichen Gläsern Wein begegne ich Luca im verspiegelten Flur, der zu den Toiletten führt. Mein Spiegelbild hat seines gekreuzt, und mit leichter Verzögerung haben unsere Körper einander ebenfalls bemerkt. Er wirft mir ein halbes Grinsen zu, wendet den Blick ab, obwohl wir uns inzwischen gegenüberstehen. Die Zigarre zwischen seinen Fingern und mein rückenfreies Seidenkleid sind Teil derselben Verkleidung.

„Dem Bräutigam alles Gute", sage ich zu ihm.

„Clara", antwortet er. „Gut siehst du aus. Du bist sehr elegant in dem erwachsenen Aufzug."

Ich bedanke mich, deute eine Drehung an und verliere fast das Gleichgewicht. Ich sehe, wie er einen Schritt auf mich zu macht, mir die Hand hinhält, aber ich sage, es sei nichts, ich hätte nur zu viel getrunken.

„Amüsierst du dich?", fragt er.

„Den Umständen entsprechend", antworte ich. Ich erinnere ihn daran, dass ich mit festlichen Anlässen nie viel am Hut hatte, aber dass der Abend schneller verflogen sei als gedacht. Daraufhin hebt er zufrieden sein Glas Weißwein, und ich tue es ihm gleich. Wir trinken zusammen, und als wir uns wieder ansehen, herrscht zwischen uns peinliches Schweigen.

Inzwischen ist Luca Krawatte und Jackett losgeworden, seine Freunde haben sie ihm beim Tanzen ausgezogen, das aschblonde, vor Gel dunkle Haar ist hingegen perfekt gestriegelt wie bei einem Gatsby, der sich keine Sekunde hat gehen lassen. Seit dem Gymnasium waren wir nicht mehr zu zweit, und es passiert ausgerechnet jetzt, am Tag seiner Hochzeit. Von all den Szenen, die ich mir in Gedanken ausgemalt hatte, hatte ich ausgerechnet diese nicht in Betracht gezogen. In meinen ersten Jahren in London, und, warum auch immer, vor allem im Winter, hatte ich mir beispielsweise ausgemalt, eine Nachricht von ihm zu bekommen. Er war mit seinen alten Klassenkameraden oder seinen neuen Kommilitonen in der Stadt. Er war gekommen, um ein Spiel der Champions-League zu sehen, oder hatte sich einen Billigflug gegönnt. Einmal hatte ich die Szene ins Natural History Museum verlegt, wir schlenderten unter den Knochen des großen Walfischs und der Tyrannosaurier dahin. Ein anderes Mal verloren wir uns auf dem Markt in der Portobello Road, zwischen den Farben der gebrauchten Stoffe und alten Pelzmäntel. In meinen Tagträumen redeten wir nie, aber es war entsetzlich kalt, einem von uns zitterten die Hände, und der andere rieb sie in den seinen, um sie zu wärmen. In diesen fiktiven Drehbüchern waren wir wieder Teenager, die Wehmut hatte die schmerzhaftesten Details ausradiert, und vielleicht gab es deshalb nie etwas zu entschuldigen oder zu bereuen.

Luca schaut auf seine Schuhe, dann versucht er an der Zigarre zu ziehen und wendet sich sogleich ab, um einen Hustenanfall zu unterdrücken.

„Schmeckt dir das Ding etwa?", frage ich.

„Nicht wirklich, aber ich finde es auch nicht übel. Angeblich ist das bei Hochzeiten der letzte Schrei."

„So was gibt's bei Hochzeiten?"

Statt mir zu antworten, betrachtet Luca sich im Spiegel. „Vor allem steht mir rauchen, Rossella findet das auch."

Ich grinse, gebe zu, dass sie im Grunde immer füreinander gemacht waren, woraufhin er hastig nachfragt, ob das wirklich so ist, ob ich das tatsächlich glaube.

„Willst du das ernsthaft wissen?"

Erst, als er mich wieder ansieht, bemerke ich seine wässrigen Augen und die vom Alkohol geröteten Wangen. Meine Meinung, sagt er, sei immer was Besonderes gewesen. Irgendwie anders.

„Du hast mir wahnsinnig gut gefallen. Mir gefiel dein Kopf", gesteht er, und es sind schöne, warme Worte, wenngleich ihre Zeit längst überschritten ist. In Lucas Stimme liegt etwas Undeutbares, eine Art Groll, der an die Oberfläche steigt und ihn verrät.

„Ich gefiel dir?", fragte ich. „Und was ist dann passiert?"

„Du hast nie zugelassen, dass ich dir wirklich nahekomme", antwortet er.

Es ist das erste Mal, das jemand das zu mir sagt, und so aus der Kalten, ohne Gegenwehr, hat dieser Schlag etwas Erhellendes.

„Du bist eine, die abhaut, die davonrennt, auch wenn sie stehen bleibt. Rossella dagegen ..."

„Rossella ...?"

„Rossella ist ein Fixpunkt."

Durch das Kristallglas, das ich in der Hand halte, wird Lucas

Profil golden wie der Wein, ich sehe, wie es sich verzerrt und größer wird, während es sich mir nähert.

„Im Mai habe ich dich im Krankenhaus gesehen", sagt er, und plötzlich klingt er ernst. Als hätte dieses Wort – „Krankenhaus" – die Macht, die Wirkung des Alkohols für einen kurzen Moment zu vertreiben. „Du warst sofort wieder weg."

„Ich musste was erledigen."

„Wolltest du mir aus dem Weg gehen?"

Von Draußen ist das Knallen der letzten Feuerwerkskörper zu hören. Ein weiblicher Gast schiebt sich auf dem Weg zur Damentoilette zwischen uns hindurch, wir beide lächeln sie an und schweigen, bis von der anderen Seite das Rauschen der Klospülung ertönt.

„Lass uns wieder rausgehen", sage ich zu ihm, kaum taucht die Frau wieder auf.

Ich wende mich zum Gehen, doch Lucas Hand streift meinen nackten Arm. Er bittet mich zu warten, da sei etwas, das er mir unbedingt sagen müsse, es klinge bestimmt absurd, aber erst jetzt sei er betrunken genug, um sich ein Herz zu fassen.

„Du hast mir gefehlt", sagt er. „Die Wahrheit ist, dass ich nie so sehr ich selbst war, wie wenn wir zusammen waren", und er ist so nah, dass ich seinen Atem spüre.

In meinen Träumen endete die Szene gleich nach dieser Stelle, und deshalb stehe ich jetzt da und habe keine Ahnung, was ich sagen soll.

Luca stammelt den ersten Vers eines meiner alten Gedichte, das über das Gespenst, und wären wir wirklich in einem Film, würde diese Szene rausgeschnitten oder umgeschrieben. Noch nie hat man einen so attraktiven Filmhelden gesehen, der sich dermaßen lächerlich benimmt.

„Du bist betrunken", erinnere ich ihn.

„Es war, wie du sagtest", beharrt er. „Ich habe mir vorgestellt, dich heimlich besuchen zu kommen, ohne zu stören, nur um sicherzugehen, dass es dir gut geht."

„Stattdessen hättest du mich anrufen und dich wenigstens entschuldigen können."

„Du hast recht, hätte ich, aber irgendwann hast du aufgehört, mit mir zu reden."

„Du hast dich für Rossella entschieden. Du bist wieder mit ihr zusammengekommen. Das hast du von Anfang an gewusst."

„Das habe ich nur getan, weil ich versucht habe, mir vorzustellen, wie es wäre, wenn du an ihrer Stelle gewesen wärst."

„Und? Was hast du gesehen?"

Meine Stimme rutscht weg, wird höher, entzieht sich meiner Kontrolle, doch Lucas Antwort ist fast nur ein Hauch.

„Nichts. Ich habe nichts gesehen."

Er nimmt mir das Glas aus der Hand und stellt es mit seinem auf die Flurkommode. Wie ein oscarverdächtiger Leonardo DiCaprio wendet er sich an mein Spiegelbild, sagt, er und ich wären nie wirklich glücklich geworden, ich sei ein ruheloser Geist, und früher oder später hätte ich ihn zurückgelassen, um woanders hinzugehen, weit fort, wie es dann auch passiert ist.

Ich frage mich, welche Geschichte er sich da erzählt, wie es sein kann, dass in seiner Welt der grausamste, unbegreiflichste und entschlossenste Part mir zufällt und er der besiegte Held ist, der nicht zu genügen vermochte.

Wie sind die Dinge wirklich gelaufen? Welchen Platz hatte die Demütigung, die ich erlitten hatte, in seiner Erzählung?

Eine übermächtige Leere bricht sich in mir Bahn.

„Denkst du nie an die Tage im Steinbruch zurück?", setzt er nach. „Fehlt dir denn nie, wie wir damals waren?"

Erst da wird es mir bewusst. Vor mir steht noch immer dieser Teenager, der sich darauf drillte, alles hinter einer Rüstung der Vollkommenheit zu verstecken, der kleine Junge, der eines Tages Freiheit mit Wut verwechselte und vor meinen Augen die alte

Wohnung seines Großvaters zertrümmerte, um gleich darauf wieder in die Reihen zurückzukehren.

„Klar denke ich daran", antworte ich, „aber im Gegensatz zu dir hoffe ich, niemals wieder zu dieser Person zu werden."

Zum ersten Mal spreche ich diese Worte aus und spüre, dass ich nicht lüge.

Mit einer unbeholfenen Geste versuche ich ihn loszuwerden wie eine lästige Fliege, stattdessen erwische ich eines unserer Gläser, das auf dem Boden in tausend kleinen Scherben zerschellt. Ein dünnes Rinnsal Blut erscheint langsam auf meiner Hand, dann spüre ich das Brennen.

„Zeig mal her", sagt er fürsorglich.

„Lass. Das mache ich allein."

Luca nimmt mein Handgelenk, pustet auf die Verletzung, aber ich entwinde mich seinem Griff und bitte ihn zu gehen. Bitte ihn eindringlich zu gehen. Es ist spät. Für einen Haufen Dinge ist es bereits seit einer ganzen Weile zu spät.

In der Landschaft ringsum haben die Hügel unter dem Feuerwerk angefangen zu brennen. Es sind die ersten Sommerbrände, sie beginnen zögerlich wie Sterne und zittern im Wind, kleine, schwache Lichtpunkte. Bis zum Ende der Jahreszeit werden sie die gesamte Flanke verschlungen haben, die lange schwarz und leer bleibt, bis die Bagger kommen und neue Baugrundstücke erschließen. Von Weitem sind diese Brände in der Tintenschwärze der Landschaft sogar schön. Man muss sich nur vorstellen, es seien neue Sterne. Mein Vater deutet darauf und redet lebhaft auf eine Gruppe Gäste ein, er sagt, unter seiner Verwaltung wären gewisse Dinge nicht passiert.

Tante Imma nimmt die Rolle der Brautmutter sehr ernst und unterhält eine Gruppe Frauen, die in der Hollywoodschaukel und in den Korbsesseln sitzen. Auch wenn ich sie nicht hören kann, weiß ich, dass sie von der Wohnung erzählt, die sie für Rossella eingerichtet hat, von der beim Antiquitätenhändler gekauften

Louis-Seize-Kommode, und dass ihr Mann sich von ihr scheiden ließe, wenn er den Preis wüsste.

Tante Clarissa sitzt lieb und artig in einer Ecke neben Pater Vincenzo und verbüßt auch am Festtag ihre Schande. Sie beobachtet alle aus der Ferne, schaut vielleicht in ihre Herzen, betet vielleicht für sie, spielt vielleicht ein Spiel und versucht mit ihren kleinen Augen, ihre Zukunft zu erraten, was sie sagen werden, wenn die Welt sich auftut und jeder über sein Leben Rechenschaft ablegen muss. Gute und Schlechte. Clarissa spielt das Jüngste Gericht.

Adele, meine Mutter, tanzt allein, singt aus voller Kehle *50 Special* mit und ändert den Text, sie tut es fern der Blicke meines Vaters, der es nicht erträgt, sie vor aller Augen eine Show abziehen zu sehen. Ich mag es, mir unter ihrem aus dem Leim gegangenen Körper und dem zu stark geschminkten Gesicht das kleine Mädchen vorzustellen, das sie gewesen ist, vor dem laufenden Fernseher und mit den Foulards unserer Großmutter, die als Prinzessinnenrock herhalten mussten. Ich bin sicher, sie ist dort, unter den zusammengekniffenen Lidern, und stellt sich vor, welche anderen Arten des Glücklichseins es sonst noch gibt, außer hin und wieder auszuflippen, solang man damit nicht aus dem Rahmen fällt.

Keine Hochzeit ohne Tränen, keine Beisetzung ohne Lachen. Das habe ich einmal sagen hören, und seitdem fällt es mir zwangsläufig auf. Bei Hochzeiten wird geweint, weil einem insgeheim bewusst wird, wie schnell die Zeit für alle vergeht – *eben waren sie noch klein, und jetzt gründen sie eine Familie* –, bei Bestattungen passiert genau das Gegenteil: Man merkt, wie viel Zeit es für uns, die Hinterbliebenen, noch gibt. Wir wissen, dass unser Moment noch nicht gekommen ist, nicht jetzt, da in diesem Sarg der kalte Körper eines anderen liegt. Abermals wurden wir verschont. Das Lachen ist Erleichterung und zugleich eine Grenzverletzung jener, die es vor lauter Leben nicht fertigbringen, die Stille zu respektieren.

Großmutter hatte es in ihrem Traum kommen sehen, sagt sie immer wieder. Langsam schreitet sie das Kirchenschiff hinunter, begleitet von Alba, die unter einer ordentlich zugeknöpften schwarzen Jacke eines ihrer pinken Kleider zu verstecken versucht. Sie nimmt in der vordersten Bank Platz, neben ihren Töchtern und deren Männern. In der zweiten Reihe sitzt die platinblonde Frau mit einem kleinen, schwarzen Schleier auf den frisch ondulierten Haaren.

Tante Clarissa ist am Tag nach Rossellas Hochzeit gestorben. Sie kam nach Hause, legte sich schlafen und wachte nicht mehr auf. Ein plötzlicher Gehirnschlag wie beim Vater Jahre zuvor, aber friedlich in ihrem Bett. Es war der Pfarrer, der Alarm schlug, derselbe Mann, der jetzt auf der Kanzel steht und sie wie eine Heilige verklärt, eine Frau, die sich zum Wohle ihrer Nächsten selbst vergaß, eine tragende Säule für die kleine Gemeinde. Pater

Vincenzo ist nicht mehr jung, aber auch nicht alt, das mit Lack festgesprühte Haar sitzt als fester Block auf seinem Kopf und macht aus ihm eine mehr oder weniger geistliche Version von Barbies Ken. Clarissa war vom Rosenkranz um sieben Uhr morgens bis zur Messe um sieben Uhr abends mit ihm zusammen. Sie schlief friedlich, als er sie auffand. Ihre Hände waren bereits totenkalt (und während er das sagt, bricht seine Stimme).

Es ist ein schwüler Tag Ende Juli. Großmutter schafft es nicht, bis zum Friedhof zu gehen, sie kann sich allein nicht auf den Beinen halten, also biete ich an, sie zusammen mit Alba nach Hause zu bringen und bei den Vorbereitungen für den Empfang zu helfen.

„Ich war überzeugt, er würde für mich kommen", sagt die arme Alte immer wieder. „Ich war überzeugt, ich hätte von mir geträumt."

Ich richte den großen Holztisch in der Mitte des Wohnzimmers her, schaffe Platz für den *consolo*, den Leichenschmaus, den die Nachbarn in Aluminiumformen mitbringen werden, damit die trauernde Familie sich um nichts anderes kümmern muss als um ihre Verzweiflung. Großmutter nimmt wieder im Schaukelstuhl Platz, sie hat einen kleinen Plüschteddy hervorgeholt und drückt ihn sich wie ein kleines Mädchen gegen das Zwerchfell. Alba bedeutet mir, ihr auf den Balkon zu folgen und ein bisschen Luft zu schnappen, ehe alle eintreffen. Durch die dunstige Schwüle jenseits der Wohnhäuser ist der nackte Stein der zerfressenen Berge zu sehen.

„Deren Schuld, dass man im Sommer in der Stadt nicht atmen kann", sagt sie. „Der Stein wird kochend heiß und lässt uns allesamt ersticken. Aber irgendwie muss man eh sterben, für Clarissa ist es gelaufen wie für ihren Vater. Friede ihrer Seele." Mit einer Hand schlägt sie ein Kreuz und besiegelt es mit einem Kuss auf die Fingerknöchel.

„Der Pfarrer hat schöne Worte gefunden", bemerke ich. „Er schien sie gut zu kennen, offenbar waren sie richtig eng befreundet."

Alba bricht in ein Lachen aus, das klingt, als hätte sie es schon lange zurückgehalten und seit Beginn der Messe in sich gären lassen.

„Freunde! Du bist ja süß!" Sie legt ihre verhornten Hände auf meine nackten Schultern. Sagt, Clarissa und der Geistliche seien ein Liebespaar gewesen. Sie sagt es voller Gewissheit, sieht mir in die Augen und achtet tunlichst darauf, leise zu sprechen, damit Großmama bloß nichts davon mitbekommt.

„Woher willst du das wissen?", gebe ich zurück, genervt von ihrem besserwisserischen Ton. Genauso muss sie sich an meinen Vater gewandt haben, als sie ihm vor Jahren den Floh ins Ohr setzte, ich würde harte Drogen nehmen.

„Die Leute reden, Clara, und ich kann eins und eins zusammenzählen", erklärt sie. „Woher sollte der Priester sonst ihre Wohnungsschlüssel haben? Deine Tante ist gestorben, weil Schmerz und Schuldgefühle sie zerfressen haben, glaub mir. Genau wie der Vater, ganz genau wie der Vater."

Ehe ich etwas antworten kann, klopft es an der Tür. Alba geht öffnen, und ich wende mich meiner Großmutter zu. Energisch greife ich mir eine ihrer Hände, mit denen sie noch immer den Teddy umkrallt, als wäre das kleine Tier ein Stück Felsen, an das sie sich um jeden Preis klammern muss, um nicht abzustürzen. Mit einer Form dampfender Lasagne betritt die erste Menschengruppe das Zimmer.

„Eine Heilige ist von uns gegangen", sagt jemand.

Der Leichenschmaus beginnt.

Wir quetschen uns alle ins Wohnzimmer, Ellenbogen an Ellenbogen, und es sind so viele Menschen, die vorbeischauen, kommen und gehen und Ofenformen aller erdenklichen Größen und Inhalte vorbeibringen, dass die Tür offenbleiben muss und die Leute sich bis auf den Treppenabsatz drängeln. Der Pfarrer sitzt neben meiner Großmutter, zusammen mit meiner Mutter und Tante Imma, die Clarissas Leben episodenhaft Revue passieren lassen. Pasquale und Renato drücken Hände, die sie nicht kennen, vornehm in ihren gestärkten schwarzen Anzügen. Morgen werden sie nach Australien aufbrechen. Sie werden ihren Vater besuchen. Hinter ihren rotgeweinten Augen liegt die seltsame Euphorie von Menschen, die zum ersten Mal etwas Eigenes tut.

Clarissa, die Fromme, Clarissa, die Heilige, Clarissa verliebt. Statt Empörung, Anstoß oder Überraschung, ruft diese – von Alba mit vielsagendem Blick vorgetragene – Erzählung in mir unendliches Mitleid für die Verstorbene hervor.

Noch immer drängen die Leute ins Zimmer, die Hitze ist erdrückend und ich stehe mit einem leeren Plastikteller in den Händen da.

„Wann kommst du wieder, Clara?", werde ich gefragt.

„Und wann heiratest du?", erkundigen sie sich.

„Du musst dich ranhalten, wie soll das sonst mit dem Kinderkriegen klappen?"

Aus der Entfernung beobachte ich die Frauen meiner Familie, die, die sie waren, und die, die sie sind. Ich durchschaue ihr Lächeln und ihre unerfüllten Wünsche: Immer Ja sagen, herzlich und zugewandt sein, auch wenn in dir die Wut explodiert und dein Mann sich am Tag der Beerdigung deiner Schwester mit seiner Geliebten im Badezimmer eingeschlossen hat; auch wenn du dein Leben für die Karriere deines Lebensgefährten geopfert hast und nun feststellst, dass du dich an nichts festhalten kannst, das dir gehört; auch wenn alle ringsherum deine Hand nehmen, weil deine Tochter gestorben ist, und du genau weißt, dass sie denken, es hätte dich treffen sollen, stattdessen bist du noch da und lässt sie Geld für die Pflegerin ausgeben, zwingst sie, sich an den Wochenenden abzuwechseln und ein schlechtes Gewissen zu haben, wenn sie in den Urlaub fahren. Ich schiebe mich an die frische Luft, um die toxische Dumpfheit loszuwerden. Rossella ist dort, die Ellenbogen auf das Geländer gestützt, und blickt auf ihr Handydisplay.

Meine Cousine ist am 1. Januar um vier Uhr morgens geboren. Genau einen Monat später, am 1. Februar, sollte ich geboren werden. Ein Steinbock und ein Wassermann. Sonntags nach dem Mittagessen, wenn unsere Mütter halfen, die Küche aufzuräumen, warteten Rossella und ich drauf, dass auf Telecapri das Horoskop gesendet wurde, dann wechselten wir uns ab. Ich hörte mir ihres an, sie hörte sich meines an, mit der Abmachung, der anderen schlechte Neuigkeiten zu ersparen. Wir verschwiegen sie, münzten sie manchmal ins Gegenteil um und achteten tunlichst darauf, die andere nicht zu beunruhigen. So begannen wir die Woche, aufgeregt, dem Glück entgegenzugehen.

In der vierten Grundschulklasse hatten wir auf der Toilette im Hof neben den Waschbecken eine Ausgabe der Zeitschrift *Astrella* gefunden. Später fanden wir heraus, wo die Schülerinnen des pädagogischen Gymnasiums sie versteckten – dritte Tür hinter dem Eingang, eingeklemmt zwischen dem Spülkasten und der Wand, fern der Blicke der Nonnen, die angefangen hatten, jeden Gegenstand zu beschlagnahmen, der mit Astrologie zu tun hatte. Ende der Neunziger hatten die Lehrerinnen eine Menge zu tun, weil die Girlie-Zeitschriften mit ihren Neonfarben und Rosatönen wie Drogen unter den Schulbänken der größeren Mädchen kursierten, was die Faszination der Kleineren, die vom Geheimnis der Sterne noch ausgeschlossen waren, zusätzlich steigerte. Eingeschlossen hinter der von Feuchtigkeit verzogenen Holztür, versteckt im Geräusch der tropfenden Wasserhähne, der nachlässig betätigten Spülungen und der Heizungsrohre über unseren Köpfen, lernten wir die Erd-, Wasser- und Luftzeichen kennen.

„Jetzt verstehe ich", hatte Rossella gesagt. „Das ist der Grund, warum wir immer zusammenbleiben müssen", fügte sie hinzu und zeigte mir unsere beiden Sternzeichen auf dem glänzenden Papier. „Ich bin Erde, du bist Luft. Wenn ich nicht mir dir zusammen bin, drohst du zu fallen, wenn du nicht mit mir zusammen bist, kann ich nicht atmen."

Während ich sie auf dem Balkon der trauernden Wohnung von hinten ansehe – die seit wenigen Tagen frischgebackene Braut –, muss ich daran denken, wie sich die Menschen alle möglichen Tricks ausdenken, um weiterleben zu können und Verluste wettzumachen. In all diesen Jahren der Distanz, würde ich ihr gern sagen, bin ich etliche Male gefallen. Ich bin mir sicher – ich weiß es –, dass auch ihr die Luft weggeblieben ist. Jenseits der geschlossenen Tür des Schulklos hatte sie der Hof zur Komplizin des endemischen Banns gemacht, der unsere Stadt getroffen und sie nicht mehr losgelassen hatte, der Hof als Panoptikum eines Gefängnisses, in dem alle kontrolliert werden und alle kontrollieren, alle verurteilt werden und alle verurteilen, bei der Stange gehalten nicht durch freien Willen, sondern durch Angst.

Der Glitter, der kaum zwei Tage zuvor ihre Wangen schimmern ließ, ist noch immer da, will sich nicht fortwaschen lassen. Das zu einer Seite gekämmte, offene Haar trägt noch immer die Wellen des Lockenstabes und den beißenden Haarlackgeruch. Rossella hört mich kommen, dreht sich um, begrüßt mich mit einem Tonfall, der das perfekte Gleichgewicht zwischen Kummer und Heiterkeit hält.

Es ist das erste Mal, dass ich mit ihr sprechen kann, seit ich ihr Tagebuch gelesen habe.

Sie fragte mich nach dem Fest, nach Agata, nach der Musik, dem Essen, den Kleidern der Gäste. Dann kommt sie wieder auf Tante Clarissa zu sprechen und nennt ihren Tod eine unerwartete Tragödie.

„Das haben sie von deinem Unfall auch gesagt", bemerke ich.

Sie streicht sich mit der rechten Hand über die Schläfe, eine instinktive Geste.

„Erinnerst du dich wirklich an nichts mehr?"

„Die Ärzte sagen, ich soll mich nicht überanstrengen", antwortet sie gelassen.

„Erinnerst du dich nicht, dass wir an dem Tag verabredet waren?", frage ich.

Sie zuckt die Schultern.

Wir sind allein, aber zwischen uns sind dieser Unfall und ihr kurzes Zögern, Leo und der Tag im Park beim Venusteich, ihre Hände, die sich berühren, blass wie die Kleider, die sie tragen, die vom unter der Haut pulsenden Blut geröteten Lippen.

„Ich habe dort am Platz auf dich gewartet, und zwar ganz schön lange."

Rossella lächelt friedvoll und mitleidig.

„Du hast gesagt, wir müssen reden, wir müssten Zeit für uns finden, du müsstest mir etwas sagen ..."

Sie schüttelt sacht den Kopf.

„Du wolltest mit mir reden", wiederhole ich.

„Erinnern ist schmerzhaft für mich", sagt sie. Und ich werde nie erfahren, ob sie einen körperlichen Schmerz meint oder einen, der tiefer geht, den man nicht benennen kann, aber den ich erahne.

„Ich habe dein Tagebuch gefunden", gestehe ich, „und den Brief, den du mir nie geschickt hast." Ich spucke die Worte aus wie eine bittere Pille.

In der Wohnung ist das Geplauder der Gäste um meine Großmutter eine atmende Wolke, die anschwillt und schrumpft, Höhepunkte erreicht und dann in flüchtiges Schweigen verfällt, denn Schweigen ist grausam, im Schweigen wird die Verzweiflung eines jeden offenbar, also muss man reden, wieder über nichts reden, über die Einkäufe, die Hitze, die soeben gefeierte Hochzeit, über die Sommerlektüre, den Urlaub, die neuen Lokale an der Küste, die Blitzdiäten aus der Gesundheitsbeilage.

Rossella sieht mich reglos an.

Das, was mir über die Lippen kommt, ist eine ungefragte Rechtfertigung. Ich bin wieder im Beichtstuhl, bin ein Kind, knie auf dem purpurfarbenen Samtkissen, das nach Staub mufft. Ich zähle dem Pfarrer meine Sünden auf und schlage mir heftig, immer heftiger gegen die Brust, um für meine Schuld zu büßen, mich reinzuwaschen, sie loszuwerden.

„Ich musste es wissen."

„Was wissen?", versetzt sie und wird zum ersten Mal laut. „Was wissen?", wiederholt sie und senkt die Stimme.

„Ich musste wissen, ob du dieses Auto abgewartet hast, statt ihm auszuweichen, ob du es darauf abgesehen hast, weil es dir als die einzige Möglichkeit erschien …"

„Die einzige Möglichkeit *für was*?"

Die Worte, die man sagen möchte, sind anders, wenn man sie ausspricht. Laut ausgesprochen, stoßen sie gegen andere Körper im Raum, setzen Mechanismen in Gang, kehren zu einem zurück, greifen an, entfachen einen Sturm.

Ich bin Erde und du bist Luft.

„Hast du diesen Zusammenstoß mit dem Auto gewollt?"

Die Stimmen in der Wohnung verebben, es wird still. Für einen Augenblick, der so lang ist wie unser ganzes Leben, sagt keine von uns beiden ein Wort. Wir blicken einander an.

„Ich habe das über Leonora gelesen. Ich habe die U-Bahn-Fahrkarte aus Mailand gesehen: Sie war abgestempelt. Bist du sie suchen gefahren? Warst du bei ihr, als du spurlos verschwunden bist?" Rossella weiß, dass ich keinerlei Recht habe, ihr diese Fragen zu stellen, sie weiß es, sie sagt es mir, ich weiß es ebenfalls, aber es ist völlig zwecklos.

„Was willst du von mir hören, Clara?"

„Ich will wissen, wieso du verschwunden bist, ich will, dass du mir sagst, dass du es nicht mehr ertragen hast."

Ihr entspanntes, strahlendes Gesicht verdüstert sich, wird hart.

„Glaubst du, du bist die Einzige, die machen kann, wonach ihr der Sinn steht? Wurmt es dich zu wissen, dass ich hin und wieder auch etwas getan habe, das gegen die Regeln verstößt?", argwöhnt sie. „Ich wollte eine Freundin wiedersehen, das ist alles, und jetzt reicht es mit deinem Verhör. Aber willst du wissen, was ich denke? Dass du weggegangen bist, weil du hier ein Niemand warst, und das konntest du nicht ertragen. Du bist weggegangen und glaubst, du bist was Besseres als die, die geblieben sind, besser als alle, besser als ich."

Ich würde ihr gern sagen, dass sie sich irrt.

In meinem Kopf sage ich mir immer wieder, dass das so nicht stimmt. Hör zu, Rossella, hör einfach nur zu.

„Du warst immer eifersüchtig auf Luca und mich", sagt sie, als wäre ihr das ganz plötzlich aufgegangen. „Deshalb bist du so. Glaubst du, das hat er mir nicht erzählt? Glaubst du, mein Mann hätte mir nicht gesagt, wie du ihm auf dem Gymnasium nachgeschmachtet hast, als wir Schluss gemacht hatten?"

Sie sagt: „Mein Mann". Zwei Worte, die sie wie eine Mauer zwischen uns hochzieht.

„Das stimmt nicht", flüstere ich. Eine Million Worte stapeln sich auf meinen Lungen, ich kann sie weder hinunterschlucken noch ausspucken.

In dem Moment kommt meine Mutter zu uns auf den Balkon, sie hat kleine Schweißperlen am Haaransatz, seit den Tränen in der Kirche hat sie sich das verschmierte Augen-Make-up noch nicht abgewischt.

„Ich kann es einfach nicht fassen", sagt sie.

„Stimmt", antwortet Rossella.

Ich lasse sie allein und gehe wieder hinein, um Großmama zu umarmen, die noch immer ihren Teddy an sich drückt, auf den Boden starrt und hin und wieder ein Lächeln für die andeutet, die mit ihr reden. Ich umarme sie so fest ich kann, dann suche ich in der Jacke meines Vaters nach den Autoschlüsseln und gehe, dränge mich zwischen den Leuten hindurch, die noch immer im Zimmer stehen und essen, Leute, die auf unterschiedlichste Arten lachen, um sich daran zu erinnern, dass sie noch unter den Lebenden sind.

Ende Juli ist die Stadt fast menschenleer, der von Gehsteigen gesäumte dunkle Asphalt ist ein friedlicher Kanal reglosen Wassers. Mit dem Auto fahre ich die Straßen des Zentrums entlang, komme an der Kirche von Sant'Antonio und einer Gruppe alter Damen vorbei, die sich vor den plakatierten Todesanzeigen drängen. Ich lasse die Mittelschule und das humanistische Gymnasium hinter mir, durchlaufe die Geschichten, die zu mir gehören, rückwärts bis zum Rathausplatz und von da aus zum Marktplatz, die Vergangenheit ein Hologramm, das sich auf einer leeren Bühne bewegt.

An manchen alten, verwitterten Mauern kleben die Zeichen des Festes. Schwarz auf gelbem Papier stehen dort die Grußbotschaften für die Heilige, die morgen zur Abschlussprozession auf den Schultern der Träger des Viertels vorbeigetragen wird, die angespannten Muskeln prall und braun unter dem Holz der Balken. Männer verschiedener Generationen: Väter, Söhne, Brüder. Starke und somit echte Männer. Die Stadt zwischen den zerfressenen Bergen, vierzig Kilometer vom Meer entfernt, verwandelt sich des Sommers und begehrt auf, wird zur Stadt derer, die nach Gnade suchen, zur Stadt der No-Name-T-Shirts, der fettfleckigen Trainingsanzüge Marke Legea, der selbst gefärbten Haare, mit Ammoniak, das auf der Kopfhaut brennt.

Wir haben das Fest der heiligen Anna nie gesehen. Wir Töchter aus gutem Haus, die jeden Sommer Ende Juni zu unseren Häusern am Meer aufbrachen und in den Schubladen kleine Nachrichten für unsere Rückkehr im September versteckten; in einer noch veränderlichen Handschrift fragten wir uns allzu früh, ob dies der Sommer unseres ersten Kusses sein würde. Im Sommer ist die Stadt ein Karneval des Rollentauschs, sie bietet sich denen an, die sie sich während der Wintermonate nicht leisten können, wenn die Bars und Restaurants voll sind mit Menschen, deren Hände zart und ohne Schwielen sind.

Die Videos der Prozession auf TeleLuna gleichen sich über die Jahre, man kann sie nur an der Filmqualität oder der Auflösung unterscheiden. Adele, Imma und Clarissa palen grüne Bohnen am Küchentisch des Hauses am Meer, sie sind Kinder, dann junge Mädchen, hocken kniend auf den Stühlen. In der Zimmerecke spricht der leise laufende Fernseher von der Stadt, von der sie Pause machen, eine Nahaufnahme von den angestrengten Gesichtern der Gläubigen, während sie die Statue der Heiligen anheben, dann Schwenk auf die Musikkapelle. Jahre später sitzen Rossella und ich mit aufgeschlagenen Büchern an demselben Tisch mit der Wachstischdecke, um nach dem Mittagessen die Schulaufgaben für die Ferien zu erledigen. Im Fernsehen, zwischen den Männern und Halbstarken, die die Heilige tragen, ist immer ein kleiner Junge, der mit der Schulter kaum an den Balken reicht. Jedes Jahr, jedes Jahrzehnt, spannt er den Bizeps an, um den anderen zu zeigen, dass er es schafft. Ein leichter Bartflaum liegt wie ein Schatten auf seiner Oberlippe. An dem Abend wird der Vater ihm zum ersten Mal zeigen, wie man sich rasiert.

Ich fahre durch die leeren Straßen und erkenne sie fast nicht wieder. Ich treibe das Auto nach Casertavecchia hinauf, ohne genau zu wissen warum, bis die Zeit sich in einen beliebigen Schulmorgen verwandelt, an dem wir nicht gelernt haben und uns mit den Mopeds oben unweit der Burg verstecken, uns einen Joint drehen, bekiffter tun, als wir wirklich sind, den Husten unterdrücken, um nicht zu zeigen, dass wir noch nicht inhalieren können.

Es war einmal eine Stadt, in der alles aus Plastik war. Es gab Plastikblumen und Plastikblumentöpfe, und auch die Erde war, wenn man genau hinschaute, aus Plastik. Aus Plastik war die Gießkanne, mit der die Leute so taten, als würden sie die Pflanzen gießen, aus Plastik waren die Menschen selbst, ihre perfekte Haut, die undurchlässig war wie ihre makellosen Leben. In der

Plastikstadt hielten sich alle perfekt an ihre Rollen, jeder spielte seinen Part und blieb an seinem Platz. Alles war vorhersehbar, weil alles den Regeln folgte: Das war das Geheimnis, um jede Störung fernzuhalten. Manchmal, nur manchmal, wenn das Licht bei Sonnenuntergang in einem bestimmten Winkel fiel, sahen manche echter aus als andere, aber nur für einen Moment. Ein Schauder des Entsetzens rieselte dem über den Rücken, der die Anomalie bemerkte und nicht recht begreifen konnte, ob es wirklich passierte oder ob es die Hitze war, ein schwüler Windstoß, der, zusammen mit dem Staub, von den Bergen herunterwehte.

Ich werde Rossella nichts mehr fragen. Welchen Sinn hätte das? Dennoch werde ich häufig an ihre Tage in Mailand denken, an diesen Moment in der Schwebe zwischen zwei Leben. Ich werde mich auch weiterhin fragen, ob sie Leo damals wirklich kontaktiert hat und ob sie sich – nachdem sie keine Antwort erhielt – allein in ein zu kleines Hotelzimmer zurückzog. In einer anderen Version der Geschichte hat Rossella am Tischchen eines Cafés in Brera auf die Freundin gewartet und eine Modezeitschrift durchgeblättert, wie sie es gern tat, um sich die Zeit zu vertreiben, bis sie sie am Arm eines zwanzig Jahre älteren Mannes über die Straße kommen sah. Leo immer noch majestätisch wie dunkler Samt.

In einer dieser Welten hat Rossella sie angesprochen und ihr gestanden, dass sie alles falsch gemacht hat, dass sie ihr vor einer Ewigkeit hätte sagen sollen, was sie empfand, dann wäre sie – auch wenn dieses Gefühl unerwidert bliebe – wenigstens ehrlich gewesen, ein anderer Mensch als der, zu dem zu werden sie sich verpflichtet hatte.

Die lautlos explodierenden Welten der Leben, für die wir uns nicht entschieden haben, sind endlos. Wir bewegen uns vorwärts, und jeder Schritt ist ein Meißelschlag auf den Marmorblock, den wir behauen.

Es gibt noch eine versteckte Falte im Zeitmantel, in der Luca an jenem Maitag nie eine Rauferei mit seinem Mitschüler vom Zaun gebrochen hat. In dieser Welt ist ihm die Aussicht, vor seinem Rudel schwach zu erscheinen, kein bisschen peinlich, und ebenso wenig schert es ihn, seinen Besitzanspruch auf ein Mädchen zu verteidigen.

Wenn man genau hinsieht, ist in diesen Leben in der Schwebe auch Platz für mich. Ich habe das Mädchen vor Augen, das ich war – linkisch unter Schichten schlabbriger Klamotten –, aber ich bin auch mutig und stolz, und mir ist alles egal, außer dass Luca und ich glücklich sein können, an endlosen Nachmittagen auf dem Skateboard, an denen ich aufhöre zu glauben, dass ich keine Liebe verdiene, dass die Liebe nur ein Preis für Standardkörper ist, nicht für meinen, nicht für mich.

In der gegenwärtigen Welt – die wir uns ausgesucht haben – bleiben Clara, Luca und Rossella drei unglückliche Existenzen, die einander nachliefen, ohne sich je zu berühren. Wir hetzten eine Kreisbahn entlang, auf der anzuhalten uns untersagt war. Hätten wir uns bloß länger angeschaut, als Zeit dazu war, hätten wir uns bloß eingestanden, dass wir müde waren, dann hätten wir aus Trotz die Richtung gewechselt, einander umgerannt, uns wieder hochgerappelt und unseren Weg auf einem wilden Pfad fortgesetzt.

Von oben gesehen, ist die Stadt ein ausgerollter Teppich, einer von diesen Spielteppichen für Matchboxautos mit Straßen und Ampeln und Häusern und einer Schule – alles am richtigen Platz. Von der Burg aus bei Sonnenuntergang gesehen, wird meine Stadt schüchtern, die Fenster werfen das Licht als schwaches Flimmern zurück, als wollten sie jemandem in der Ferne ein Signal senden, eine Geheimbotschaft für die vorbeiziehenden Flugzeuge.

Zum Ende des Sommers füllt sich der mittelalterliche Ort mit Menschen, in der Burg gibt es Konzerte, auf dem Kirchplatz machen berühmte Schriftsteller einander die Bühne streitig, sonnen sich ein wenig in den Blicken der Leute, werden ein wenig nervös wegen der Neugeborenen, die nicht aufhören zu schreien, während sie über Weltsysteme diskutieren. Im Winter aber durchqueren die wenigen Bewohner die steinigen Gassen und tragen Brennholz in ihre Häuser, jemand zieht Schneeketten auf die Reifen seines Autos, andere stellen es unter, damit es nicht einfriert, denn vor der weihnachtlichen Mitternachtsmesse muss man sowieso nirgendwohin.

Aber im Juli, Ende Juli, ist Casertavecchia voller Familien, die gekommen sind, um frische Luft zu schnappen, weil man in der Stadt fast erstickt. Es ist das erste Mal seit Jahren, dass ich wieder herkomme, vielleicht überhaupt das erste Mal im Sommer. Ich bin zur Burg hinaufgestiegen und dann eine der engen Gassen bis zum Aussichtspunkt entlanggewandert, der still und leer ist, während sich die Menschen grüppchenweise auf den Weg in die Tavernen machen.

Der Himmel stürzt auf die Stadt im Tal nieder, und fast hat

man das Gefühl, in Miami zu sein. Jemand hat einen Bildstock für die Madonna errichtet und ein paar Palmen danebengepflanzt, die bald eingehen werden wie alle Dinge, die nicht an einen Ort gehören.

Der Torre dei Falchi hinter mir ist bereits dunkel. In den Siebzigerjahren war hier alles voller Müll und Abfall, die Nagetiere kamen ungestört vom Wald in die Festung, bis eine Hippieschar sich daranmachte, dort gründlich aufzuräumen. Sie kamen aus aller Welt: aus Kanada, Polen, Ungarn. Sie schliefen bei Gastfamilien, halfen ihnen bei der Ernte und schufteten bis abends in den Gemäuern der Burg, um sie wieder zum Leben zu erwecken. Sie waren glücklich. Noch heute sieht man ab und zu einen weißhaarigen Fremden durch die kleinen Gassen zur Kirche wandern, einen Auswärtigen, der kein Tourist ist und dessen Blick an unbedeutenden Kleinigkeiten hängen bleibt: nicht an einer Fiale oder einem Bogenfenster, sondern an einem im Pflaster der Steigung eingefassten Stein. Nicht an der Aussicht, nicht an den engen Dächern der Häuser, sondern an einem ganz normalen, nichtsagenden Seiteneingang. Dann stelle ich mir vor, es wäre einer der jungen Leute von damals, der nach Jahren an den Ort zurückgekehrt sind, an dem er sich zum ersten Mal verliebt hat. Er kam aus einem Land des ehemaligen Jugoslawien oder aus dem falschen Teil Berlins, er kam aus Algerien oder Marokko, er kam vom Meer. In der Festung hatte er ein Mädchen mit zu vielen Meilen in den Schuhen geliebt, und im Morgengrauen waren sie gemeinsam aufgewacht, um sich wieder an die Arbeit zu machen, solange die Sonne noch nicht zu hoch stand.

Viele Jahre vor dem Bau des Königspalastes begann die Burg zu verfallen. Die neue Stadt entwickelte sich zu Füßen der alten, schroffen und steilen. Caserta ist für die Untertanen geboren, auf dass sie immer Untertanen blieben, immer im Visier, unter Kontrolle, in Erwartung eines Zeichens der Anerkennung seitens der Mächtigen. Auch die Natur innerhalb der Schlossmauern scheint den menschlichen Gesetzen aus Ordnung und Prunk zu gehorchen, während man hier auf der Burg eine uralte, wilde Luft atmet, und man muss aufpassen, in den Winternächten dort nicht zu lange betrunken unterwegs zu sein, denn Wölfe und Wildschweine haben keine Angst vor dem Menschen, der nur eine Kreatur unter vielen ist.

Ich betrachte die Stadt von oben, und sie zeigt sich in all ihrer Zerbrechlichkeit. Ich sehe die Einsamkeit der Häuser, in denen nach und nach die Lichter angehen, Fächer und Schachteln mit gesonderten Leben darin, starre, hinter sich selbst gefangene Masken.

Einigermaßen erfolglos versuche ich, die Inseln am Horizont zu erkennen, als ich Schritte näherkommen höre. Es ist eine Frau mit erdverschmiertem Gesicht, das Haar unter einem Cowboyhut zusammengenommen, in den Händen einen nachlässig in Zeitungspapier eingeschlagenen Kopfsalat. Sie kommt zu mir und legt ihr Bündel neben sich auf ein Mäuerchen, wischt sich mit zwei kurzen Schlägen die Erde von den Händen, dann nimmt sie den Hut ab, zieht einen Bleistift aus dem Haar und lässt den aschfarbenen Lockenwust über die Schultern fallen.

„Wie schön, dich wiederzusehen, so eine Überraschung", sagt Flavia zu mir. So aus der Nähe, ohne Schminke, zeigt ihr Gesicht all die vergangenen Jahre.

„Es tut mir sehr leid wegen deiner Tante", murmelt sie sanft. „Wie du siehst, erreichen einen die Neuigkeiten auch, wenn man auf dem Berggipfel lebt."

Mit erdverdreckter Hand streichelt sie mir über die Schulter. Sie weiß auch alles von Rossella, von ihrem Unfall in genau dem Moment, als wir uns zum ersten Mal in der Bar am Platz wiederbegegneten; sie weiß von der verschobenen und gerade gefeierten Hochzeit.

„Wie geht es ihr jetzt?", fragt sie. „Wie geht es Rossella?"

Als ich ihren Namen höre, stürzt die geballte Last unserer letzten Begegnung auf mich nieder.

„Gut, glaube ich. Ich hoffe es. Keine Ahnung."

„Verstehe", sagt Flavia, und vielleicht weiß sie nicht, was ich meine, aber irgendwie scheint sie es zu ahnen. „Mit der Zeit werdet ihr wieder miteinander reden."

Sie sagt, ich solle Geduld haben, jeder von uns habe seine eigene Zeit, um die Dinge zu verarbeiten und über sie sprechen zu können. Das Beste, was wir tun können, ist, eine Tür offen zu halten, als diskreten Wink an die anderen, dass wir da sind, wenn sie uns brauchen.

„Du bist sehr weise", sage ich. „Ich hoffe, du hast recht."

„Nach all dem, was mir passiert ist, habe ich ein bisschen was gelernt", antwortet sie. „Und du, Clara?"

„Ich was?"

„Wie geht es dir?"

Ihre Frage ist diskret und trifft mich dennoch heftig. Ich antworte mit diesem Lächeln, das man mir immer dann aufzusetzen beigebracht hat, wenn man nicht recht weiß, was man sagen soll, oder die Sache nicht vertiefen will.

„Also lebst du jetzt hier?", frage ich.

Sie nickt, dann nimmt sie ihr Bündel Grünzeug und fordert mich auf, ihr zu folgen.

Wir durchqueren ein Knäuel grauer Gassen bis zu einem großen Hoftor, hinter dem ein Motorrad parkt. Zwei blonde Kinder spielen im Licht einer Straßenlaterne Himmel und Hölle, werfen Kreidestücke auf den Boden und hüpfen hinterher. Kaum treten wir ein, legt sich die unerwartete Kühle des Hauses auf die von draußen erhitzte Haut. Flavia wäscht sich die Hände, gießt Limonade in zwei Gläser, dann lassen wir uns beide ins Sofa sinken.

„Gefällt es dir?", fragt sie und mustert die drei Dimensionen der Wohnung, als wollte sie meinen Blick auf wichtige Details lenken. „Wir haben es zusammen gebaut, mein Mann und ich. Wir haben mehrere Jahre woanders gelebt, dann haben wir beschlossen, zurückzukehren. Sein Großvater hatte ihm ein Stück Land gleich hinter dem Dorf vererbt, also haben wir überlegt, ganz von vorn anzufangen. Wir bauen Obst und Gemüse an, das meiste für uns selbst, den Rest verkaufen wir. Hin und wieder mache ich ein paar Schichten in der Bar unten in der Stadt, aber hier haben wir alles, was wir brauchen, ich kann mich meiner Kunst widmen und Riccardo muss nicht auf seine Musik verzichten."

In den Ecken der Wohnung hängen Kristalle und Skulpturen aus Stein und Schnur, kleine Steine mit gemalten Gesichtern liegen auf der Fensterbank und begrüßen den kommenden und gehenden Tag. Auf dem Kamin steht das Foto eines hochgewachsenen Jungen mit langen Haaren und einem geschulterten Rucksack auf dem Gipfel irgendeines Berges in Asien.

„Ist das dein Mann?", frage ich, und sie fängt an zu lachen.

„Das ist Giacomo, mein ältester Sohn. Inzwischen ist er fast zwanzig. Letztes Jahr ist er zu einer Weltreise aufgebrochen. Er ist genauso verrückt wie sein Vater."

„Und Tonio?"

„Tonio geht es auch gut, er ist mitgefahren. Er hat ein Sabbatical genommen, er ist ein renommierter Informatiker geworden und lebt seit vielen Jahren in Frankfurt, aber er ist ganz vernarrt in seinen Neffen, er würde alles für ihn tun."

In Flavias Leben gab es keine Zigeunerin. Die Geschichten über sie entstammten allesamt der Fantasie einer gelangweilten Stadt. Mit fünfzehn war sie schwanger geworden, von einem Jungen mit Motorrad und dunkler Sonnenbrille. Als sie verkündet hatte, sie wolle das Kind behalten, hatten die Eltern sie aus der Stadt und nach Modena gebracht, wo der Vater geschäftliche Kontakte hatte. Der Junge mit dem Motorrad war ihr gefolgt, er wollte bei dem Kind sein, also hatte er gewartet, bis Flavia achtzehn wurde und sie zusammenleben konnten. Eines Tages wurde ihm ein kleines Stück Ackerland vererbt, und sie beschlossen, wieder dorthin zurückzukehren, wo alles angefangen hatte. Keiner der beiden scherte sich um die Gerüchte oder um die Schande. Das, was die anderen Skandal nannten, war ein aufgeweckter Junge, der seinem Vater ebenso ähnlich sah wie seiner Mutter, und genau wie sein Vater und seine Mutter war er neugierig auf die Welt und freundlich und frei.

Ich mustere Flavia, die vor mir sitzt, schön, wie nur unbeschwerte Menschen es sein können. Ihre Ausgeglichenheit ist strahlend, geerdet, ansteckend. Zum zweiten Mal im Leben ertappe ich mich bei der Vorstellung, wie sie zu sein: Ein Mensch, der weiß, was ihn glücklich macht, und sich darauf einlässt, diesem Gefühl gänzlich nachzugehen. Ich kippe den letzten Schluck Limonade hinunter, bedanke mich und sage, es sei Zeit aufzubrechen.

„Mein Flug geht morgen in aller Frühe, ich kehre nach London zurück", lasse ich sie wissen, und sie lehnt sich auf dem Sofa zurück, als wollte sie mich besser in Augenschein nehmen.

„Ich bin froh, dass du es aus dem Hof dieser Schule hinausgeschafft hast", bemerkt sie.

„Wir haben es beide geschafft", sage ich und nehme noch einmal die Wände dieses Zimmers in den Blick, in dem jeder Gegenstand mit Berührung des Lichts lebendig zu werden scheint.

„Das hatte ich im Gefühl, weißt du?", fügt sie hinzu.

„Was denn?"

„Dass du dich mit den Antworten der Erwachsenen nicht zufriedengeben würdest. Das konnte ich an der Art sehen, wie du durch meine Zimmertür spähtest und glaubtest, keiner würde dich sehen, du sahst aus wie Indiana Jones vor dem verbotenen Tempel."

„Dann wusstest du es?"

Sie nickt.

„Auch dass ich dir die Kassette geklaut habe?"

„Auch das. Ich hoffte regelrecht, du würdest sie nehmen, und dann hast du es getan. Jedes Mal, wenn du bei uns warst, bist du drum herumgeschlichen, mir war klar, dass du sie haben wolltest, und ich habe dich machen lassen."

„Weshalb?"

„Es war richtig so."

Flavia lächelt, dann stehen wir gemeinsam auf und sie bringt mich zur Tür.

„Komm, wann immer du willst, komm mich besuchen, ich zähle drauf", sagt sie auf der Schwelle. „Wir gehen zusammen Äpfel ernten. Wir warten nicht, bis die Erdbeeren reif sind, lass nicht ein ganzes Jahr vergehen."

Eines Abends warte ich am Tresen des Shacklewell Arms vor einem Pint Red Stripe. Ich habe Tomás eine Nachricht geschickt und ihn gebeten, zu mir zu stoßen.

Das ist kein Date – habe ich geschrieben – *ich muss mit dir reden.*

Das Mädchen am Zapfhahn hat soeben einen Blick mit einem Gast in der Ecke gewechselt. Ich wette, es ist nicht das erste Mal, das er auf einen Drink hierherkommt, und vielleicht ist sie der Hauptgrund. Sie trägt ein ärmelloses Top aus weicher rosa Wolle, das mit ihren blassen, buttrigen Armen verschmilzt und über dem Busen weit ausgeschnitten ist. Er redet mit Freunden, folgt mit einem Auge dem Fußballspiel auf den Wandmonitoren und mit dem anderen ihr, die sich auf ihn zubewegt. Als ein Achtzigerjahre-Lied ertönt, das so schrecklich ist, dass es schon wieder schön klingt, fordert ein Mädel mit grünen Haaren und einem zu großen Blazer ihre Freundin zum Tanzen auf, sie wirbelt sie in der Mitte des Gastraums herum und drückt ihr einen Kuss auf die Lippen, und die Freundin, die offenbar ihre Freundin ist, umklammert sie fest, weicht dann zurück und macht eine leicht betrunkene Verbeugung. Ich frage mich, woher diese Menschen kommen und welche Träume sie hierhergeführt haben, weit weg von ihren Familien und den vertrauten Orten, an denen sie aufgewachsen sind. Ob sie davongelaufen sind oder sich auf etwas zubewegt haben.

Das Vibrieren einer Nachricht von Tomás unterbricht meinen Gedankenfluss. Er lässt mich wissen, dass er sich ein paar Minuten verspäten wird, und sein Ton ist kühl oder vielleicht nur besorgt. Das erkenne ich daran, dass er den Satz mit einem Punkt beendet und keines seiner üblichen Witzchen drangehängt hat wie sonst, wenn er von seinen Schnitzern ablenken will.

„Ich bin gleich wieder da“, sage ich zu der Barfrau. „Ich warte auf jemanden.“ Dann gehe ich zur Toilette, um mich für ein paar Minuten aus dem wachsenden Kneipentrubel rauszuziehen.

Hinter der mit alten Konzertflyern tapezierten Tür stoße ich auf eine Gruppe Mädchen mit Handys in der Hand, die vor den Waschbecken stehen und Lippenstifte austauschen, sie machen einander Komplimente, werfen ihre halbnackten, in leichte Kleider gehüllten Körper in Pose. Aus Versehen lande ich auf ihren Schnappschüssen im Spiegel, und als wir es bemerken, fordern sie mich auf, mich zu ihnen zu gesellen, richtig dabei zu sein. Während ich die Reihe unserer lächelnden Gesichter betrachte – ihre Stirnen glatt und furchenfrei –, muss ich nicht lange überlegen, um ihr Alter zu erraten: Sie sind genauso alt wie ich, als ich das erste Mal einen Fuß nach London setzte. Sie sind zwanzig und haben diesen flackernden, vorwärtsschnellenden Blick, der auf der Flucht beschleunigt. Wir stellen uns einander vor.

„Du bist Italienerin!“, ruft eine von ihnen, als sie meinen Akzent erkennt. Sie hat einen silbernen Lolita-Pagenkopf und ein Septum-Piercing, das aussieht, als wollte sie ihrem zarten Gesicht damit eins auswischen. „Woher kommst du?“, fragt sie.

Ich zögere kurz, dann antworte ich: „Neapel. Obwohl, nein. Aus Caserta. Das liegt in der Nähe. *Have you been*?“

Sie sagt, sie sei noch nie dort gewesen, aber es klinge auf alle Fälle besser als Sheffield, von wo sie weg ist, um ihr Leben zu ändern, und wohin sie bestimmt nicht zurückkehren wird.

Ich lächele und sage, wer weiß. Abhauen, zurückgehen, das sind zunächst einmal nur Worte. Sie zuckt die Achseln, folgt den anderen und lässt mich allein.

Simone de Beauvoir sagte, man könne sein Leben nicht ändern, ohne zuvor sich selbst zu ändern. Diesen Satz hatte ich mir vor vielen Jahren in einen meiner Schulkalender geschrieben, aber erst jetzt kann ich ihn richtig begreifen.

Fortzugehen war nie eine Lösung. Häufiger zurückzukehren wäre wiederum eine, alberne Musik auflegen, mit meiner Mutter im Wohnzimmer herumtanzen und ihre ungelenken, fröhlichen Bewegungen übernehmen, sie mit meinen verbinden und sich dann aufs Sofa werfen, sie fragen, wie geht es dir, Mama – wie geht es dir, wie geht es dir, wie geht es dir, wie geht es dir – ich habe dich lieb.

Lernen zu sagen: Das passt mir nicht, und warum.

Ihr erzählen, wer ich wirklich bin.

Die Geschichte meiner Flucht umschreiben und sie in eine Bewusstwerdung verwandeln.

Auf dem Frauenklo einer Londoner Kneipe sehe ich die Figuren meiner Geschichte vor mir und umarme sie eine nach der anderen, ohne Ausnahme. Da ist Rossella, aber auch Luca, und dann Leonora und Agata und die anderen. Es ist nie zu spät, um den Groll beiseitezuschieben und sich endlich die richtige Frage zu stellen.

Sind wir schon all das, was uns glücklich macht?

Was macht mich glücklich?

Als Tomás eintrifft, ist er vom Laufen noch ganz außer Atem. Ich bestelle ihm ein Bier, lasse ihn Platz nehmen.

„Während du bei der Arbeit warst, habe ich meine letzten Sachen bei dir abgeholt", sage ich fest.

Seine Augen werden groß, riesig, fragend.

„Und mein altes Zimmer bei Anya. Aus dem bin ich auch raus."

Er starrt mich noch immer fassungslos an, fragt mich, ob das auch für uns eine Art Abschied sei.

Die Wahrheit ist, dass ich es nicht weiß.

Ich erzähle ihm, dass ich eine nicht allzu kleine Wohnung beim Kanal gefunden habe. Eine helle Wohnung mit himmelblauen Wänden, und obwohl es noch kein Bett gibt, keinen Schrank und keinen Tisch, an dem man essen kann, hat sie einen Platz für mich ganz allein. Es ist ein winziger Schreibtisch an einem Fenster, von dem aus man in den fallenden Regen schauen kann, ohne sich traurig oder gefangen oder verloren zu fühlen. Auf der Tischplatte aus glattem Holz steht mein Computer, der Bildschirm zeigt eine weiße Seite mit blinkendem Cursor, die darauf wartet, dass ich zurückkomme und das erste Wort einer anderen Geschichte schreibe.

Nach all dieser Zeit habe ich endlich beschlossen, mich um das Stipendium zu bewerben, von dem ich immer gesprochen habe. Zusammen mit den üblichen Unterlagen soll ich auch eine Erzählung einreichen. Es heißt, es sei immer schwer, einen Anfang zu finden, aber ich glaube, ich weiß, wo ich beginnen werde. Es ist die Geschichte einer Plastikstadt mit Bäumen und Blumen aus Plastik und, wenn man genau hinschaut, sind auch die Menschen aus Plastik. In dieser Stadt tut jeder genau das, was er soll, und bleibt seiner Rolle und seinem Platz treu.

Eines Tages bei Sonnenuntergang, als das Licht einen anderen Einfallswinkel hat, bemerkt jemand, dass in der künstlichen Erde eine Blume keimt, eine echte Blume. Ein einfaches, überaus zerbrechliches und deshalb wunderbares Geschöpf. Gegen jede Vorschrift wird beschlossen, es nicht abzuschneiden. Man weiß nicht, wie groß es wird oder welche Farbe seine Blütenblätter haben werden, und um es herauszufinden, lässt man es blühen.

„Morgen bin ich weg, und du kannst mitkommen", teile ich Tomás mit. Ich nehme seine Hand. „Aber nur, wenn mit mir zusammen zu sein wirklich das ist, was du willst. Wir haben zu viel Zeit verstreichen lassen, ohne uns zu fragen, was wir wirklich wollen."

Die Londoner Nacht, die immer schnell unterwegs ist und nicht auf dich wartet, hält für einen Augenblick bei uns inne, kalte Hände wegen der kalten Biere, die wir uns an die Lippen setzen. Jeder von uns nimmt einen Schluck.

Es gibt eine Welt, in der Tomás mich anlächelt und mir sagt, das ließe sich machen: In dieser Welt kehren wir nach Hause zurück und küssen uns heftig, zusammen packen wir die Koffer, legen behutsam seine Kleider und den Rahmen mit der Postkarte dieser argentinischen Landschaft hinein, in die er stets zurückzukehren glaubt, wir weisen ihr einen neuen Platz zu, und eines Tages fahren wir vielleicht wirklich hin, nennen jede Seepflanze und jeden Strauch entlang der Straße beim Namen.

In einer anderen Welt sagt Tomás nein, sein Platz sei in dem waldfarben dunklen Zimmer, allein, wie er sich von Anfang an stets gesehen hat. Er umarmt mich ein letztes Mal, und danach geht jeder seines Weges. Ich werde am Tresen ein bisschen weinen, und die Barfrau wird mir einen Penny in mein Bier werfen, damit ich es in einem Zug leere, das tun sie immer, wenn das Lokal schließen muss, aber fürsorglich und ohne großes Drama.

Ich blicke Tomás in die Augen und sage, ganz gleich wie seine Antwort ausfallen mag, ich sei bereit dafür.

Ob in der einen oder in der anderen Welt, ich weiß jetzt, dass es mir gutgehen wird.

Doch einmal wenigstens muss man alles von sich erzählen, wenn man die Chance hat, jemandem zu begegnen, dem man vertraut. Niemand kann sein Leben lang ganz über sich schweigen, sonst würde er wahnsinnig.

Goliarda Sapienza, *Wiedersehen in Positano*[2]

2 Deutsch von Christiane Landgrebe, Piper Verlag München, 2021, S. 129

Danksagungen

Dieses Buch gab es schon lange, bevor ich es zu schreiben anfing. Aus diesem Grund will ich meinen Eltern Rosaria und Luigi danken, die mich stets zum Träumen ermutigt haben. Euch verdanke ich alles.

Es folgen, in willkürlicher Reihenfolge, weitere Menschen, ohne die diese Geschichte anders oder, wie so oft, gar nicht geworden wäre:

Phil, mein Lebensgefährte, durch dessen sanfte, absolute Liebe ich mich in Sicherheit fühlte.

Mario Desiati, der gesehen hat, was ich wirklich sagen wollte, und mich bestärkte, es furchtlos zu tun.

Alessandro Raveggi, weil er mir den Anstoß gab.

Maria Cristina Guerra, meine Agentin, die vertrauensvoll gewartet und gewartet hat, weil sie so sehr daran glaubte.

Eugenia Dubini, Serena Daniele, Serena Cabibbo, Marianna Gennari von NNE: danke, danke, danke. Noch nie habe ich so viel Sachverstand und so viel Herz auf einmal gesehen.

Meine Freunde von *Volume – Gruppo di lettura*, also Pasquale Palmieri, Vincenzo Casapulla, Fausto Greco, Spartaco Capozzi, Roberta Alessandrini, Roberta Cesari und all die anderen. Ich schreibe auch, weil ich die Art liebe, wie ihr Bücher lest.

Viola Di Grado, weil wir eines Tages im Larkhall Park spazieren gingen und sie mir erzählte, dass James Cameron beim Dreh von *Titanic* die Schränke am Set mit historischen Kleidern füllte, auch wenn sie nie zu sehen sein würden. Diese Anekdote bleibt einer der besten Ratschläge fürs Schreiben, die ich je bekommen habe.

Luca Starita für seine Nähe.

Claudia Cuomo und Roberta Adelini für die Schilderungen aus der Welt der Brautmode-Models in Kampanien.

Giorgia Bernardini, Elena Marinelli und Tiziana Scalabrin, die mir geholfen haben, den Traum zu verwirklichen, zu einer Girl-Band zu gehören, auch wenn wir keine Musik machen.

Ninni, Marina und Marzia: Weil die Jugend mit euch eine schöne Reise war.

Elena Fortunati und Andrea Pergola, zusammen mit dem *Dude Magazine*: Ihr wart der beste Bildungsroman, den ich mir vorstellen kann.

Giulia Cavallini, weil sie mich vor einigen Jahren fragte, was mich glücklich machen würde.

Inhaltsverzeichnis

Autorin

© Privat

Olga Campofreda wurde 1987 in Caserta geboren und lebt in London, wo sie am Institut für Italian Studies des University College über Bildungsromane, Gegen- und Jugendkulturen forscht und mit dem Italienischen Kulturinstitut zusammenarbeitet. Parallel trainiert sie die englische *Under-20*-Nationalmannschaft im Fechten. Ihren Erstlingsroman *La confraternita di Elvis* (ARPANet) veröffentlichte sie 2009; ihre Erzählungen sind in Zeitschriften und Literaturblogs erschienen. Zu ihren jüngsten Veröffentlichungen gehören *A San Francisco con Lawrence Ferlinghetti* (Giulio Perrone Editore 2019) und der Essay über Pier Vittorio Tondelli *Dalla generazione all'individuo* (Mimesis 2020). Sie ist Co-Autorin des Podcasts *The Italian Files* und gibt zusammen mit Eloisa Morra *Elettra* heraus, eine anthologische Reihe über die Beziehung zwischen Vätern und Töchtern (effequ).

Übersetzerin

©Anja Reinbothe-Occhipinti

Verena von Koskull, geb. 1970, studierte Italienisch und Englisch für Übersetzer sowie Kunstgeschichte. Nach ihrem Diplom 1997 arbeitete sie zuerst im Verlagswesen in Rom und Berlin. Seit 2002 ist sie als Literaturübersetzerin selbstständig. 2020 erhielt sie für ihre Übersetzung des Romans *Die katholische Schule* von Edoardo Albinati den Deutsch-Italienischen Übersetzerpreis. Im Frühjahr 2022 war sie Stipendiatin der Casa di Goethe in Rom. Sie lebt in der Brandenburger Ostprignitz.

Zuletzt im *nonsolo* Verlag erschienen:

JANA KARŠAIOVÁ

SAMTENE SCHEIDUNG

Roman

Aus dem Italienischen von Ruth Mader-Koltay

Eine europäische Geschichte aus weiblicher Sicht, intim und überraschend

Katarína kehrt aus Prag nach Bratislava zurück, um Weihnachten mit ihrer Familie zu verbringen. Dort erwarten sie nicht nur die alten Meinungsverschiedenheiten mit ihrer Mutter, sondern sie ist überdies gezwungen, das Fehlen ihres Mannes Eugen zu rechtfertigen. *Samtene Scheidung* erzählt von Verrat, uneingestandenen Sehnsüchten und Brüchen, die neu zusammengesetzt werden müssen, um Heilung zu finden. Die Protagonistin des Romans ebenso wie das Land, in dem sie geboren wurde, scheinen nach dem Verlust der Vergangenheit auf der Suche nach sich selbst zu sein.

Samtene Scheidung *ist ein unaufgeregt erzählter Roman, der vielfach anregt.*

CHRISTIANE PÖHLMANN, *Frankfurter Allgemeine Zeitung*

Auch als E-BOOK erhältlich.

Gaia Manzini

FÜR UNS GIBT ES KEINEN NAMEN

Roman

Aus dem Italienischen von Barbara Kleiner

Die Geschichte einer mutigen Frau auf der Suche nach dem eigenen Selbst

Ada ist mit siebzehn Mutter geworden, ihre Tochter Claudia wächst bei den Großeltern am Lago Maggiore auf. Nach dem Studium findet Ada eine Stelle bei einer Mailänder Werbeagentur, wo sie den ehrgeizigen und charmanten Alessio kennenlernt. Die beiden werden Kollegen, Freunde und etwas mehr, doch wegen Alessios Homosexualität entzieht sich diese Beziehung jedem Versuch einer standardisierten Definition, ebenso wie die zwischen Ada und Claudia ...

Worte errichten Universen. Gaia Manzini stellt sich der Herausforderung, Emotionen durch Worte neu zu erfinden.

Paolo Di Paolo, *L'Espresso*

Auch als E-BOOK erhältlich.

Co-funded by
the European Union

www.nonsoloverlag.de
info@nonsoloverlag.de

9 783947 767229